PICKWICK

ALAFAIR BURKE

NON DIRE UNA BUGIA

PIEMME

Questo libro è un'opera di fantasia. Personaggi e situazioni sono frutto dell'immaginazione dell'autrice e hanno lo scopo di conferire veridicità alla narrazione. Qualsiasi somiglianza con eventi o luoghi o persone, vive o scomparse, è del tutto casuale.

Traduzione di Rachele Salerno per Studio Editoriale Littera.

www.pickwicklibri.it
www.edizpiemme.it

Non dire una bugia
di Alafair Burke
Titolo originale dell'opera: *Never Tell*

ISBN 978-88-5544-671-6

I edizione Pickwick giugno 2021

Anno 2021-2022-2023 - Edizione 1 2 3 4 5 6 7 8 9 10

A mia suocera,
Ellie Hatcher Simpson.

Grazie per il nome e
per tuo figlio (non in quest'ordine).

Parte Prima

Julia

1

Nuovi inizi
Confessioni di una sopravvissuta

3.14 DEL MATTINO

Sono passati vent'anni, eppure alle 3.14 di questa notte ho urlato nel sonno. Probabilmente non me ne sarei accorta se non fosse stato per la leggera gomitata di mio marito, l'uomo stanco e paziente che deve accontentarsi di fare congetture sulla causa dei continui incubi di sua moglie, dato che lei non gli ha mai fornito una vera e propria spiegazione.
Ho notato dell'incertezza sul suo viso stamattina. Sorseggiava un caffè ormai quasi freddo, io me ne sono versata una tazza fumante al bancone e ho portato a tavola la caraffa per offrirgli un secondo giro. Ma la sua incertezza non era dettata dall'impossibilità di comprendere il motivo delle mie grida notturne – quello è un sentimento che non lo abbandona mai –, quanto piuttosto dal non sapere se sollevare o meno la questione. *Devo chiederle qualcosa? O è meglio non scavare, lasciare che certe cose restino al loro posto?*
In quel momento ho provato uno slancio di affetto per lui. Perché mi ama abbastanza da preoccuparsi, e si preoccupa abbastanza da lasciare che il non detto resti tale. Così, anche se avrei preferito sfogliare il giornale e commentare con lui i titoli più interessanti prima di vederlo scappare al lavoro, gliel'ho detto.
Ho urlato nel sonno alle 3.14 perché vent'anni fa – più di metà vita

fa – un uomo entrò nella mia camera e cambiò per sempre la mia infanzia. Non lo sentii aprire la porta, ma percepii la sua presenza. Forse fu il sottile fascio di luce che penetrava nella stanza dal corridoio insieme al suono dei suoi passi. O forse semplicemente il fatto che sapevo da mesi che quel momento – una notte o l'altra – sarebbe arrivato. Quando aprii gli occhi lui era lì. Un ospite sgradito, ma non inatteso.

Mi aspettavo che dicesse qualcosa, che offrisse una debole scusa per essere entrato nella mia camera, o persino che tentasse una frase di approccio trita e ritrita, come se avessimo una relazione segreta. Invece non disse niente. Percorse in silenzio i quattro passi che separavano la porta dal letto. Evidentemente non valevo nemmeno qualche parola.

Avrei voluto gridare, colpirlo, fargli male. Ma era come se una parte del mio cervello avesse già deciso per me... Anzi, mi sentivo come se una decisione fosse stata presa per entrambe: la me in quella stanza e la vera me, che assisteva alla scena dall'esterno. Né io né lei avremmo gridato. Non ci saremmo difese. Avremmo fissato la sveglia sul comodino e aspettato che quella notte finisse.

Ricordo di aver guardato quei numeri rossi e squadrati, di aver riflettuto su come si poteva comporre ogni cifra illuminando varie combinazioni di sette linee dritte che formavano due quadrati uno sull'altro. E in quel momento sul display si leggeva "3.14". Le tre e quattordici del mattino.

Le stesse cifre che questa notte, dopo la gomitata di mio marito, si prendevano gioco di me dal comodino. Quando me ne sono accorta, ho pensato che avrei preferito che mi lasciasse gridare senza svegliarmi, in modo da concedermi di non rendermi conto che, malgrado sia passato così tanto tempo, il mio corpo e la mia mente appartengono ancora, almeno in parte, a quell'uomo e a quella notte.

Sono passati vent'anni da quando ho guardato fisso quella sveglia. Dieci da quando ho sposato un uomo disposto a sorvolare sulla mia occasionale tendenza a scoppiare a piangere mentre facciamo l'amore. Sette mesi da quando ho pensato di essermi ripresa abbastanza da iniziare questo blog. Centoquarantatré post sulle mie esperienze da sopravvissuta. Settantaduemilaottocentonovanta parole, non che stia tenendo il conto.

Ed è bastato svegliarmi gridando alle 3.14 di questa mattina per sentirmi di nuovo una vittima.

Ma al mio amato, dolce marito che stava finendo il caffè prima di andare al lavoro non ho raccontato tutto questo. Sono riuscita a dire soltanto: «Ho fatto un brutto sogno, tesoro. Penso che fosse legato alle cose che mi sono successe da piccola».

E poi, dopo averlo salutato con un bacio e averlo guardato scendere le scale della nostra villetta con la ventiquattrore in mano, sono salita di sopra. Ed eccomi qua seduta alla scrivania, adesso, a mettere nero su bianco la verità che nemmeno dopo vent'anni ho il coraggio di confessare alle persone che mi amano.

Come aveva scritto nel suo ultimo intervento, erano passati sette mesi da quando aveva aperto il blog. *Nuovi inizi. Confessioni di una sopravvissuta.* Persino il titolo trasudava autocompiacimento.

Non c'era da stupirsi se si era presa la briga di contare i post e addirittura il numero di parole che aveva scritto. Era proprio da lei. Superba. E altezzosa.

Il blog era anonimo, ma questo particolare lettore sapeva perfettamente chi era l'autrice che da sette mesi si era dedicata a produrre ben, se il calcolo era esatto, 72.890 parole di spazzatura egocentrica spacciata come scrittura terapeutica. Il lettore raggiunse i commenti in fondo alla pagina, ignorando le prevedibili osservazioni dei trogloditi indubbiamente depressi e in sovrappeso che seguivano le cazzate di quella donna: «Resisti, ragazza»; «Un passo alla volta»; «Grazie per la tua onestà».

Quelli erano i peggiori: i post che *ringraziavano* l'autrice solo perché si era illusa di essere adesso diventata una donna forte e consapevole, e perché aveva convinto una schiera di persone ancora più patetiche di lei a leggerla e ammirarla.

Il lettore fissò lo spazio bianco dedicato ai nuovi commenti, poi iniziò a scrivere:

Se pensi che quella notte di vent'anni fa sia stata brutta, aspetta solo di vedere cosa ho in mente. Non ricorderai più soltanto un orario sull'orologio. Forse un giorno sul calendario, se sei fortunata. Forse una settimana. O magari ti terrò impegnata per un mese. Ma una cosa è certa: non vivrai abbastanza da riuscire a raccontarlo.

Lo scrittore batteva così forte sulla tastiera che non sentì i passi che si avvicinavano finché sullo schermo non apparve il riflesso di un altro volto.

Era troppo tardi.

2

Ellie Hatcher era approdata a New York City con delle aspettative molto precise. Fuorviata dalle classiche immagini di Times Square, del Plaza Hotel e dell'Empire State Building, si aspettava luci abbaglianti, file di grattacieli altissimi, ampi marciapiedi brulicanti di uomini d'affari in completo scuro e ventiquattrore, e un sottofondo costante di clacson, sirene e martelli pneumatici.

Dopo averci vissuto per dieci anni, però, Ellie sapeva che quelle immagini erano solo uno stereotipo. Al di là della versione cinematografica della città, molti newyorkesi conducevano vite tranquille in strade silenziose, avventurandosi fra luci e rumori solo quando era strettamente necessario.

Quella mattina Ellie si trovava in Barrow Street, fra le vie alberate del West Village. Incastonato fra Washington Square Park e il fiume Hudson, il West Village era il quartiere dei sogni di Ellie, lontano anni luce dagli universi commerciali del Financial District e di Midtown, e protetto dai fumi di scarico e dal rombo dei motori dei pendolari frustrati in coda sui ponti o nei tunnel.

Ma quel giorno un diverso tipo di caos aveva trovato il modo di insinuarsi in quell'affascinante quartiere. Una forma di caos a cui Ellie si era abituata nel corso degli anni: macchine della polizia, furgoni, gente in uniforme che gridava nelle ricetrasmittenti, agenti in borghese e addetti della Scientifica impegnati a raccogliere prove materiali, persino un camion dei pompieri e un'ambulanza. La confusione e l'energia tipiche di una scena del crimine, completa di nastro giallo per separare la normalità dall'aberrazione.

Sentì i sussurri incuriositi dei pedoni mentre lei e il suo partner, J.J. Rogan, si dirigevano verso il perimetro delimitato dal nastro.

«Che succede? Stanno girando un film?»

«*Law & Order*, penso. Non la serie originale, quella l'hanno cancellata. *Unità vittime speciali*, invece, la girano ancora da queste parti. Forse però potrebbe essere il set di quella serie nuova, quella della bionda col cappello, hai presente?»

Un altro passante notò che lei e Rogan stavano mostrando i tesserini per superare il nastro. «Avete visto? Altro che film.»

«Ma non è la casa di Gwyneth Paltrow?»

«No, lei abitava sulla 4th Street, ma ha venduto qualche anno fa.»

Ellie capì il perché dei pettegolezzi immobiliari appena alzò lo sguardo sul palazzo dove erano stati convocati. Largo almeno il doppio rispetto alle altre villette unifamiliari dell'isolato, si sviluppava su quattro piani, più quello che sembrava un seminterrato.

Dalla porta di elegante vetro satinato si intravedeva un ingresso spazioso, più grande del salotto di Ellie. L'ambiente era completamente vuoto a parte un tavolo rotondo su cui spiccava un vaso stracolmo di tulipani freschi e, nell'angolo in fondo, una scultura che non avrebbe sfigurato al Metropolitan Museum of Art. Un camino e un lampadario di dimensioni ciclopiche completavano l'arredo.

«Accidenti» commentò Rogan.

Se si era meritato un "accidenti" di Rogan, che non si

lasciava impressionare facilmente quanto la sua partner, quel posto doveva essere proprio notevole.

La donna che scese dalla scala sembrava nata per vivere in una casa del genere. Indossava pantaloni neri a sigaretta e una giacca asimmetrica marrone chiaro, un look casual e al tempo stesso sofisticato. Elegante caschetto sale e pepe, fresco di parrucchiere. Quando aprì la porta, però, i suoi occhi arrossati ricordarono a Ellie che non era lì per ammirare il suo stile di vita.

Le sembrò che lo sguardo della donna indugiasse sui loro vestiti. «Chi siete?»

«Sono Ellie Hatcher, detective del NYPD, signora.» Le porse la mano, ma la donna la sorprese afferrandole l'avambraccio.

«Grazie al cielo.» Ellie era convinta che stesse per trascinarla su per le scale, ma la donna li guidò verso un ascensore. Le pareti erano decorate con fotografie di episodi significativi della New York degli anni Settanta e Ottanta. Il proprietario di un bar che appendeva un cartello alla vetrina durante il blackout del 1977: NIENTE LUCE, NIENTE CIBO, MA LITRI DI ALCOL. Il concerto dei Ramones al CBGB. Senzatetto in fila al Bowery Mission. John Lennon circondato dalla folla a Central Park. L'ultimo concerto di Simon & Garfunkel. La 42nd Street quando era ancora costellata da una sfilza di hotel da quattro soldi e cinema porno. Un treno della metropolitana coperto di graffiti. Una New York che Ellie non aveva mai conosciuto.

La donna schiacciò il pulsante del quarto piano e l'ascensore partì cigolando.

«Dovete fare qualcosa. È mia figlia. L'ho trovata io. Nella vasca. Il sangue... L'acqua era così rossa, la sua faccia così bianca...»

«Mi dispiace tanto, signora, ma come mai lei è ancora qui?» Ellie si rese conto che la sua domanda doveva essere suonata un po' fredda. «Voglio dire, di solito tendiamo ad allontanare la famiglia.»

«I vostri colleghi sono già di sopra, ma non stanno facendo niente. Ho sentito cosa si sono detti. Non sono mica sorda. Non mi credono. Dicono che è stata lei, che si è suicidata.»

Le porte dell'ascensore si aprirono su due agenti in uniforme, uno basso e grasso e l'altro alto e allampanato. Molto Stanlio e Ollio. Quando notarono i distintivi appuntati alle cinture degli ultimi arrivati assunsero un'aria prima allarmata e poi rassegnata.

«Cazzo.» L'agente magro parlò per primo, cercando di giustificare la loro presenza al piano di sopra mentre un civile si muoveva liberamente nel resto di una casa che, fino a prova contraria, era una scena del crimine. «Stavamo scendendo, aspettavamo l'ascensore. A quanto pare la signora ci ha battuti sul tempo.»

Rogan fece schioccare la lingua mentre i due gli passavano davanti. Conoscendolo, Ellie sospettava che gli sarebbe piaciuto assestare uno scappellotto a entrambi. «Uscite subito e date una mano a proteggere la scena» disse. «Hatcher e Rogan. Arrivati alle 11.27. Scrivetelo.» E colpì con l'indice il taschino sul petto del poliziotto grasso.

L'ascensore iniziò la sua discesa, sempre cigolando. «Ve l'ho detto» commentò la loro ospite. «Non stanno prendendo la cosa sul serio. Ascoltatemi, vi prego. Mia figlia non si è uccisa.»

3

L'ultimo piano del palazzo era un appartamento indipendente, completo di sala da pranzo, soggiorno, cucina e un lungo corridoio che conduceva sul retro dell'edificio. Gli arredi erano un tripudio di bianco. Come pure i pavimenti, i tappeti e i cuscini. Niente male per un alloggio destinato al personale di servizio.

«La stanza di Julia è laggiù.»

Dal fondo dell'appartamento riecheggiavano delle voci. Rumore di passi. Il gracchiare delle ricetrasmittenti.

«E il suo nome è...?»

«Oh, scusatemi. Katherine Whitmire, sono la madre di Julia.»

«E nessuno le ha detto che non può restare qui?»

«Questa è casa mia e stiamo parlando di mia figlia. Ho spiegato che non me ne sarei andata finché non fossero arrivati i detective della Omicidi. Ho sentito quello che dicevano su Julia, ma ve lo ripeto: mia figlia è stata assassinata.»

In effetti la chiamata accennava a un sospetto suicidio e quando Ellie e Rogan avevano insistito per sapere come mai fossero necessari due uomini della Omicidi, avevano ottenuto soltanto risposte evasive. Ellie sospettava di avere davanti il motivo numero uno.

«Siamo qui adesso, signora Whitmire. Capisco che è un momento difficile, mi creda, ma non può restare in questa casa, soprattutto se ha ragione e qualcuno ha davvero fatto del male a sua figlia.» Ellie intravide un agente in uniforme sulla scala e gli fece un cenno. «Questo signore la accompagnerà fuori. Può aspettare in una delle nostre macchine o, se preferisce, possiamo portarla in centrale. Diamo prima un'occhiata e poi dovremo farle qualche domanda.»

La donna stava per obiettare, ma infine sembrò ripensarci e annuì. «Allora vi lascio. Io non posso tornare di là, non riesco a guardarla.» Si avviò giù per la scala, seguita a ruota dall'agente.

I rumori che Ellie aveva sentito provenivano da una stanza in fondo al corridoio. La porta era chiusa. La aprì.

«Qualcuno può spiegarmi perché ve ne state chiusi qui dentro mentre un civile se ne va in giro per la scena del crimine?»

«Intanto non è una scena del crimine, e la porta l'ha chiusa quella pazza, un attimo prima di ordinarci di non toccare il corpo della figlia.»

I due soccorritori erano giovani, uno aveva un taglio militare, mentre l'altro troppo gel nei capelli a spazzola. Stazionavano vicino alle finestre della stanza, il più lontano possibile dal pavimento di marmo bianco del bagno privato che entrambi continuavano a fissare, quasi senza rendersene conto. Era stato il tizio dai capelli a spazzola a parlare. Dall'alzata di spalle del suo collega, Ellie intuì che doveva essere stato lui anche a litigare con Katherine Whitmire.

«Fatemi capire, una signora elegante e piena di soldi si permette addirittura di essere un po' irritabile perché sua figlia è morta, e voi allora decidete di restarvene qui con le mani in mano, a grattarvi le palle? Si può sapere che succede?»

«Abbiamo ricevuto la vostra stessa chiamata. Ragazza di sedici anni, polsi tagliati nella vasca da bagno. Siamo venuti subito, saremo arrivati un paio di minuti prima di voi. E il quadro era chiaro.» Abbassò la voce. «Si tratta di un suicidio, non ci piove. La lama è nella vasca sul lato destro del corpo. Un paio di segni di esitazione sul polso sinistro, poi un taglio netto dell'arteria radiale. La ragazza ha anche lasciato una lettera, è lì sul letto.»

Ellie vide un foglio a righe giallo evidentemente strappato da un taccuino appoggiato in bella mostra sui cuscini.

«Volete spiegarmi perché avete dato della pazza alla povera madre di questa ragazza?»

«Ci ha sentiti parlare, immagino, e ha dato fuori di matto. Stavo per scendere di sotto a prendere la lettiga. Eravamo tutti in bagno per la prima valutazione – i segni di esitazione, il taglio netto, la lettera – e un secondo dopo quella mi stava intimando di togliere le mani di dosso a sua figlia. Urlava che non dovevamo toccare niente se non avevamo nemmeno intenzione di indagare. Avete visto questo posto. Chiaramente questi tizi sono pieni di grana. Quindi sì, abbiamo deciso di restare e – com'è che ha detto? – grattarci le palle finché non fosse arrivato qualcuno di più in alto nella catena alimentare. Quando abbiamo sentito suonare il campanello, i vostri sono corsi fuori per pararsi il culo, mentre noi siamo rimasti qui a grattarci. Quanto a me, penso di continuare a farlo finché non arriva il medico legale. Non ho intenzione di affrontare una ricca stronza e fuori di testa. E tu, Andy? Che dici?»

Un'altra alzata di spalle dal soccorritore silenzioso.

Rogan si stava già dirigendo verso il bagno. Era abbastanza spazioso da ospitare anche i paramedici e un paio di giocatori di football, ma Ellie fu l'unica a seguirlo. Sentì il tizio con i capelli a spazzola che le gridava dietro: «Se vuole che le spieghi come faccio a sapere che la ragazza è bulimica, chieda pure. Certo, non siamo svegli come voi poliziotti, ma in genere i disordini alimentari vanno a braccetto con la depressione e le lettere di suicidio vanno a braccetto con i suicidi. Non c'è niente su cui indagare.»

Ellie rivolse un pollice in su ai due alle sue spalle. «Andate a salvare delle vite, ragazzi. Aspettiamo noi il medico legale.»

Rogan la guardò dal bagno, con le mani sui fianchi. «Davvero un mostro di sensibilità per essere uno che passa le sue giornate a salvare la gente.»

«Si potrebbe dire lo stesso di te, Rogan.»

«Cosa ne pensi di quella storia della bulimia? A me sembra magra come tutte le ragazze bianche di questi tempi.»

Quando si pensa a una donna in una vasca, in genere si immagina una scena da pubblicità con il bagno pieno di schiuma e bolle, la donna con i capelli legati in uno chignon morbido mentre si massaggia con una spugna, fermandosi solo per bere un sorso di vino a lume di candela.

Ma nella stanza in cui era morta Julia Whitmire non c'era niente di tutto ciò. Non si vedevano calici di vino, ma solo una bottiglia vuota rovesciata sul pavimento vicino al water. Julia era nuda, ma non c'erano bolle, spugne né candele. Soltanto acqua rosa chiaro e qualche striscia rosso intenso – il sangue fuoriuscito dal polso sinistro – sul bordo in ceramica. Il rasoio era caduto nella vasca, sul lato destro del suo corpo.

Ellie si chinò in avanti e vide due lacerazioni superficiali vicino al taglio da cui era sprizzato il sangue. Squarciarsi un polso richiede coraggio. Alcuni ci provano per anni prima di riuscire ad andare fino in fondo. A quella ragazza erano bastati due tentativi.

Rogan stava osservando la stessa scena, traendo le stesse conclusioni. «Sembra che abbia tenuto il rasoio con la mano destra e passato il polso sinistro sulla lama. Il braccio destro è poi ricaduto nell'acqua insieme al rasoio.» La mano sinistra di Julia era posata sul pube, come se avesse cercato di coprirsi anche nella morte.

Ellie non aveva bisogno del paramedico per riconoscere

i segni della bulimia. «Ha la pelle flaccida. È una delle cose che deve aver notato il soccorritore.»

«È morta, è normale.»

Ellie sbirciò fra le labbra socchiuse della ragazza. «No, non è solo quello. Vedi che ha il viso gonfio, anche se la zona intorno agli occhi è scarna? E i denti sono grigi. Questa ragazza si induceva il vomito.» Uscì dal bagno e si avvicinò al letto, chinandosi per leggere il biglietto scritto a mano, pieno di cancellature e ripensamenti, appoggiato ai cuscini.

Osservò ogni parola, ma bastavano poche righe a riassumerlo.

So che dovrei amare la mia vita, ma a volte la odio... mi ripetono sempre che sono fortunata, ma la verità è che la mia cosiddetta vita privilegiata fa male... fa male credere che non sarò mai la persona che dovrei essere. Fa male sentirsi sola ogni istante di ogni giorno, anche quando sono in mezzo alla gente.

Povera ragazza ricca.

La frase conclusiva diceva tutto:

E per questo ho deciso di uccidermi.

Ellie lasciò Rogan da solo a leggere e fece un rapido giro dell'ultimo piano. Armadietti del bagno ricolmi di prodotti di marca per la pelle e i capelli, ma niente medicine a parte una confezione di pillole anticoncezionali. Elastici per capelli e riviste sul comodino. Il primo cassetto del comò pieno di costosa lingerie La Perla, più adatta a un servizio fotografico erotico che alla camera da letto di una liceale. Niente cibo nel frigorifero, a parte una busta di carote baby e una bottiglia di salsa ranch light. Un mobile bar pieno di superalcolici.

Rogan la seguì in cucina. «Cosa ne pensi?» le chiese.

«È piuttosto evidente che indursi il vomito non le bastasse più.»

«Cosa dicevi prima sulla sensibilità?»

«Detesto ammettere che quegli idioti avevano ragione, ma mi sembra lampante.»

«Sulla lettera si vede persino il segno delle lacrime.»

«Come fai a dirlo? Non hai nemmeno toccato il foglio.»

«Non ne ho bisogno. Ho fatto la LASIK, ricordi? Adesso ho la supervista.»

Ellie roteò i suoi normalissimi occhi che non avevano beneficiato di alcuna operazione laser. «Sai dove voglio arrivare. Quei cretini non avevano tutti i torti quando parlavano della gente piena di grana. Non so chi sia quella donna, ma a quanto pare è abbastanza ricca da potersi permettere una casa come questa e abbastanza influente da porre le sue condizioni su che tipo di detective deve presentarsi a casa sua.»

Furono interrotti da un uomo altissimo e calvo in camice bianco.

Rogan lanciò una rapida occhiata a Ellie, segno che aveva riconosciuto la pelata del nuovo arrivato, ma non ricordava il suo nome.

«Ginger» lo salutò lei con un sorriso. Al loro primo incontro lui l'aveva chiamata "Blondie" e lei, invece di ribattere con una battuta sulla calvizie, lo aveva soprannominato "Ginger". Da allora rispondeva sempre alle sue chiamate in tempo record.

«Ecco Blondie e il suo stoico partner.»

A quanto pareva Rogan non era l'unico in difficoltà con i nomi. «Bob King, ti ricordi di J.J. Rogan?»

«Mi dicono che c'è una lettera bagnata di lacrime» disse King.

«I nostri o i soccorritori?» chiese Ellie.

«I vostri. Ce ne sono due sul portico con la coda fra le gambe. Credo siano terrorizzati dalla mamma grizzly nel soggiorno. O nel salone. O come diamine si chiama quella grossa stanza inutile di sotto.»

E meno male che avevano chiesto a Katherine Whitmire di aspettare fuori.

«Sì, c'è un biglietto» confermò Ellie. «Il corpo è là, nella vasca.»

Notò che Bob si chinava un po' mentre varcava la soglia del bagno. Un'abitudine da persone alte, probabilmente.

Mentre il medico esaminava il corpo, Ellie rovistò nella borsa arancione di Hermès posata sul bancone della cucina, finché non trovò un flacone di pillole non etichettato. Svitò il tappo e osservò in controluce una capsula. «Bingo.»

Lanciò il flacone a King appena lo vide riemergere dal bagno. «L'Adderall viene prescritto per la depressione, giusto?»

«Non proprio, è più per l'ADHD, il disturbo da deficit di attenzione, ma è uno stimolante. Per caso i vostri allenati occhi da detective vedono qualcosa che sfugge alla mia eccellente preparazione medica?»

Scossero la testa.

«Era da un pezzo che non mi capitava un suicida con i polsi tagliati» osservò.

Nonostante fosse un cliché, tagliarsi i polsi era un metodo sorprendentemente inefficace per togliersi la vita. I vasi sanguigni non sono abbastanza grandi e il corpo lotta per sopravvivere. Senza contare che, di solito, le vene si richiudono prima che sopraggiunga la morte. Per questo spesso le ferite sui polsi sono seguite da altre al petto o al collo. Nel caso di Julia, però, l'acqua della vasca aveva continuato a far scorrere il sangue. La bottiglia vuota di Barolo sul pavimento di marmo indicava un ulteriore aiuto da parte dell'alcol.

Ginger si mise le mani sui fianchi. «Be', non so voi, ma a me pagano uguale sia se sto qui, sia se torno sulla 26th Street. Se questa fosse una topaia ad affitto agevolato me ne starei già tornando in ufficio, ma per mamma grizzly sono pronto a fare di tutto se pensate che ci sia qualcosa di sospetto. Tengo più al mio culo che ai soldi dei contribuenti, se capite cosa intendo.»

«Allora siamo d'accordo» annunciò Rogan. «Facciamolo.»

«Aspettate un attimo.» Ellie agitò una mano. «Non siamo ancora tutti d'accordo.»

«Qual è il problema? Chiamiamo la Scientifica e facciamo esaminare la scena. Parliamo con qualche amica della ragazza, setacciamo il quartiere e ci assicuriamo che non ci sia sfuggito nulla.»

«Oppure potremmo uscire di qui e andarcene a pranzo.»

«Sempre per dare prova di grande sensibilità, giusto?»

«Non lo so, al momento un hamburger non mi dispiacerebbe. O la tua ragazza ti costringe ancora a tenere sotto controllo il colesterolo, Rogan?»

Lui scosse la testa. «Non avrei mai dovuto lasciarmelo sfuggire con te. È come andare in giro con una versione più bianca, bionda e tragicamente più intuitiva di mia madre. Comunque non è da te arrenderti tanto in fretta, Hatcher.»

«Mi arrendo quando so che sto sprecando il mio tempo. Voi due restate pure se volete, io devo comparire in tribunale. Mi fermo soltanto a parlare con la madre, poi mi tolgo dai piedi.»

4

Ellie trovò Katherine Whitmire appollaiata su una panca imbottita in fondo alle scale, con il telefono appiccicato all'orecchio. Al suo fianco c'era l'agente che avrebbe dovuto accompagnarla fuori. «Sono rimasto con lei per tutto il tempo» disse, cercando di giustificarsi.

Ellie iniziava a desiderare lo stesso potere che quella donna era in grado di esercitare sugli altri.

Quando la vide avvicinarsi, Katherine usò la mano libera per asciugarsi le macchie di mascara nero sulle guance.

«Devo andare, Bill» sussurrò nella cornetta. «Uno dei detective ha appena finito in camera da letto, forse ha delle novità. Stai tornando in città, vero? Subito?» Aggiunse un flebile «grazie» prima di interrompere la telefonata.

«Mio marito» spiegò la padrona di casa. «Tornerà in elicottero da East Hampton. Mi stava dicendo che aveva una riunione da quelle parti. Penso che sia sotto shock.»

«Non è insolito.»

«Giusto, immagino che lei sia abituata ad affrontare tragedie, vero?»

«Non ci si abitua mai. Mi dica di sua figlia.»

«Non avrebbe mai fatto una cosa del genere.»

Tutti sono convinti di poter riconoscere le tendenze suicide. Ma Ellie sapeva che non era necessariamente vero. Alcune persone sbandierano la loro infelicità passando intere giornate a letto senza fare nemmeno una doccia, ma tante altre riescono a salvare le apparenze. Ellie aveva impiegato quasi vent'anni ad accettare quella verità, ma ci era riuscita.

«Mi parli di lei.»

«Non capisco, detective. Cosa vuole sapere?»

A Ellie premeva sapere come Katherine Whitmire vedeva sua figlia, ma ancor di più voleva che la donna si sentisse ascoltata prima di lasciarla a gestire i lunghi e complessi strascichi psicologici di un suicidio. «So che ha sentito i nostri agenti parlare con i soccorritori. E che ritiene siano saltati alle conclusioni sbagliate, quindi mi parli di Julia, così possiamo avere un quadro completo.»

Ellie la seguì in salotto, dove la donna prese una foto incorniciata dalla mensola sul camino. «Questa è di due Natali fa.» Katherine Whitmire non era cambiata da allora, ma sua figlia sembrava molto più giovane senza trucco, con le guance piene e le labbra rosa incurvate in un sorriso che mostrava l'apparecchio per i denti.

«Quello è suo figlio?» Ellie indicò un ragazzo dall'aria snob seduto vicino a Julia.

«Sì, è Bill Jr., frequenta il primo anno alla Colby. Non l'ho ancora chiamato. Non so come dirglielo. Non gestisce bene i cambiamenti, è molto inquadrato, molto organizzato... come suo padre. Ecco, questo è mio marito, Bill. Julia invece è di tutt'altra pasta.» Sorrise triste. «Lei somiglia di più a me. Be', somigliava. Una ragazza indipendente, uno spirito libero. Testarda come un mulo, ma anche tollerante, accogliente e affettuosa con chi incontrava. Voleva salvarci tutti, era fatta così.»

«Lei aveva bisogno di essere salvata?»

La sua espressione malinconica fu rimpiazzata da uno sguardo intenso. «Non parlavo di me personalmente, detective. Intendevo la società, il mondo, capisce? L'avevo messa in guardia. Avevo detto a mia figlia che alcune persone non si possono salvare. Certo, magari se avessero avuto la possibilità di crescere in un ambiente diverso sarebbero potute diventare migliori di quanto non fossero, ma per certi soggetti disperati, resi pericolosi dalla povertà e dalla vita di strada, non si può più fare nulla. È questo che è successo. Uno di quegli... animali... l'ha uccisa. Probabilmente per rubarle qualche dollaro. Ecco com'è andata.»

Parlava così in fretta che era difficile seguirla.

«Sembra che abbia in mente qualcuno in particolare.»

«Sono dei ragazzini di strada. Li ho trovati in casa con lei, circa due mesi fa.»

«E chi erano?» Forse nel mondo dei Whitmire bastava essere studenti di una scuola pubblica per essere considerati una cattiva compagnia.

«Non so se sono orfani o in affido, o magari semplicemente dei senzatetto. Non so come si definiscono. Ma erano in tre, mi sembra... due ragazzi e una ragazza. Ramona Langston le dirà come si chiamano, è la migliore amica di Julia. Avevo detto a mia figlia di non invitarli più in casa, ma lei non mi ascoltava mai. Secondo Bill più cercavo di allontanarli, più Julia si sarebbe attaccata a loro, ma cosa potevo fare? Ormai era quasi adulta.»

«Pensavo avesse sedici anni.»

La donna batté le palpebre, come se l'osservazione di Ellie fosse illogica.

«Quindi questi ragazzini sono stati qui due mesi fa?» chiese Ellie. «E da allora non li ha più visti insieme a Julia?»

«Sono tornata una sola volta.»

«Mi scusi, mi sembrava di aver capito che questa fosse casa sua.»

«Lo è, ma io e Bill ci veniamo più o meno una volta al mese. Facciamo la spola fra New York e East Hampton da anni, ma ultimamente abbiamo ridotto la nostra presenza in città. Quando Billy è partito per il college, Julia si è trasferita al piano di sopra.»

«E prima che Billy andasse al college?»

«Vivevano qui insieme. Oh, erano inseparabili. Non so proprio come dirgli cos'è successo. Julia seguiva Billy ovunque, non le è mai piaciuto stare da sola. Forse è per questo che ha fatto amicizia con quei disperati. Sa, prima che Billy partisse tornavo più spesso. Aveva me. Aveva lui. Adesso...»

«Quindi, mi perdoni... Julia viveva qui da sola?»

«Per la maggior parte del tempo sì. Preferiva stare in città. La scuola, le amiche. Aveva tutto qui.»

E secondo questa donna erano gli amici "senzatetto" di sua figlia a essere orfani.

Cos'altro avrebbe chiesto un detective serio, meticoloso e preoccupato? «Aveva un fidanzato?»

«Un fidanzato?» le fece eco Katherine, come se fosse una parola incomprensibile.

«Sì, aveva un ragazzo?»

«Be', sono sicura che mia figlia uscisse con qualcuno, ma nessuna storia seria, almeno non credo.»

«Ho trovato una confezione di anticoncezionali nel suo armadietto, pensavo potesse essere l'indizio di una frequentazione regolare.»

«Ah, quelli... Prendeva la pillola da quando aveva quattordici anni. È stata un'idea di Bill, a dire il vero. Meglio prevenire che curare.»

Il nome del padre di Julia le suonava familiare. Bill Whitmire... Non riusciva a ricordare dove lo aveva sentito.

«Altri medicinali? Abbiamo trovato delle compresse di Adderall nella sua borsa.»

«Adderall? Mai sentito. Voglio dire, so che soffriva di mal di testa. Forse...»

«È uno stimolante usato per il trattamento dell'ADHD... sa, il disturbo da deficit d'attenzione.»

Katherine scosse la testa. «Non aveva niente del genere.»

«Era in cura da uno psichiatra?»

«No. Io ci vado, e anche molte delle sue amiche. Ma Bill è convinto che la gente ricca e incline agli eccessi abusi di terapia e antidepressivi. Immagino che per lei corrispondiamo a questa descrizione.»

«Il nome di suo marito mi suona familiare, le dispiacerebbe...»

«CBGB.»

«Come, prego?»

«Non mi dica che è troppo giovane per conoscere il CBGB!»

Ellie e suo fratello Jess dovevano aver passato un paio di migliaia di ore in quel celebre locale prima che chiudesse i battenti a causa di un'impennata dei prezzi degli affitti. «Certo che lo conosco!» Poi la lampadina si accese. Bill Whitmire era un famoso produttore di band che avevano suonato con i Ramones e i Blondie.

«Adesso in quei locali c'è una boutique di John Varvatos» aggiunse Katherine in tono triste. «Riesce a crederci?»

Ellie rimase con lei in salotto durante tutte le operazioni degli agenti della Scientifica. La ascoltò parlare dello spettacolo teatrale natalizio che Julia aveva scritto in quinta elementare, in cui Babbo Natale si rivolgeva a un dottore di nome Cal Q. Later per dimagrire, in modo che le renne potessero continuare a trainarlo sulla slitta. Scoprì che era stata Julia a preparare i saggi per l'ammissione di suo fratello all'università. E che aveva fondato un gruppo locale di Amnesty International alla Casden, l'esclusiva scuola dell'Upper East Side che frequentava. Che amava i cani, ma era allergica al loro pelo. Che una volta suo padre le aveva presentato Bono, ma lei aveva donato l'autografo a un'asta di beneficenza per un canile.

Ellie la interrompeva di tanto in tanto per dare voce a una delle domande che infuriavano nella sua mente.

«Non ha notato che sua figlia aveva un disturbo alimentare?»

«Perché me lo chiede? È magra di costituzione.»

Certo, peccato che la foto sul camino ritragga un'adolescente paffutella...

«Ha mai pensato che sua figlia potesse avere ragione di sentirsi persa?»

«Ha ascoltato una sola parola di quello che le ho detto, detective?»

E lei si è ascoltata?

«Immagino che quella della lettera sia la grafia di sua figlia.»

«La grafia si può imitare.»

Deve averlo imparato da CSI.

Pur andando avanti a pontificare su sua figlia e la sua famiglia per più di un'ora, Katherine Whitmire non accennò nemmeno una volta al fatto che Julia, una sedicenne bulimica, era morta nella sua vasca da bagno con le vene tagliate, dopo aver lasciato una lettera d'addio posata sopra i cuscini del letto.

A volte negare l'evidenza è più facile che ammettere una verità dolorosa. Ed Ellie lo sapeva fin troppo bene.

Quando uscirono dal palazzo inspirò a fondo, come se una boccata d'aria fresca potesse lavare via i pensieri indesiderati e impedirle di immaginare come dovesse essere crescere con genitori come i Whitmire.

«Casetta notevole, eh?» Aveva risparmiato a Rogan il resoconto dell'intera conversazione con Katherine, riassumendola in poche frasi, e il suo collega stava ancora fissando con un misto di invidia e ammirazione l'esterno dell'edificio.

«Suo padre è Bill Whitmire. Il produttore musicale.» Snocciolò una manciata dei suoi progetti.

«Tu e quel chiasso da ragazzini bianchi. Datemi Prince tutti i giorni. *I wanna be your... lovah!*»

«Forza, sbrigati!» Guardò l'orologio senza smettere di marciare verso la macchina. «Ho quell'udienza fra poco. Forse faccio ancora in tempo, ma soltanto se mi dai uno strappo in tribunale.»

«Ma non dicevi che la tua testimonianza non è fondamentale? Mi avevi spiegato che, alla peggio, il procuratore distrettuale se la sarebbe cavata benissimo anche senza di te.»

«Sì, ma non vedo alcuna necessità di restare. Hai detto tu stesso che nessuno ha notato niente di strano durante il fine settimana.»

«Ma ci sono ancora degli agenti che perlustrano il quartiere» obiettò Rogan.

«Non hanno trovato nemmeno un testimone, e non ne troveranno.»

«Sai cosa succederà se chiudiamo il caso, vero?»

«Katherine Whitmire andrà su tutte le furie e darà fuoco alle nostre abitazioni?»

«Dico sul serio, Hatcher, che ti prende? Non è la prima volta che lavoriamo a un caso senza speranza. Di solito non ce ne laviamo le mani.»

Aveva ragione. Quante ore sprecavano ogni anno su sparatorie fra gang in cui era impossibile trovare un testimone? Quei casi, però, erano diversi.

«È patetico, Rogan. Certa gente fa figli soltanto per soddisfare il proprio ego del cazzo. Quella ragazzina aveva sedici anni, però tutti si aspettavano che vivesse come un'adulta perché i suoi genitori erano troppo fighi e impegnati per perdere il loro tempo con dei bambini. Prendeva la pillola da due anni. Era chiaro come il sole che fosse bulimica, eppure sua madre non se n'era neanche accorta. A quanto pare frequentava cattive compagnie soltanto per attirare l'attenzione dei genitori.»

«Cazzo, così mi confondi! Vuoi forse dire che ci è sfuggito qualcosa?»

«No, Rogan, non c'è niente di sospetto. È tutto perfettamente coerente e prevedibile e, alla luce di questi elementi, si può comprendere la sua decisione di togliersi la vita. Il suicidio è stato un estremo grido d'aiuto, e sua madre si rifiuta di accettarlo. Tu fa' come vuoi, io vado in tribunale.»

Avrebbero atteso il rapporto del medico legale, l'autopsia e i risultati della Scientifica, per dare maggiore ufficialità alle conclusioni che per adesso erano state tratte sulla base dell'intuito di poliziotti e soccorritori. Ma, in ogni caso, Ellie non dubitava che entro la fine della settimana Katherine Whitmire sarebbe stata informata in modo inappellabile che sua figlia si era tolta la vita. Forse allora si sarebbe decisa a guardarsi allo specchio e ad affrontare la verità.

5

Nuovi inizi
Confessioni di una sopravvissuta

PERDONO

Perdono. Una parola semplice, eppure una delle cose più difficili da trovare dentro di sé e da offrire agli altri.
Spesso si sente dire che è impossibile guarire senza perdonare chi ti ha fatto del male. Ma non sta a me perdonare l'uomo che mi ha violentata. Non dovrebbe essere lui a guardarsi dentro e capire perché ha fatto quello che ha fatto? Non dovrebbe essere lui a chiedersi come ha potuto portarsi via tutto ciò che mi ha tolto? E parlo soprattutto della fiducia, dell'energia, della capacità di agire, della consapevolezza di me stessa.
Forse dovrebbe essere lui a perdonarsi. Non è compito mio.
Una delle cose che mi ha sottratto è mia madre. Se sono rimasta in silenzio tanto a lungo, permettendo a quell'uomo di tornare nella mia stanza notte dopo notte, è stato perché avevo paura per lei. L'ho fatto per lealtà nei suoi confronti. Per assoluta dedizione.
Mi ha cresciuto lei. Papà se ne andò presto, non ho alcun ricordo suo. Mia madre rimase da sola per parecchio tempo. Non completamente, certo: aveva me. Sola come donna, intendo dire. E dopo tanta sofferenza, un uomo che lei aveva imparato ad amare, e che infine aveva fatto entrare nella nostra casa, aveva iniziato a venire da me

di notte e a minacciare di ucciderci entrambe se avessi detto qualcosa. Ma non l'ho mai incolpata per la sua presenza nella mia vita. Mi dicevo che lei non poteva saperlo, perché era bravissimo a fingere. Come poteva sospettare che dentro di lui si celasse un mostro?
No, non sono stati gli abusi a portarmi via mia madre. Ironia della sorte è stata proprio la mia fiducia assoluta e incondizionata in lei a farmi superare la paura che lui mi aveva instillato. Aspettai finché un giorno lui non fece tardi al lavoro. Eravamo di nuovo soltanto noi due, come ai vecchi tempi. Mangiammo quegli stupidi *finger sandwich* che preparavamo sempre quando ero piccola. Insalata di pollo su semplice pane per tramezzini, ma per qualche motivo il nome buffo e le dimensioni striminzite mi divertivano un sacco. (*Chi se lo immaginerebbe mai, un finger sandwich?* ridacchiavo).
Con il passare delle ore iniziai ad angosciarmi perché a breve lui sarebbe tornato. La serata fra donne sarebbe finita presto. Avrebbe abbracciato mia madre e le avrebbe detto che era felice di essere a casa. Lei sarebbe scivolata rapidamente nel dormiveglia mentre lui avrebbe dichiarato di non avere ancora sonno. *Vado a leggere di sotto, non voglio che la luce ti dia fastidio, tesoro.*
Era successo così spesso che riuscivo a visualizzare il suo ingresso nella mia stanza. Stavo persino cominciando a notare certi dettagli ricorrenti. Da ubriaco era più goffo. Faceva meno male, ma durava di più. Se era stanco, invece, cercava di accelerare la cosa. E strozzarmi con la sua cintura sembrava aiutarlo. Ormai sapevo anche che le mestruazioni non lo infastidivano. Mi lasciava sul lenzuolo insanguinato, ordinandomi di ripulire tutto entro l'indomani mattina.
Così glielo dissi.
Ricordo ancora l'espressione del suo viso mentre si avvicinava quello stupido sandwich alla bocca. Lo tenne fermo a mezz'aria e poi lo posò sul vassoio di porcellana che avevamo tirato fuori per l'occasione, un regalo dei vicini per la mia cresima.
«Forse è stato solo un brutto sogno.»
«Mamma, penso di saper distinguere la realtà da un incubo. E non è successo una volta sola.»

«Cosa dobbiamo fare, adesso?»

«Posso dirlo alla polizia, forse ci aiuteranno.»

«Non era questo che intendevo. Volevo dire che cosa dobbiamo fare con te.»

«Mamma» non so quale segno di interpunzione far seguire a quest'unica parola, ma sento ancora la mia voce che riecheggia nella testa. In parte osservazione. In parte grido. In parte domanda. Punto, punto esclamativo, punto interrogativo?

E poi aveva preso il vassoio e aveva buttato i sandwich che erano avanzati nella spazzatura. «Non immaginavo che mi odiassi tanto da inventare una tale bugia. Ti perdono, ma non raccontarmi mai più queste storie.»

Lei perdonava *me*.

Forse penserete che odio mia madre. Non è così. Non l'ho mai odiata. L'ho semplicemente persa a causa di quell'uomo, insieme a tante altre cose. E anche se non giustifico gli errori che ha commesso, oggi scelgo di prendermela con lui, non con lei. Scelgo di credere che lui l'ha distrutta, proprio come ha fatto con me. Eravamo entrambe sue vittime.

E scelgo anche di credere che, anche se è troppo tardi per dirglielo, mia madre sappia che l'ho perdonata.

Perdono. Una parola semplice.

Il lettore si voltò per assicurarsi che non ci fosse nessuno. Dopo l'ultima volta, doveva fare più attenzione. Adesso si trovava seduto davanti a un computer ad accesso pubblico in un'affollata palestra di lusso del centro. Gli impiegati distratti della reception non fermavano nessuno all'ingresso, passavano tutti in fretta, senza smettere di parlare al cellulare, salutando rapidi; un gesto facile da imitare. Nel peggiore dei casi, sarebbe bastato mormorare qualcosa a proposito di un paio di scarpe da ginnastica dimenticate per filarsela senza farsi troppo notare.

Era giunto il momento di commentare l'ultimo post.

Hai mai pensato che tua madre ti odiava perché avevi fatto scappare tuo padre? Non ti è mai venuto in mente che sia stato il tuo desiderio di una figura paterna ad attirare quell'uomo nel tuo letto? Avrebbe dovuto stringere più forte. Avrebbe dovuto farti sanguinare di più. Continua a scrivere. Io leggo. E mi preparo a venire a prenderti.

Cinque minuti dopo la pubblicazione del commento, qualcuno chiamò un numero di Buffalo, New York. «Chiamo a proposito di un prigioniero di nome Jimmy Grisco. James Martin Grisco.»

Quella telefonata avrebbe cambiato tutto.

6

Dopo che l'ultimo estraneo se ne fu andato, Katherine Whitmire chiuse a chiave la porta.

Nel palazzo non volava una mosca. Era strano essere circondata dal silenzio, in quella casa.

Alla famiglia Whitmire piaceva vivere nel rumore. Bill, nelle rare occasioni in cui tornava in città, ascoltava le ultime proposte della casa di produzione o sparava a tutto volume i demo di nuovi artisti, in cerca di un talento da scoprire. I ragazzi avevano ereditato il suo bisogno costante di suono.

La musica era il "suono" preferito di Julia, anche se negli ultimi tempi aveva sviluppato una passione per i vecchi thriller. Billy, invece, era un drogato di telegiornali: passava le giornate a fare zapping fra CNN, MSNBC e Fox, l'ultima in particolare gli scatenava frequenti scoppi di grida contro la televisione. E poi, naturalmente, c'erano le urla da un piano all'altro della casa. Nonostante gli sforzi di Katherine per convincere i membri della famiglia a usare l'interfono, il resto dei Whitmire si ostinava a comunicare alzando la voce: *Hai di nuovo cancellato le puntate che avevo registrato?... Ordino il sushi, qualcuno ha fame?... Julia, scendi! C'è una cassetta che voglio farti sentire... Papà, so a stento cosa sono le cassette, perché non ti sforzi di entrare nel nostro secolo?*

Ma ora, in casa, regnava il silenzio. Erano anni che non

succedeva: da quel brevissimo lasso di tempo tra la fine della ristrutturazione e l'arrivo del camion dei traslochi con la loro roba.

All'epoca Julia era piccolissima, non parlava nemmeno, e Billy aveva appena compiuto tre anni (evento celebrato con una festa che soltanto suo padre avrebbe potuto organizzare: venti bambinetti accompagnati dai genitori a un concerto privato pomeridiano di Hootie & the Blowfish al Joe's Tavern). Katherine ricordava che, al tempo, era rimasta immobile nello stesso punto in cui si trovava in quel momento, a immaginare la vita che la sua famiglia felice avrebbe avuto in quella casa meravigliosa.

Si era sentita fortunata, all'epoca. Bill Whitmire aveva avuto una vita incredibile, fatta di talento, celebrità, viaggi, musica e donne bellissime. Katherine non era affatto il suo tipo: aveva già trent'anni quando lo aveva conosciuto e non era né una modella né una giovane cantante, ma un architetto fra tanti. Il suo migliore affare era stato aggiudicarsi la ristrutturazione di un loft di Tribeca per il cantante degli Smashing Pumpkins.

Stava per uscire con i progetti sotto braccio, quando era arrivato Bill. Si era fermato per un caffè, il caffè era diventato un aperitivo, l'aperitivo si era trasformato in una cena. E la mattina dopo, con sua grande sorpresa, Katherine si era svegliata nel letto di Bill.

Immaginava che sarebbe stata la storia di una notte, la prima e probabilmente l'ultima della sua vita. Ma Bill la chiamò tre giorni dopo, e poi tre giorni dopo ancora. Dopo due mesi aveva iniziato a chiedersi se la loro potesse definirsi una relazione.

E poi un giorno, per mettersi l'anima in pace, visto che aveva un ritardo di due settimane, aveva fatto un test di gravidanza. Poi un altro, e un altro ancora. Di fronte alla tripletta di segni rosa allineati sul serbatoio del water, capì che la sua eccitante storia d'amore era arrivata al capolinea. Bill aveva cinquant'anni e non si era mai sposato. Non ci sarebbe stato nessun lieto fine.

A quel punto gli aveva comunicato la notizia, sicura che lui le avrebbe chiesto quando avesse intenzione di sistemare la cosa. Ancora una volta, però, Bill Whitmire l'aveva sorpresa. Aveva sorriso, l'aveva abbracciata, si era commosso e l'aveva ringraziata. Le aveva allontanato i capelli dal viso ogni volta che era stata alle prese con gli effetti delle nausee mattutine. Le aveva spalmato una lozione alla vitamina E sulla pancia tutte le sere, promettendo di continuare ad amarla anche se il suo addome si fosse riempito di smagliature.

A sei mesi dall'inizio della gravidanza Bill le aveva chiesto di sposarlo, per poter essere "una vera famiglia". Si erano scambiati le promesse sulla spiaggia di Montauk, in una cerimonia officiata da Elvis Costello grazie a un certificato preso su internet. L'annuncio del loro matrimonio era stato pubblicato sulla pagina degli spettacoli del «New York Times». Lei aveva cambiato cognome.

Quando poi era rimasta incinta di Julia, era stato Bill a proporre di comprare una villetta a schiera in città, in modo che i bambini avessero più spazio per giocare. L'ultimo piano poteva diventare un appartamento indipendente per una tata a tempo pieno che avrebbe aiutato Katherine a gestire l'inevitabile caos generato dall'arrivo di un secondo figlio.

Bill Whitmire si era sistemato. Era un buon padre. E aveva scelto *lei* per farsi una famiglia. Ricordava che quel giorno aveva letteralmente fatto le giravolte per la gioia sul pavimento di marmo. Aveva alzato lo sguardo sul soffitto bianco con la sensazione di aver vinto la lotteria dell'amore e del matrimonio. Stava vivendo una favola, e Bill era il suo principe azzurro.

Due mesi dopo, la casa non era più vuota. Billy con le

sue lenzuola di *Toy Story*. Julia e la sua nursery verde muschio a tema elefanti. La cabina armadio di Katherine era più grande dell'ultimo appartamento in affitto che aveva avuto da single.

Mira, la tata a tempo pieno, aveva il suo spazio privato all'ultimo piano.

Katherine non sapeva da quanto tempo andasse avanti, quando se n'era accorta. Proprio sotto, o meglio sopra, il suo naso. Un pomeriggio era tornata a casa e aveva sentito il familiare fracasso della musica di Bill nel suo studio, ma lui non c'era. L'ascensore era fermo all'ultimo piano. Nessuna traccia nemmeno di Mira.

Aveva fatto le scale, così non avrebbero sentito il rumore dell'ascensore. Se si fosse sbagliata, avrebbe sempre potuto dire a Mira che si stava impegnando per muoversi di più.

Ma i suoi sospetti erano fondati. Era Bill ad aver aumentato l'attività fisica.

Ora, a più di sedici anni di distanza, aveva appena visto il cadavere di sua figlia portato via su una barella da quello stesso appartamento all'ultimo piano. I detective che aveva insistito per convocare se n'erano andati. Non c'era più nessuno.

Andò al carrello bar nel salotto e si versò un bicchiere della vodka di Bill. Si odiava per aver ricordato la sua prima infedeltà (la prima di cui si fosse resa conto), quando avrebbe dovuto pensare a Julia.

Sotto molti aspetti, però, i due momenti erano indissolubilmente legati. Quando aveva visto Bill – ansimante e sudato dietro la baby-sitter piegata in avanti, con i jeans alla moda inadatti alla sua età sbottonati e goffamente penzolanti – era cambiato tutto. Avrebbe dovuto lasciarlo allora. Avrebbe dovuto far valere il contratto prematrimoniale per costruirsi una vita normale con i suoi due figli ancora felici.

Ma era troppo tardi. Ormai essere la signora Whitmire era una parte integrante della sua identità. Se il loro matrimonio fosse fallito, allora lei non sarebbe stata altro che un cliché, la carrozza elegante che si ritrasformava in zucca allo scoccare della mezzanotte. Avrebbe significato che Bill non l'aveva mai scelta davvero. Sarebbe stata soltanto una delle tante donne che aveva avuto. Quella che si era fatta mettere incinta.

Fu così che tenere d'occhio, osservare e controllare suo marito diventò il suo lavoro a tempo pieno. Se lui diceva di dover incontrare un giornalista da Babbo, lei lo accompagnava ed entrava per un rapido saluto, sostenendo di essere "di strada" per una qualche commissione. Se doveva andare in California per i Grammy, lei lo accompagnava, anche a costo di perdere il primo saggio di pianoforte di Julia. E quando Bill aveva annunciato che sarebbe stato più proficuo se avesse aperto uno studio di produzione nella casa di Long Island, lei si era convinta che Julia e Billy fossero maturi abbastanza per vivere da soli in città.

Sentì la vodka bruciarle in gola. Strinse i denti. Voleva che bruciasse, voleva sentire *qualcosa.* Aveva visto come la guardavano quei detective. Come la giudicavano. La incasellavano nello stereotipo della donna superficiale che tiene al suo aspetto, alle borse e ai gioielli più che alle cose davvero importanti.

Sapeva di meritare tutto il loro disprezzo. Sarebbe dovuta essere lì con la sua bambina. Avrebbe dovuto proteggerla. E adesso il minimo che poteva fare era scoprire chi le aveva fatto del male. La polizia se n'era andata, ma non era finita.

Il silenzio fu interrotto da un rumore di chiavi nella toppa della porta d'ingresso. Sapeva chi era, ma una parte di lei, in modo del tutto irrazionale, sperò che si trattasse di suo figlio. Aveva chiamato Billy per dargli la terribile notizia ma, anche se fosse riuscito a prendere l'ultimo volo per New York, non ce l'avrebbe fatta a rientrare in città prima delle nove di quella sera.

«Kitty?»

Gli occhi di Bill erano arrossati e umidi. Corse da lei e la abbracciò.

«Dio santo. La nostra Julia. La nostra bambina...» La sua voce si spezzò.

Quante volte avrebbe voluto vederlo correre da lei così? Avvertire che aveva bisogno di lei, desiderare il suo amore e la sua lealtà come un drogato in astinenza. Si sentì piccola e fragile nel suo abbraccio soffocante.

«Andrà tutto bene, Kitty. Insieme supereremo tutto.»

Lui la strinse ancora più forte, premendole il palmo contro la testa e schiacciandole il viso contro il suo cappotto di cachemire. Lei inalò il dolce profumo floreale di Cartier sul suo colletto e, per la prima volta in diciannove anni, si rese conto che il destino del suo matrimonio le era del tutto indifferente.

7

Di solito a Ellie piaceva andare in tribunale. Lo aveva sentito descrivere come il luogo dello "sbrigati e aspetta", e ne capiva il motivo.

Le altre persone, in genere gli avvocati, correvano su e giù per i corridoi, affannandosi a radunare i testimoni come un gregge. Negoziavano accordi all'ultimo minuto, dai nomi telegrafici: RSC, rilascio su cauzione; SDA, sentenza di assoluzione; iscrizione nell'RCS, registro dei criminali sessuali. Nel frattempo, Ellie sedeva rilassata su una panca, di solito intrattenendosi con un giornale lasciato da un avvocato, e lo stipendio se lo guadagnava così; ci scappavano addirittura gli straordinari se la convocavano e non era di turno.

Quel giorno, però, mentre aspettava nel corridoio fuori dall'aula del giudice Frederick Knight, la sua mente continuava a tornare allo sguardo impotente di Rogan quando lei gli aveva sbattuto in faccia la portiera della macchina senza lasciargli il tempo di finire la frase. Le ultime parole che le aveva detto, prima che si allontanasse, erano state: «Scommettiamo che fra poco Tucker riceverà una telefonata di richiamo?».

Aveva ragione, probabilmente i Whitmire avrebbero chiamato il tenente. Oppure chiesto al commissario di chiamare il tenente. O chiesto al sindaco di chiamare il commissario. O usato qualunque altro strumento al di fuori della portata del resto della popolazione per esercitare la propria influenza.

Ma Ellie era l'ultima persona al mondo disposta a reggere loro il gioco. Né la loro celebrità né i loro soldi cambiavano il fatto che avevano tirato su una ragazzina triste e problematica che era finita ubriaca, nuda e insanguinata in una vasca da bagno.

«Ehi, non dicevi di aver ricevuto una chiamata?»

Lungo la strada aveva scritto un messaggio a Max Donovan, l'assistente procuratore distrettuale che si sarebbe occupato della mozione del giorno. Non era solita scambiarsi messaggi con i procuratori, ma questo in particolare era il suo fidanzato.

«È stata una cosa veloce.»

«Non sapevo che di questi tempi le indagini sugli omicidi si liquidassero tanto in fretta. Ah no, ne ricordo una molto rapida: l'anno scorso un tizio era convinto che il vicino stesse uccidendo una donna, ma poi è saltato fuori che la donna in questione era una bambola gonfiabile.»

«No, in questo caso la ragazza era in carne e ossa, ma senza dubbio si tratta di un suicidio. O almeno, è chiaro a tutti tranne che alla famiglia.»

Max abbandonò subito l'espressione divertita. «E tu stai bene?»

«Perché non dovrei?»

«Okay, lasciamo stare. Mi fa piacere che tu ce l'abbia fatta. Magari riusciamo a mangiare un boccone insieme quando finiamo.»

«Sarebbe fantastico.»

A causa dei loro impegni di lavoro non si vedevano da quattro giorni. E, vista la routine a cui si erano abituati nell'ultimo anno, quattro notti separati equivalevano a una relazione a distanza.

L'ufficiale giudiziario fece capolino dall'aula. «Il giudice è pronto.»

La testimonianza di Ellie durò sedici minuti. Era stata chiamata a intervenire contro la richiesta di scarcerazione di un omicida. L'imputato sosteneva di non aver ricevuto adeguata assistenza legale dal suo avvocato perché quest'ultimo aveva permesso a Ellie di interrogarlo sulla morte della sua fidanzata. Le informazioni erano chiare. Era stato l'imputato stesso a chiamare la polizia, sostenendo di essere tornato a casa e aver trovato il corpo massacrato della sua ragazza sul pavimento della cucina dell'appartamento che condividevano a Chinatown. Non era in custodia. Non era nemmeno sospettato. Il suo presunto "avvocato" era un immobiliarista che abitava sullo stesso pianerottolo e si era offerto di dargli una mano.

Non era colpa dell'avvocato se Ellie aveva notato le sottili lacerazioni di ogni colpo inferto al corpo della vittima, o l'orlo appuntito e affilato dell'anello che l'imputato portava sul mignolo, o ancora i segni rossi che l'uomo aveva sulle nocche. Era bastata una semplice domanda su quei tre dettagli a farlo crollare.

Sarebbe stata un'udienza semplice se non fosse stato per il fatto che il giudice Frederick Knight era noto in tutto il sistema giudiziario newyorkese come "Big Pig".

Forse quel soprannome, legato innanzitutto al suo peso, era impietoso, ma Ellie sospettava che non fosse poi tanto dovuto all'aspetto fisico del giudice, quanto alle sue esternazioni sessiste.

Le assurdità cominciarono appena si alzò dal banco dopo la sua testimonianza.

«Mi sembra di conoscerti.»

Ellie pensò che una frase del genere avrebbe potuto dirla un vecchissimo paziente di una casa di riposo che ormai non riconosce più nessuno.

«Ellie Hatcher, vostro onore. È la mia quinta volta nella sua aula.» Spiegò, snocciolando i nomi degli imputati. Li ricordava sempre. E anche le date degli arresti. Probabilmente anche le loro date di nascita. Il suo cervello era strano.

Il giudice Knight, invece, era confuso. Scosse la testa a ogni caso che le sentì menzionare. «È stata qui soltanto cinque volte e mi ricordo di lei? Lo prenda come un complimento, agente.»

Detective.

«Si tiene in forma, fa bene. Proprio una bella ragazza, non crede, Donovan?»

Max non batté ciglio. «Nessuno è in forma quanto lei, vostro onore.»

Fin troppo gentile, pensò Ellie, ma come altro avrebbe potuto rispondere, date le circostanze?

«Cosa pensa dell'abbigliamento della sua testimone, signor Donovan?»

«Come, prego?» chiese lui.

«Questo non mettiamolo a verbale» riprese il giudice, rivolgendosi allo stenografo. «Soltanto cinque apparizioni in tribunale, eppure mi ricordo di lei. E non prendiamoci in giro, è chiaro perché mi è rimasta impressa. Ma è un peccato vederla con quei pantaloni maschili.»

Una parte di Ellie avrebbe voluto informarlo che sotto i semplici pantaloni neri indossava un perizoma, ma c'era una ragione se si vestiva in quel modo per andare in tribunale. Lo faceva perché la maggior parte dei giudici e dei giurati aveva delle aspettative. Opposte rispetto a quelle del giudice Knight.

Ma a Big Pig non interessava il suo monologo interiore. Ormai era partito in quarta.

«All'inizio della mia carriera ho accolto con favore l'avvento della prima generazione di avvocatesse. Indossavano sempre la gonna, i tacchi alti e una camicetta di seta. Poi si è diffusa la moda dell'abbigliamento maschile e le donne hanno cominciato ad andare in giro in pantaloni e camicie Oxford. Per fortuna adesso le ragazze sono tornate ai bei vecchi tempi. Gonne, vestiti, tacchi... A parte lei, agente. Hatcher, giusto? Così tiene nascoste le sue migliori risorse. Sembra un uomo. Per non parlare del fatto che, secondo il mio assistente, lei e Donovan state insieme. Voglio dire, e se Donovan si presentasse in tribunale con una gonna, domani? Come si sentirebbe?»

Ellie si accorse che Max la stava guardando. La pregava. La implorava. *Non farlo, ti prego.*

«Mi piacerebbe molto, vostro onore. Ma l'assistente procuratore distrettuale Donovan mi stava giusto dicendo poco fa che ha consumato il suo miglior capo di seta rossa sfilando per lei.»

Max stava facendo del suo meglio per mostrarsi irritato, ma non riuscì a trattenere un sorriso.

«Seta rossa, davvero? Non fa un po' troppo prostituta *âgée*?»

«Oh, saresti una prostituta di altissima classe, ne sono sicura. Brooks Brothers, Burberry... Solo roba da ricchi. Mi dispiace, Big Pig mi ha fatto perdere la testa.»

«Non importa, la mozione è respinta. Le nuove accuse dell'imputato aggravano la sua situazione, è ancora più evidente adesso che all'inizio stava recitando la parte del fidanzato in lutto. Purtroppo lo stato non farà mai nulla contro Knight. Come giudice è sempre dalla parte dell'accusa, è come se avesse il pilota automatico. Potrei chiedergli di ammettere come prova un reperto alieno e lo farebbe.»

«Spero di riuscire a tornare a casa a un'ora decente. Tu?»

Max le posò una mano sulla vita. «Appena finisco qui devo andare a Rikers per una sparatoria fra gang. Immagino che qualche settimana in cella abbia suscitato un po' di diffidenza reciproca. Devo cercare di rimettere ordine nel caos.»

«I bravi cittadini di New York non potrebbero smetterla di uccidersi per una sera?»

«Hai tempo almeno per pranzo? Ho qualche minuto.»

«Dipende. Hai ancora quella gonna di seta rossa?»

«Quei pantaloni sono un po' da maschio.»

«Ma non lo è quello che c'è sotto» ribatté lei, facendogli l'occhiolino. Max ricambiò il suo sorriso. Il cellulare di Ellie squillò. Si irrigidì nel vedere che la chiamata era di Rogan. Immaginava che sarebbe scoppiato un casino, una volta lasciata la casa dei Whitmire. A quanto pareva i genitori di Julia avevano impiegato meno di un'ora per far valere la loro influenza.

Alzò un dito mentre rispondeva al telefono. «Sì?»

«Non ce ne saremmo dovuti andare. Mi avevi detto tu stessa che Donovan non aveva davvero bisogno della tua testimonianza.»

«Ne deduco che Tucker ti ha preso a calci in culo.»

«Non si tratta soltanto di Tucker. Avremmo almeno dovuto attenerci al protocollo. Proteggere la scena del crimine, parlare con gli amici... Insomma, la solita procedura.»

«Te lo ripeto: è una perdita di tempo.»

«E per questo mi sono lasciato convincere ad andare via. Ma abbiamo fatto una cazzata.»

«E perché?»

«Te lo dico quando arrivo. Ci vediamo su Centre Street. Sono lì fra tre minuti.»

Non si salutarono.

A trecentosettantacinque miglia a nord-ovest della città, a Buffalo, l'assistente procuratore distrettuale Jennifer Sugarman accettò una telefonata dalla reception. «Un certo James Grisco è qui per vederla.»

«Okay, lo mandi su.»

Aveva sentito i termini usati per descrivere le star dell'ufficio. Dan Clark era "nato per fare l'avvocato", Joe Garrett "un fenomeno con le giurie" e Mark Munson "una macchina da processo".

Munson? Sul serio? Era andata a vederlo in tribunale, un giorno, per capire da cosa dipendesse tanto clamore solo per rendersi conto che la sua arte oratoria era basata su retorica trita e giochetti di parole da quattro soldi. Altro che macchina da processo, era poco più che un idiota.

E Jennifer Sugarman? Di lei si diceva che era "una gran lavoratrice. Diligente, attenta ai dettagli, coscienziosa. Che non temeva la fatica". Quando gli uomini erano bravi, il loro era un talento naturale. Invece la sua bravura, a volte persino superiore alla loro, doveva essere il risultato di uno sforzo titanico.

In fondo, però, non le dispiaceva essere descritta in quei termini. Era passata dai reati minori a quelli gravi più in fretta di qualunque altro assistente procuratore distrettuale, e dopo soli cinque anni si occupava dei casi di omicidio. Si diceva che sarebbe diventata capo unità nella prossima tornata di promozioni. Inoltre, quando il grande capo fosse finalmente andato in pensione, la sua reputazione di grande lavoratrice le sarebbe tornata utile. Agli elettori piaceva pensare di star spendendo bene i propri soldi. Il suo piano era diventare il primo procuratore distrettuale donna della contea di Erie.

E poi era vero: lei lavorava più della maggior parte dei suoi colleghi. La visita di Grisco nel suo ufficio era un esempio lampante della sua etica professionale. La maggior parte degli assistenti procuratori distrettuali avrebbe ignorato la telefonata che lo riguardava. Al massimo avrebbero passato l'informazione all'agente di sorveglianza e se ne sarebbero dimenticati in fretta.

Ma era stata lei a negoziare la scarcerazione di Grisco, e sapeva che gli ex detenuti temevano molto più il potere ufficiale di un procuratore che le minacce vuote degli agenti di sorveglianza. Se qualcuno si era preso la briga di telefonare in prigione per fare domande sulla posizione di Grisco, era importante che proprio Grisco avesse ben chiaro in mente che lei non si era dimenticata di lui e che non avrebbe esitato a ritirare l'accordo, se fosse stato necessario.

Grisco si tolse il cappellino da baseball quando entrò nel suo ufficio. Era un buon segno, riconosceva la sua autorità. A quel punto lei gli raccontò della telefonata arrivata al penitenziario quella mattina e gli ricordò le condizioni del suo rilascio, arrivando persino a leggergliele ad alta voce dal dossier.

«Non c'è bisogno di ricordarmelo, signora. Non ho intenzione di mandare tutto a puttane.»

«Mi fa piacere sentirlo, Jimmy. Mi sono esposta per te.»

«Sissignora, e lo apprezzo.»

Lei gli strinse la mano e lo accompagnò in corridoio. Mentre lo guardava avviarsi verso l'uscita, si sorprese a sperare che riuscisse a rifarsi una vita decente. Non aveva nemmeno quarant'anni.

Al ritorno nel suo ufficio si rese conto che il suo blocchetto per gli appunti, quello su cui si era annotata le informazioni ricevute dal carcere, era rimasto in bella mostra sulla scrivania. Era stato un errore stupido, avrebbe dovuto nasconderlo, ma Grisco non sembrava averci fatto caso. Aveva tenuto gli occhi fissi sulle scarpe per tutto il tempo.

Girò la pagina del blocco. Non era grave. Ne era sicura.

8

Scendendo dalla metropolitana a Bleecker Street, Casey Heinz si scoprì a pensare che, tutto sommato, era stata una bella giornata.

La scuola di Ramona era chiusa per un lunedì dedicato ai corsi di aggiornamento, così avevano potuto trascorrere la giornata insieme, cominciando con uno spuntino da AJ's. In un giorno senza Ramona, avrebbe ordinato solo un muffin con le gocce di cioccolato, costringendosi a masticare lentamente, attento a non far trasparire la sua fame. Il fatto che iniziasse a stancarsi di quel particolare cibo lo avrebbe aiutato a rallentare il ritmo. In realtà si stava stancando di quasi tutto il menu di AJ's, uno dei pochi posti del Lower East Side che gli permetteva di occupare un tavolo anche se non consumava quasi niente. Prima un caffè. Un paio d'ore dopo un muffin. A volte Brandon o Vonda arrivavano con abbastanza spiccioli per una seconda tazza di caffè.

Cominciava a sentirsi a casa da AJ's.

Ma quel giorno il tempo non era un problema, perché c'era Ramona con lui. A una ragazza come lei nessuno chiedeva di andarsene, a prescindere dal suo accompagnatore.

Nemmeno i prezzi erano un problema, quando c'era lei. Gli piaceva come pagava. Non solo il fatto che pagasse. Era normale che al conto ci pensasse lei, vista la differenza fra le loro condizioni economiche. Ma era proprio il modo in cui lo faceva a piacergli: ordinava sempre qualcosa anche per sé, persino quando Casey sapeva che non aveva fame e non avrebbe mangiato tutto. Inoltre, aveva l'impressione che Ramona scegliesse sempre dei piatti che piacevano anche a lui. Quel giorno aveva preso una baguette con petto di pollo, mozzarella e basilico. Ne aveva assaggiati appena un paio di bocconi e poi, quando Casey aveva finito il suo muffin, aveva spinto il panino verso di lui, insistendo perché lo terminasse. «Sono strapiena, ti va di mangiarlo?»

Mentre camminavano a SoHo dopo pranzo, Casey aveva osservato a lungo il suo profilo. Non aveva mai conosciuto una ragazza carina come lei. Quella di Ramona non era una bellezza classica, e nemmeno la tipica bellezza delle studentesse di un liceo altolocato, con la loro arroganza e i nasi all'insù. Ramona era particolare. Il suo naso era un po' troppo lungo e piatto, e gli sembrava di ricordare che uno dei suoi grandi occhi fosse un po' più basso dell'altro. Le labbra erano sottili, il sorriso leggermente sbilenco. Eppure, mettendo insieme tutti i dettagli, era uno schianto.

E la cosa migliore era che non si impegnava per esserlo. Nessuna mèche nei capelli folti e neri come l'inchiostro. Portava molti più abiti vintage e molta più matita nera di quanto fosse ritenuto accettabile nell'Upper East Side. E infine, come se non bastasse, usciva con gente come Casey.

In genere vagavano senza meta nel quartiere, prendendo in giro le pretenziose e surreali gallerie d'arte e i ragazzini aspiranti punk. E, di solito, uno di loro aveva un amico al seguito: lui Brandon o lei Julia. Ma quel giorno non li aveva raggiunti nessun altro.

E non si erano limitati a passeggiare. Ramona gli aveva *parlato* sul serio.

«Sono preoccupata per mia madre, credo sia depressa.»

Casey non riusciva proprio a capire cosa avesse da deprimersi la madre di Ramona. Da quello che sapeva i suoi unici impegni erano fare shopping e andare in palestra. Ma tenne a freno la lingua.

«Ho chiamato Julia ieri sera, pensa che dovrei parlarne con mio padre. Dirgli che passa troppo tempo rintanata nella sua stanza.»

«La vedi questa?» Casey aveva indicato il suo viso. «È un'espressione afflitta e umiliata perché ne hai parlato con Julia prima che con me.»

«Scusa.» Si era chinata in avanti e gli aveva afferrato le spalle in un rapido accenno di abbraccio. «È solo che è più facile contattarla, sai, con i messaggi, WhatsApp e tutto il resto.»

WhatsApp e i social network. Altre comodità della vita normale di cui Casey non poteva godere. Da Promises c'era un limite di quindici minuti per l'uso del computer, a meno che non lo si utilizzasse per la ricerca di un lavoro, e i residenti non avevano un cellulare. Chi voleva contattarlo doveva lasciare un messaggio alla reception. Oppure a Joy, che nei giorni feriali lavorava alla cassa di AJ's da mezzogiorno alle cinque. Era molto carina a fargli quel favore.

Il dolore e l'umiliazione erano finti, comunque. Ramona e Julia Whitmire si conoscevano fin da bambine. Casey e Ramona si erano incontrati soltanto lo scorso dicembre, a Washington Square Park. Lui probabilmente non sarebbe mai stato il migliore amico di Ramona, ma questo non implicava che lei non potesse essere la sua.

Julia avrebbe dovuto raggiungerli da AJ's, ma non si era presentata. Di nuovo. Casey aveva approfittato della sua assenza per fare dei commenti su di lei.

«Julia pensa che dovresti dirlo a tuo padre perché, anche se si lamenta sempre dei suoi genitori, in fondo è una cocca di papà. Le piacerebbe da morire fare la spia su sua madre, pur di guadagnare qualche punto con il suo caro paparino.»

«Sei cattivo.»

«No, dico soltanto la verità. Sai che le voglio bene. Quasi quanto ne voglio a te.» Poi si era sentito in imbarazzo, ma Ramona non era sembrata infastidita da quel commento.

Dopo il giro a SoHo si diressero a ovest per passeggiare sulla High Line, poi passarono in rassegna tutti i negozi del Village. Forse se Julia si fosse decisa a raggiungerli li avrebbe costretti a comprare qualcosa. Non Casey, ovviamente, ma Ramona.

Alle due in punto Ramona annunciò che doveva tornare a casa, e lui si domandò se si sarebbe fermata di più se ci fosse stata anche Julia. Poi si chiese se avrebbe mai smesso di avere quei pensieri. Odiava essere consapevole delle proprie insicurezze.

Poi, sulla 8th Street, incontrò Brandon con il suo ultimo cartello. AIUTATEMI A TORNARE A CASA IN LOUISIANA. MI SERVONO 55 DOLLARI PER IL BIGLIETTO DELL'AUTOBUS. Se Casey avesse avuto 100 dollari, sarebbe stato pronto a scommetterli tutti che Brandon non era mai stato più a sud di Washington. Brandon era più sfacciato di lui, più audace e indubbiamente anche un po' ambiguo. Casey era sempre stato attento a mantenere le distanze le poche volte in cui Brandon aveva spacciato al parco. Ma si era ripromesso di non sfidarlo mai e di non rompergli le palle preoccupandosi per lui, dato che era l'unico ragazzo incontrato in strada che lo avesse accettato.

Era stata una bella giornata.

Quando Casey rientrò da AJ's mancava poco alle cinque, e Joy era ancora alla cassa. Come al solito, riuscì a passargli di soppiatto del cibo insieme al caffè. A volte era un pezzo di pan di zucca o qualche altro avanzo, a seconda di cosa era rimasto e sarebbe finito nella spazzatura a fine giornata, ma quel pomeriggio riuscì addirittura ad aggiudicarsi una fetta di torta al limone.

«Ho un messaggio per te, dolcezza.» Joy aveva soltanto

vent'anni, caschetto bianco ossigenato e un tatuaggio su tutto il braccio destro, ma si divertiva a esprimersi come una cameriera degli anni Sessanta. «Ha chiamato la tua signorina preferita.»

«Natalie Portman ha finalmente ceduto, eh?»

«Sai di chi parlo. L'adorabile signorina Ramona. Ha detto di chiamarla subito, più veloce della luce.»

Casey era più che sicuro che Ramona non avesse usato quell'espressione, ma comunque finse di uscire lentamente da AJ's per poi precipitarsi in tutta fretta a uno degli ultimi telefoni pubblici del quartiere, all'angolo fra Lafayette e Bleecker Street. Dopo cinque o sei squilli, partì la segreteria. Tipico. Ramona aveva l'abitudine di tenere il cellulare impostato sul silenzioso, in borsa, o in alternativa di ignorarlo. Chiunque altro avrebbe potuto lasciare un messaggio e aspettarsi di essere richiamato nel giro di un'ora, ma Casey non aveva quel lusso. Frugò nel portafoglio in cerca del suo elenco di contatti, inserì altri cinquanta centesimi e compose un altro numero.

Rispose il padre di Ramona. *Dannazione!* «Buonasera, signor Langston. Sono Casey Heinz, posso parlare con Ramona, per cortesia?»

Aveva incontrato i genitori di Ramona soltanto una volta, la sera in cui avevano abbandonato il teatro durante l'intervallo – uno spettacolo che avevano bollato come una "copia scadente" di Albee – ed erano tornati a casa in anticipo, sorprendendo Casey e Ramona nel pieno di una maratona di *Arrested development*. Sebbene non fossero al corrente delle condizioni di vita di Casey, non avevano impiegato molto a fare due più due: considerando il suo aspetto e le vaghe risposte alle loro domande, era chiaro che non apparteneva alla solita cerchia di conoscenze della figlia. Ecco perché Casey si impegnava a dare sfoggio di buone maniere ogni volta che chiamava a casa di Ramona.

«Ramona... be', adesso è nella sua stanza ed è molto turbata. Credo che sua madre stia cercando di parlarle.»

«È successo qualcosa? Ho ricevuto un suo messaggio e sembrava urgente...»

«Voleva parlare con te, eh? Bene, allora la avviso subito. Solo un attimo, Casey.»

Sentì un mormorio in sottofondo, poi Ramona prese la cornetta. «Casey, oddio, Casey. Per favore, vieni qui. Ho bisogno di te.»

Ho bisogno di te. Quante volte aveva sognato di sentirle pronunciare una frase del genere? Nella sua immaginazione, però, la voce di lei era dolce e fragile mentre adesso non sembrava nemmeno umana, con le parole sputate fuori fra singhiozzi rauchi.

«È Julia... Se n'è andata, Casey. Julia è morta. Si è uccisa.»

9

Ellie era seduta sui gradini d'ingresso del tribunale quando vide Rogan fare inversione a U e accostarsi al bordo del marciapiede. La salutò con un cenno infastidito, prima di ripartire contromano su Centre Street.

«Allora, dove ci hanno convocati adesso?» chiese mentre si allacciava la cintura.

Lui rimase in silenzio per ben sei isolati prima di parlare.

«Non provare a fingere che abbiamo fatto un buon lavoro oggi, Ellie.» Era raro che la chiamasse per nome. «Siamo stati lì dentro una manciata di minuti e abbiamo passato quasi tutto il tempo a cercare di dimostrare la conclusione a cui eravamo arrivati non appena varcata la soglia di quella casa. Non vedo differenze fra noi e quegli idioti dei soccorritori. Abbiamo dato per scontato che la ragazzina ricca e viziata si fosse tagliata le vene e abbiamo fatto di tutto per non notare qualcosa che potesse portarci a prendere in considerazione un'altra ipotesi.»

«Sembravi tranquillo quando siamo andati via.»

«E me ne pento. Mi sono fidato di te, ma avrei dovuto capire che eri l'ultima persona a poter prendere una decisione su un caso come questo.»

«Cosa vorresti dire? Guarda che sono arrivata alla stessa conclusione di tutti gli altri, a parte la madre della ragazza, che non è esattamente obiettiva.»

«Sappiamo entrambi che nel nostro lavoro non si deve saltare subito alle conclusioni. Vuoi davvero dirmi che non c'è altro sotto?»

Ellie si sentì mancare l'aria e iniziò a guardare fuori dal finestrino.

C'erano giorni in cui era felice che lei e il suo partner fossero così in sintonia da poter condurre un interrogatorio scambiandosi una semplice occhiata. Ma se ci fosse stato un modo per "lobotomizzare" la parte del cervello di Rogan che sapeva di suo padre, forse gli avrebbe aperto la testa lei stessa.

Suo padre era un argomento tabù, Ellie non ne aveva mai parlato con nessuno del NYPD, nemmeno con Rogan. Ma le voci giravano comunque e in ogni caso non le era stato possibile tenere nascosto il suo passato proprio a tutti. Infatti, quando la polizia di Wichita aveva arrestato William Summer e lo aveva identificato come lo strangolatore di College Hill, Ellie aveva deciso di uscire allo scoperto e raccontare la propria storia.

Pensava che la situazione, e soprattutto la pressione mediatica, avrebbero infine convinto il dipartimento di polizia di Wichita a cambiare idea e ad assegnare la pensione di suo padre a sua madre. Si era rivelata un'idea del cazzo, ma era stato suo dovere provarci.

E, da quando la sua faccia era comparsa su programmi e riviste come *Dateline* e «People», tutti sapevano che, a prescindere da ciò che era diventata, un tempo era stata la bambina che non riusciva ad accettare che il suo papà poliziotto si fosse sparato in testa. A volte si chiedeva se la gente fosse capace di guardare oltre.

Mentre accostavano accanto all'idrante di fronte al palazzo dei Whitmire, Ellie si rese conto che persino Rogan sospettava che forse – soltanto forse – la vera ragione per cui lei aveva avuto tanta fretta di archiviare la morte di

Julia come un suicidio fosse da cercare in una fredda notte a lato di una strada di campagna di Wichita.

Ma Ellie conosceva le sue reali motivazioni. Era stata obiettiva. Aveva agito sulla base delle prove, non delle emozioni; si era basata sui fatti, non su vecchi ricordi. Julia si era uccisa, e i suoi genitori dovevano accettarlo.

Si accorse che il motore era ancora acceso, anche se girava al minimo. «Allora, hai intenzione di dirmi perché siamo qui? Chi hanno chiamato i Whitmire?»

«Tutti, a quanto ho potuto capire. In effetti mi sono beccato una lavata di capo da Tucker. E mi sono chiesto se poteva esserci sfuggito qualcosa.»

«Lo so, me l'hai detto al telefono. Di cosa si tratta? Cosa ci è sfuggito?»

Rogan spense il motore, poi lo riaccese. «Sai qual è la cosa peggiore? È proprio il genere di dettaglio che in circostanze normali saresti stata tu a notare. Pensaci, Hatcher. Ripensa a quello che abbiamo visto oggi.»

«Cos'è, stiamo giocando a *Twenty Questions*? È più grande di un cestino per il pane? Animale, minerale, vegetale? No, aspetta, è una ragazzina depressa in una vasca da bagno! Ti sbrighi a dirmi di cosa si tratta prima che torniamo a bussare a quella porta? Perché sarà meglio avere una buona ragione per disturbare di nuovo una donna che probabilmente si è appena calata il terzo Valium per provare a dormire dopo aver visto portare via il cadavere di sua figlia.»

Rogan spense ancora il motore ed estrasse le chiavi dal quadro. «Tu sei quella che ha passato più tempo nella sua stanza» disse. «La ragazza andava al liceo, era in tutto e per tutto figlia della sua generazione, aveva ogni singolo gadget del mondo a portata di mano.»

«Sì, ogni lusso che si possa comprare, e a cosa è servito?»

Lui scosse la testa. «Ancora non hai capito? Ellie, davvero, cerca di riflettere.» Non aspettò che lei uscisse dalla macchina per avviarsi verso l'ingresso.

Katherine Whitmire attaccò a parlare appena aprì la porta. «Era ora. I soccorritori, il medico legale, voi due, il vostro superiore... Ho perso il conto delle volte che ho sentito ripetere la parola "suicidio" oggi. Tutti pronti a dire a me e mio marito che mia figlia si è tolta la vita. E ogni volta ci credevo meno. Ci ho provato. Vi ho *implorati*...»

Un uomo si materializzò dietro di lei e le circondò le spalle con fare protettivo. «Sono il padre di Julia, Bill Whitmire. Prego, entrate.»

Mentre prendeva posto nel salotto adiacente all'ingresso, Ellie si scoprì distratta dall'aspetto del padrone di casa. Aveva più del doppio dei suoi anni ma era ancora molto affascinante, con i capelli sale e pepe, la mascella volitiva e l'aria trascurata che in un uomo è considerata intrigante.

Ma Ellie continuava a rivedere l'immagine dell'uomo che era stato un tempo, fotografato così tante volte con musicisti famosi della sua infanzia, in locali leggendari come lo Studio 54, o con star come Ali MacGraw e Carrie Fisher. La sua aria da rockstar non c'entrava nulla con quel palazzo immacolato. Ellie sospettava che passasse pochissimo tempo in quella casa e non avesse avuto nulla a che fare con il design degli interni. L'unica concessione alla sua personalità erano le fotografie relegate nell'ascensore.

«Mi dispiace avervi aggrediti in questo modo,» riprese Katherine «ma siamo... siamo... Nostra figlia non c'è più. E ho dovuto passare la giornata al telefono a litigare, combattere e fare pressioni. Però siete tornati, questo è l'importante. Ascolterete quello che ho da dirvi, adesso? Tratterete la morte di Julia come un omicidio?»

Era proprio ciò che Ellie temeva. Stavano alimentando

inutilmente le speranze di quei poveri genitori. Avrebbe lasciato fare a Rogan.

«Non oso immaginare quanto sia stato difficile per voi» esordì lui. «Vogliamo essere sicuri che non ci sia sfuggito niente prima di...»

«Prima di chiudere il caso di mia figlia e passare alla prossima statistica.» Bill Whitmire si asciugò una goccia di saliva che gli era rimasta attaccata alle labbra mentre sibilava le parole. «Scrivete i nomi delle vittime sulla lavagna, dico bene, detective? Come nelle serie televisive. Avete già cancellato il suo?»

«Signor Whitmire...»

«Dite di volervi assicurare che non vi sia sfuggito niente, ma sappiamo tutti che le prime ventiquattro ore di un'indagine sono fondamentali.» A quanto pareva il produttore passava un sacco di tempo a guardare serie poliziesche. «Avreste dovuto parlare con i nostri vicini e i suoi amici, controllare se nei dintorni sono stati rilasciati dei criminali sessuali, o valutare qualunque altro dettaglio possa essere utile per trovare il mostro che è entrato in casa nostra e ha fatto questo.»

Gli agenti erano già andati a bussare alle porte delle altre villette della strada, ma nessuno aveva notato niente di strano.

Ellie avrebbe voluto che Rogan andasse dritto al punto, ma stava ancora cercando di gestire le aspettative dei signori Whitmire. «Come vi abbiamo spiegato questa mattina, le prime prove raccolte indicavano che vostra figlia era sola in bagno e che era stata lei a scrivere la lettera che abbiamo trovato sul letto.»

«Be', penso che io e mia moglie abbiamo già sentito ripetere questa storia a sufficienza per oggi.»

Katherine posò una mano sul ginocchio del marito. «Lasciali parlare, per favore. Sono qui per un motivo.»

Rogan fece una pausa prima di continuare. «Mentre esaminavamo la stanza di vostra figlia, ho notato che tutti i suoi compiti sembravano stampati. Di solito usava un computer?»

Ellie notò l'espressione vacua di Bill, che si voltò verso sua moglie. Katherine annuì. «Come tutti ormai. I ragazzi adesso portano il computer a scuola per prendere appunti. Negli ultimi tempi si arrangiava solo con l'iPad. I giovani non sono più nemmeno in grado di scrivere correttamente senza un apparecchio che li aiuti.»

«Quindi se avesse dovuto scrivere una lettera di qualche tipo...»

«Non scrive lettere, non le scrive nessuno alla sua età.»

Adesso a Ellie era chiaro il punto che Rogan aveva tentato di farle capire in macchina. La lettera di suicidio di Julia era abbozzata e scritta a mano, su carta, con tanto di parole e frasi cancellate.

Anche per la madre di Julia quello era un dettaglio importante. «Julia non avrebbe mai scritto quella ridicola lettera. Per quanto cerchiate di convincermi che è lei l'autrice, non riesco a immaginarla con un foglio di carta in mano. Avrebbe usato il computer. E anche se avesse voluto lasciarci una versione manoscritta, l'avrebbe preparata al computer e avrebbe ricopiato solo la versione definitiva.»

«Per questo siamo qui. Sul biglietto si vedono parole cancellate e altri scarabocchi, come se Julia avesse iniziato da zero, da una pagina bianca.»

«No, non sarebbe stato da lei.»

«E la carta? La lettera era scritta su un foglio giallo a righe, traforato su un lato. Non mi sembra di aver visto un taccuino simile nella sua stanza. Ne avete uno in casa?»

Questa volta fu la moglie a guardare il marito. «No, non che io sappia» disse lui.

«Quindi significa che non è stata lei a scrivere quella

lettera.» Per la prima volta da quando l'avevano incontrata, Katherine aveva un tono speranzoso. «È la prova che non si è uccisa.»

Ellie fu costretta a intervenire. «È sempre possibile che abbia preso altrove quel foglio. Siamo qui perché non vogliamo saltare subito alle conclusioni.»

Ma, come sua moglie, Bill Whitmire era già arrivato al suo verdetto. «Basandosi sulla sua esperienza, detective, considera plausibile uno scenario del genere?»

«Vorremmo dare un'altra occhiata in giro, se non vi dispiace.»

Rogan era già in piedi, diretto alle scale.

Passarono al setaccio ogni singolo cassetto, credenza, scatola e borsa di tutta la casa, senza riuscire a trovare un taccuino con le pagine gialle come quella su cui era stata scritta la lettera di Julia.

«Ha accennato agli amici di sua figlia, signora Whitmire. Chi conosceva meglio Julia?»

Era una semplice domanda, ma Ellie riconobbe l'espressione determinata sul viso del suo partner. Avrebbero riconsiderato il caso dall'inizio, che le piacesse o meno, e Rogan incolpava lei per il tempo che avevano sprecato.

10

Quando le avevano chiesto chi conoscesse meglio sua figlia, Katherine Whitmire non aveva esitato. Risposta: Ramona Langston. Non persero tempo. Puntarono verso la 3rd Avenue diretti nell'Upper East Side.

La madre di Ramona fu una boccata d'aria fresca per Ellie. Laddove Katherine Whitmire era fredda, aggressiva e severa, la donna che aprì loro la porta a casa Langston sembrava l'incarnazione stessa dello spirito materno. Si presentò come Adrienne, solo con il nome. A giudicare dalle lunghe onde naturali dei suoi capelli, il pullover e i jeans, Ellie ipotizzò che non avesse molto in comune con le altre madri della Casden, la scuola privata iper esclusiva frequentata da Julia Whitmire e dalla sua migliore amica, Ramona.

Anche l'appartamento sembrava più caldo, più vissuto del palazzo in cui quella mattina era stato ritrovato il cadavere di Julia. Mentre l'arredo dei Whitmire era in stile eduardiano, più impressionante che comodo, la casa dei Langston era un susseguirsi di ampi divani, morbidi tappeti e cuscini su cui non si aveva paura di sdraiarsi. Rispetto agli standard dei Whitmire, l'appartamento si sarebbe potuto considerare modesto.

L'uomo che entrò in salotto dopo che Adrienne andò a chiamare Ramona sembrò stupito di vederli. Rogan guardò

Ellie aggrottando le sopracciglia, segno che anche lui aveva notato il sussulto del padrone di casa alla vista di un uomo di colore nel suo salotto.

«Buonasera.»

Ripeterono le presentazioni già fatte con Adrienne sulla soglia.

«Ah, capisco. Sono il padre di Ramona, George Langston. Pensate sia davvero necessario coinvolgere nostra figlia in questa storia? Sta avendo serie difficoltà a elaborare quello che è successo. Abbiamo dovuto chiamare uno dei suoi amici per farla calmare e non vorrei che si agitasse di nuovo.»

Ellie era convinta di averlo già inquadrato. *Soltanto perché tua figlia sembra tranquilla, non significa che lo sia davvero.* Sapeva che era una brutta abitudine, ma non poteva farci niente. Ellie tendeva a formarsi un'opinione sulle persone appena le conosceva. George Langston le era parso un uomo benintenzionato ma rigido, non solo fisicamente ma anche psicologicamente. Era di bassa statura, non molto più alto di lei, ma sfruttava al massimo ogni centimetro con una postura perfetta. Non era privo di fascino ed Ellie non stentava a credere che tante donne potessero sentirsi attratte dai suoi occhi azzurri e dalla pelle liscia, sebbene le desse l'impressione di avere un palo infilato nel culo che gli arrivava fino alla base del cranio.

«George?» lo chiamò Adrienne, rientrando nel salotto. «Scusa, pensavo fossi andato a letto. Questi sono...»

«Ci siamo già presentati. Stavo giusto spiegando che Ramona è sconvolta, non sono sicuro che possa fornire informazioni sufficientemente utili da giustificare il trauma di una conversazione con due detective della polizia, stasera. Forse domani...»

«Non tutto si può ridurre a un'analisi costi-benefici, George.»

Il signor Langston fece un sorriso forzato da uomo abituato a discutere in pubblico. E sua moglie offrì quelle che probabilmente erano le sue scuse abituali per aver innescato un conflitto. «Perdonateci, detective. È stata una giornata dura. Per i poveri Whitmire, naturalmente, ma anche per la nostra famiglia. Ci sono stati periodi in cui Julia ha passato più notti qui da noi che a casa sua. Penso che a Ramona non dispiacerà parlare con voi.»

«Adrienne...»

Fu interrotto di nuovo da sua moglie. «Ha bisogno di sapere che sta dando una mano. Ho avuto anch'io sedici anni. Fidati di me, George. *Ti prego.*»

Quando l'uomo uscì dalla stanza, Ellie non ebbe dubbi su chi dei due fosse il genitore che prendeva le decisioni in quella casa.

E lo stesso valeva per Rogan, che si era già alzato dalla sedia. «Allora, dove possiamo trovare sua figlia, signora Langston?»

Ramona Langston era sdraiata sul letto con l'iPod, sopra gli occhi teneva dei fazzoletti appallottolati.

Nonostante le cuffie e i Kleenex, percepì la loro presenza e si tirò a sedere di scatto. Era diversa da come Ellie se l'aspettava. Il trucco nero sciolto le macchiava le guance paffute. I capelli folti e crespi erano schiacciati da una parte, sul lato della testa che aveva tenuto premuto contro il cuscino. Ellie iniziava a chiedersi se le due famiglie si fossero per caso scambiate dei pezzi. George Langston, rigido e severo, forse sarebbe stato meglio nel palazzo pieno di arredi antichi con Katherine Whitmire, mentre la ragazza e sua madre, Adrienne, sarebbero state più felici con un produttore di musica rock come Bill Whitmire.

«Mia mamma dice che siete della polizia. Katherine ha ragione? Julia non si è uccisa?»

Ellie si era chiesta se la camera della ragazza sarebbe

stata adatta a un interrogatorio, ma l'aveva immaginata come la sua, con uno spazio appena sufficiente per un letto a una piazza e mezzo e un comò. La stanza di Ramona Langston somigliava più a un monolocale. Lei e Rogan si sedettero su un divano accanto a uno specchio a tutta altezza e a una cassettiera.

Rogan parlò per primo. «A quanto pare la madre della tua amica ha già condiviso con te le sue preoccupazioni. Tu cosa ne pensi?» Erano partner da più di un anno, ma per Ellie era ancora una sorpresa sentirlo modulare la voce a seconda del testimone con cui parlava, lasciando da parte il suo consueto ruggito burbero per assumere talvolta un tono profondo, caldo e vellutato che ricordava lo sciroppo d'acero.

Ramona scrollò le spalle. «Cosa ne penso? Sì, be', ci sto riflettendo da quando l'ho saputo, ma in realtà ero convinta che la polizia non ci stesse indagando su. Ho dato per scontato che Katherine avesse scelto di credere quello che preferiva.»

A Ellie quella ragazzina piaceva sempre di più. «Perché?»

«Se Julia si è davvero suicidata, significa che stava soffrendo tantissimo ed era talmente disperata che ha preferito farla finita piuttosto che chiedere aiuto a qualcuno. Compresa sua madre. Significa che era disposta a infliggerle una sofferenza simile.»

Alla madre, e alla sua migliore amica, avrebbe voluto aggiungere Ellie. Suo padre, con un gesto del genere, si era lasciato alle spalle una moglie e due figli piccoli. Ellie aveva passato quasi tutta la vita nel dubbio, chiedendosi cosa fosse peggio: credere che suo padre fosse stato ucciso dal serial killer a cui aveva dato la caccia per tutta la sua carriera o pensare che si fosse odiato tanto per non averlo preso da essere disposto a togliersi la vita prima di veder crescere i propri figli. Poi, due anni prima, la polizia di

Wichita aveva identificato William Summer come lo strangolatore di College Hill. Summer aveva un alibi di ferro per la notte in cui il detective Jerry Hatcher era stato trovato al volante della sua auto, ucciso dalla sua arma di servizio. La verità sulla sua morte era arrivata con vent'anni di ritardo.

«Pensi che Julia ne sarebbe stata capace?» chiese Ellie.

«Sinceramente? Non escludo che avrebbe potuto fare un gesto teatrale tipo buttare giù mezza confezione di aspirina in una volta solo per attirare l'attenzione dei genitori. Ma Katherine ha detto che, be'...» Fece il gesto di tagliarsi il polso sinistro.

«Si è tagliata le vene» disse Rogan. «Esatto.»

«Faccio fatica a immaginarlo. Ho parlato con lei venerdì sera e sembrava stesse bene. Saremmo dovute uscire con Casey oggi, ma non è venuta. Ora sappiamo perché.»

«Chi è Casey?» domandò Rogan. «Un fidanzato?»

«No, soltanto un amico. Più amico mio, in realtà, ma anche di Julia. È andato via pochi minuti fa.»

«Dove hai visto Julia venerdì sera?»

«Abbiamo parlato al telefono. Be', prima ci siamo scritte, poi l'ho chiamata.»

«E come ti è sembrata?»

«Normale. Cazzo... Adesso che ci ripenso ho parlato quasi solo io. Io, io, io. Sembravo un caso clinico, forse non voleva turbarmi. Magari se mi fossi fermata a chiederle come stava...»

Rogan stava usando ancora la voce dolce. «Non essere troppo precipitosa, Ramona. Non siamo nemmeno sicuri che si sia uccisa. Anzi, proviamo a partire dal presupposto che non l'abbia fatto. In questo caso il responsabile sarebbe un'altra persona e le alternative sono due: o è stato qualcuno che Julia conosceva, o uno sconosciuto. Sarò sincero, i Whitmire avranno un milione di dollari fra gioielli e opere d'arte in casa, eppure era tutto al suo posto. Io e la detective

Hatcher lavoriamo a tanti casi, e con l'esperienza si sviluppa una sorta di sesto senso.»

«Pensa che sia stata una persona che conosceva a ucciderla?»

Rogan aveva solo dieci anni più di Ellie, ma in certi casi l'età contava. Aveva dimenticato che gli adolescenti tendevano, come aveva detto lui, a essere "precipitosi"? Julia Whitmire rischiava di diventare protagonista, nel giro di un'ora, di un pettegolezzo che la vedeva vittima di un serial killer armato di ascia che perseguitava gli studenti della Casden.

«Dico solo che, se non si è suicidata, è improbabile che sia stato un crimine casuale. Uno sconosciuto non si introdurrebbe in una villa senza lasciare segni di effrazione, non inscenerebbe un suicidio e non se ne andrebbe lasciando intatto un vero e proprio tesoro. Quindi quello di cui abbiamo bisogno da te, Ramona, è totale onestà. D'istinto adesso ricorderai i tratti migliori della tua amica e vorrai parlarne in modo da farla apparire una persona meravigliosa. Ma non sono quelli i dettagli che possono aiutarci a scoprire la verità.»

«Cosa volete che vi dica?»

«Tutto.»

«Non saprei...»

«Non dirci quello che vorremmo sentire su Julia» la spronò Ellie. «Dicci quello che secondo te dovremmo sapere. Puoi farlo? Per Julia?»

Ramona annuì con gli occhi umidi di lacrime.

«Allora, di cosa avete parlato venerdì?»

«È stupido, a ripensarci adesso. Stavo dando di matto per mia madre e l'ho chiamata per chiederle consiglio. Non c'entra niente con quello che le è successo, ovviamente, ma continuo a pensare che avrei dovuto parlare meno di me. Voglio dire, è da idioti, ma mi chiedevo se mia mamma si sarebbe comportata diversamente se fosse stata la mia madre biologica. Perché tecnicamente è la mia matrigna. Mia mamma è morta quando ero piccola, ma comunque... sì, è lei mia mamma ora. Be', Julia è diventata molto seria, ha iniziato a dire che non importa se io e mia madre non abbiamo un legame di sangue. Che è la madre migliore del mondo. Che per lei era stata una madre migliore di Katherine. Cose del genere. Forse era depressa. E se avessi chiamato per parlare di ragazzi, cotte e stupidaggini invece di lamentarmi del rapporto con mia mamma? E se avessi innescato qualcosa?»

Più Ramona si piangeva addosso, meno utile diventava il suo contributo. Ellie cambiò argomento. «A proposito di ragazzi, Julia aveva un fidanzato?»

«No, nessuno di importante, almeno.»

Ding, ding, ding.

«Sentite, avete detto di voler sapere tutto di Julia, quindi vi dirò le cose come stavano. Così vi fate un'idea. Julia era audace. Divertente. Matta da legare, a volte, ma divertente.» Si concesse un sorriso triste suscitato da qualche ricordo che conosceva soltanto lei. «Parte della sua audacia e della sua follia stavano nella sua... apertura, diciamo, con i ragazzi.»

«Chi, per esempio?»

«Un sacco di gente. A Marcus Graze ha dato il primo bacio e penso che abbia perso la verginità con lui. Frequenta la Casden. Non sono mai stati insieme sul serio, ma si vedevano di continuo, forse non ha molto senso ma è così. E poi un istruttore della sua palestra di cui però non conosco il nome. E l'estate scorsa ha...» si interruppe di colpo, arrossendo fino alla radice dei capelli, «ha fatto un pompino a un tizio in un parcheggio di Lily Pond per avere un passaggio a casa da East Hampton, anche se torniamo sempre in taxi. So che sembra orribile, ma era come se cercasse qualcosa di cui vantarsi.»

«Nessuno giudica la tua amica» disse Ellie.

«Ma è uno stile di vita che può essere pericoloso» aggiunse Rogan. «Questi uomini le hanno mai chiesto più di quanto fosse disposta a dare?»

Lei scosse la testa. «No, anzi, negli ultimi mesi Julia sembrava essersi data una calmata. Passava più tempo in casa. Ero io a cercare di convincerla a uscire, e lei quella che voleva restarsene sul divano. Per questo non le parlavo da venerdì. Sono andata con i miei negli Hamptons e lei continuava a ripetere che non vedeva l'ora di passare un fine settimana da sola in città.»

Rogan spostò un'inquietante bambola con i boccoli e un vestito di velluto rosso per avere più spazio sul divano. «La madre di Julia ha accennato al fatto di aver visto dei senzatetto in casa sua.»

Ramona alzò gli occhi al cielo. «Ma certo, dovevo aspettarmi che ne avrebbe parlato. È Casey. Era andato da Julia con un paio di amici, ma come ho detto è più amico mio. Se Katherine sta cercando di incolparlo...»

Rogan la interruppe. «Nessuno sta incolpando nessuno. Per questo stiamo indagando. A proposito, ti dispiacerebbe darci un campione del tuo DNA? È una cosa veloce, un tampone rapido, in modo che il laboratorio possa escludere i capelli che potresti aver lasciato a casa di Julia.»

Il caso adesso veniva trattato come un omicidio, il che significava che la Scientifica avrebbe dovuto eliminare i campioni noti per concentrarsi su eventuali tracce di DNA non identificato rivenuto in casa Whitmire.

Dopo il tampone chiesero a Ramona di ripercorrere ancora una volta la sua ultima conversazione con Julia, ma la ragazza non aveva altro da aggiungere, soltanto rimorsi per non essersi preoccupata dello stato d'animo dell'amica, e di conseguenza altre lacrime. Quando si congedarono, Ramona si scusò per non essere stata di ulteriore aiuto.

Per come la vedeva Ellie, però, Ramona era stata davvero preziosa.

I testimoni spesso non si accorgono che delle osservazioni che a loro paiono casuali e ininfluenti, possono talvolta invece cambiare l'intero corso di un'indagine. Che una semplice frase detta con noncuranza, può in qualche occasione stimolare l'intuito di due detective.

Rogan iniziò a esporre la sua interpretazione appena raggiunsero la macchina. «Non me la bevo questa storia che Julia Whitmire si era data una calmata negli ultimi mesi. Un fine settimana a casa da sola, sul serio?»

«Non è così assurdo per una ragazzina depressa» osservò Ellie.

«Non ci casco. Il tipo di ragazza che si scopa gli istruttori in palestra e distribuisce pompini in spiaggia in cambio di un passaggio in auto non cambia il suo modo di fare all'improvviso, nemmeno se è depressa. La madre di Julia ha detto che odiava stare da sola. Sono pronto a scommettere tutto quello che vuoi che se Julia si era data una regolata c'entra un ragazzo... qualcuno che aveva tenuto nascosto anche alla sua migliore amica.»

«Ricorda, però, che stiamo parlando di un'adolescente bulimica, con mille problemi, e oltretutto abbandonata dai genitori. Non abbiamo trovato nessun segno di effrazione o di furto. Non dimenticare il polso tagliato e la lettera d'addio. Sull'altro piatto della bilancia, abbiamo un taccuino mancante. E quella storia di Julia che sostiene di aver ricevuto più affetto dalla madre di Ramona che non dalla propria? È un'ulteriore conferma del fatto che Katherine Whitmire fosse fredda e distante nei confronti di sua figlia, e che Julia dal canto suo non fosse poi tanto forte quanto quella donna vorrebbe farci credere. Chi può biasimarla per essersi stordita con l'alcol e infine tolta di mezzo?»

«Ma dobbiamo esserne sicuri al cento per cento, prima di cancellare il suo nome dalla lavagna. Lo dobbiamo a lei e ai suoi genitori.»

Nell'abitacolo calò il silenzio. Alla fine Ellie allungò una mano verso la radio, ma Rogan la bloccò.

«Niente più Devo, Flock of Seagulls e merda simile mentre guido.»

A voler dar retta a Rogan, pareva che tutta la musica bianca prodotta fra il 1983 e il 1997 fosse dei Devo o dei Flock of Seagulls.

Ma, a un certo punto, il silenzio iniziò a essere troppo persino per lui e si sintonizzò su una stazione che trasmetteva una canzone rap che conosceva anche lei. Mormorò le parole del testo guardando fuori dal finestrino. «*Ain't nothin' but a g-thang, baby.*»

Bastò a strappare una risata al suo partner. «Mi prendi in giro?»

«Perché? Sono cresciuta in Kansas, non in una comune.» Aggiunse un tocco di spavalderia alla sua performance, ancheggiando sul sedile. «*And now all you hookas and hos know how I feel.*»

«Maledizione, allora sei proprio decisa a rovinarmi tutto? Non riuscirò mai più ad ascoltare questa canzone senza immaginare il tuo sedere ossuto che si agita.»

Lei si mise una mano sul fianco. «Non c'è proprio niente di ossuto qui. E poi dillo che vuoi *a small piece of that funky stuff.*»*

Lui scosse la testa, ma sorrideva. «Allora è tutto sistemato fra noi?»

«Sempre. Ormai dovresti saperlo.»

* Le frasi in corsivo – *Ain't nothing but a g-thang, baby* (è soltanto una cosa da gangsta, baby), *And now all you hookas and hos know how I feel* (E ora voi puttane sapete tutte come la penso), *A small piece of that funky stuff* (Un po' della mia roba) – sono tratte dal testo della canzone *Nuthin' but a «G» thang* di Dr. Dre.

«Ma sei ancora convinta di avere ragione, e che io mi sbaglio.»

«Yes.»

«Hai voglia di andare a parlare con questo ragazzino, Casey?»

«Per niente, ma ci vengo. È il nostro lavoro, no?»

11

Nuovi inizi
Confessioni di una sopravvissuta

FALLO SMETTERE

Mi sorprende sempre come eventi ordinari inneschino improvvise rivelazioni su abuso e sopravvivenza. Stamattina mia figlia è stata svegliata dal frastuono dei martelli pneumatici del cantiere proprio sotto la finestra della sua camera. È uscita dalla stanza assonnata, con i capelli arruffati e le mani premute sulle orecchie. «Fallo smettere. Voglio solo che finisca.»

Fallo smettere. Una reazione normalissima, no? Voler mettere fine a uno stimolo spiacevole, desiderare l'esatto opposto.

Un rumore assordante? Datemi il silenzio assoluto, invece. Cibo troppo caldo? Un bicchiere di acqua fredda. Luce accecante? Chiudo gli occhi e mi godo il buio.

Stupro? Fallo smettere.

Ma cosa significa desiderare l'opposto di uno stupro? Niente sesso? Nessun contatto fisico? Niente uomini?

Ma lo stupro, non bisogna dimenticarlo, c'entra poco o niente con il sesso. Si tratta di potere. Chi abusa di noi lo fa per esercitare il suo dominio. Per annientare la nostra volontà.

E quindi che cosa facciamo? Proviamo a esercitarla, in ogni modo possibile.

Io, per esempio, non potevo far uscire quell'uomo da casa mia, ma potevo decidere di non andare a scuola. Di notte non potevo impedirgli di entrare nella mia camera, ma alle tre del pomeriggio potevo procurarmi, con un documento falso alla mano, una confezione da sei birre. Non potevo impedirgli di osservarmi ogni volta che mia madre distoglieva lo sguardo, ma potevo iniziare a uscire con quelle che lei definiva "cattive compagnie". Avevo bisogno di dimostrare a me stessa che potevo prendere decisioni che fossero solo mie.

Sappiamo tutti dei casi di stupro che restano impuniti perché si riesce a provare che la vittima ha avuto rapporti sessuali consenzienti con un altro uomo (o più di uno) subito dopo la violenza. Perché mai, si chiedono avvocati dell'accusa e giurati, una donna che ha appena subito una violenza sessuale dovrebbe voler fare sesso con un altro? Danno per scontato che il desiderio di "farlo smettere" si traduca necessariamente in una perdita di interesse per il sesso.

Ma, di nuovo, pensavo avessimo capito tutti che nello stupro il sesso è secondario. Se "fallo smettere" indica desiderare qualcosa di diverso, di opposto, allora non è prevedibile che alcune di noi rispondano alla violenza cercando di prendere il controllo della propria attività sessuale?

Nel mio caso, io non potevo proteggere il mio corpo da lui, ma potevo scegliere di condividerlo con un altro. E ovviamente ho selezionato un "altro" inaccettabile, al tempo stesso troppo vecchio e troppo immaturo. Questa decisione ha causato a sua volta altri danni, in un certo senso autoinflitti, eppure, mi sembra, imputabili al mio stupratore.

Per sopravvivere abbiamo bisogno di ritagliarci uno spazio in cui esercitare la nostra volontà, non soltanto di una reazione o una ribellione momentanea all'abuso. Ieri ho scritto del perdono, non tanto nei confronti di chi ci ha fatto violenza, ma per le persone a noi vicine che glielo hanno permesso. Ecco, dovremmo perdonare anche noi stessi per aver reagito all'abuso con comportamenti distruttivi, facendo del male a noi e agli altri. Dobbiamo imparare ad accettare il nostro passato e a determinare il nostro futuro. È l'unico modo per "farlo smettere".

Quella sera leggeva dall'Apple Store del Meatpacking District, sul display di un portatile. Il lettore aveva fatto attenzione a restare vicino allo schermo, bloccandone la visuale agli altri clienti del negozio, la cui presenza, del resto, era garanzia di anonimato.

Digitare il commento fu una questione da poco:

Ti farò vedere io cos'è la sofferenza. L'annientamento della volontà. Il dolore. E non riuscirai a farlo smettere.

Il commentatore non poteva saperlo, ma su un altro computer, in una biblioteca pubblica nei sobborghi di Buffalo, un ex detenuto di nome Jimmy Grisco aveva iniziato le sue personali ricerche online.

12

Ellie adorava l'arco di Washington Square Park. Oltre a fare da cornice alla 5th Avenue e all'Empire State Building, l'arco – che risaliva addirittura ai tempi di George Washington – era un vero e proprio pezzo di storia, ma per Ellie sarebbe sempre rimasto il posto in cui Harry fa scendere Sally dopo il viaggio in macchina da Chicago.

Per la verità lo associava anche al luogo di sosta abituale di Marty, il migliore venditore di hot dog della città. Era una delle prime serate miti della primavera, e fortunatamente era proprio lì in quel momento, posizionato poco lontano dalla fontana.

Parcheggiarono sulla Waverly, e lei fece strada fino al furgoncino. «Ti andrebbe un panino?»

«Com'è possibile che ovunque ci fermiamo hai in mente un posto dove mangiare? Hai una specie di mappa culinaria della città impiantata nel cervello?»

Rogan aveva perfettamente ragione, ma quella sera Ellie era più interessata a Marty che ai suoi buonissimi hot dog. Quell'uomo, infatti, era gli occhi e le orecchie della detective nel parco fin dai suoi primi tempi in polizia.

Ellie farcì il suo panino con senape e salsa ai cetriolini, mentre il suo collega solo con il ketchup. «Marty, per caso conosci un ragazzo sui vent'anni di nome Casey? Dovrebbe bazzicare queste parti insieme ad altri senzatetto.»

«Mi sa che non ti hanno informata bene, ma ho capito di chi parli.»

«Perché dici che non sono bene informata?»

«Te ne accorgerai da sola. Eccolo, è laggiù.»

Indicò un ragazzo impegnato a esercitarsi nella verticale nel prato a nord dell'area per cani. Dopo aver ringraziato Marty, Ellie si avviò verso Casey insieme a Rogan. A metà strada, le fu chiaro a cosa alludeva Marty.

«Ti dispiace se me ne occupo io?» chiese Ellie.

«Pensi di saperci ancora fare con gli adolescenti, eh?»

«Come se tu non sfruttassi il tuo fascino con le signore quando ne hai l'occasione. Promettimi soltanto che non dirai nulla che possa spaventarlo. Anzi, non dire proprio niente.»

«Casey Heinz?»

Il ragazzo si pulì le mani sui pantaloni e si guardò intorno come in cerca di qualcuno che potesse sostenere quella conversazione al suo posto.

«Complimenti» continuò Ellie. «Io mi spezzerei i polsi se ci provassi, forse è segno che passo troppo tempo al computer a scrivere verbali. La tua amica Ramona ci ha detto che ti avremmo trovato qui.» Si presentò, presentò Rogan e gli mostrò il distintivo.

Quando vide Ellie appuntarsi il suo nome sul taccuino, Casey aggiunse: «Heinz, come la marca di ketchup».

«Casey è il diminutivo di qualcosa?»

L'esitazione era stata appena percettibile, ma l'aveva sentita. «No, solo Casey.»

«Va bene» acconsentì Ellie con un sorriso. «Conoscevi Julia Whitmire?»

«Sì, tramite Ramona, e non eravamo proprio grandi amici, però sì, direi che ci conoscevamo.»

«La madre di Julia ha accennato di averti visto una volta a casa loro. Ci andavi spesso?»

Casey inarcò le sopracciglia, sorpreso. «Non pensavo che quella donna mi avesse notato. Oh, aspettate, fatemi indovinare. Non si ricordava di me, soltanto di aver visto un senzatetto.»

«Senzatetto o "ragazzo di strada", ha usato una di queste espressioni, se non sbaglio. E ha detto che c'erano anche altri ragazzi quel giorno.» Aveva parlato di due maschi e una femmina, per l'esattezza.

«Sì, penso che fossero Brandon e la ragazza che vediamo qualche volta al parco, Vonda.»

«Andavate spesso da Julia?»

«Oh, non proprio. Sarò stato a casa sua quattro o cinque volte, in genere di passaggio, quando andavamo a prenderla per uscire con Ramona. È stato un caso sfortunato che sua madre ci abbia trovati. Vonda faceva sempre un sacco di complimenti ai vestiti di Julia quando ci incontravamo alla fontana.»

«Qui al parco, intendi?»

«Sì, quindi Julia mi aveva detto che una volta potevo portare Vonda a casa sua, perché aveva un sacco di vestiti da dare via. Sua madre è tornata proprio mentre ce ne stavamo andando. Ha reagito come se le avessimo rubato l'argenteria o chissà cosa.»

«È stato un gesto molto generoso da parte di Julia. Era normale per lei comportarsi così?»

Casey scrollò le spalle. «Immagino di sì, ma quando faceva una buona azione ci teneva che lo sapessero tutti. Scusate, forse è una cosa cattiva da dire, date le circostanze.»

«Tu e Julia siete mai rimasti da soli?»

Il ragazzo adesso sembrava spaventato. «Pensate che abbia qualcosa a che fare con...?»

«No, no» si affrettò a rispondere Ellie, facendo un passo indietro per lasciargli più spazio. «Niente del genere, Casey. Te l'ho chiesto soltanto per farmi un'idea più chiara di quanto la conoscevi. Per dare un contesto alle tue osservazioni.»

«Okay. Be', capitava di uscire in gruppo e io e Julia facevamo un pezzo di strada insieme quando era ora di tornare. Una volta erano rientrati tutti presto, così siamo andati da soli a passeggiare sulla High Line. Cose del genere, insomma. Ma in generale direi che ci conosciamo solo tramite Ramona.»

«Mi è parso di capire che sai cosa è successo a Julia la scorsa notte.»

«Il fatto che è morta? Sì, Ramona mi ha chiamato e sono andato a casa sua. Dice che la madre di Julia non crede che si sia suicidata. È per questo che siete qui?»

Non c'era motivo di informare il ragazzo sul fatto che neanche lei e il suo partner erano d'accordo su questo tema. «Sei un tipo molto diretto, Casey.»

Lui strizzò gli occhi. «Ci provo.»

«Bene, allora veniamo al punto: puoi dirci qualcosa su Julia che la sua migliore amica potrebbe non essere disposta a rivelare?»

«Non c'è molto da dire. È ricchissima, penso sia chiaro. E anche carina. Probabilmente aveva dei problemi con i genitori: litigava sempre con la madre, parlava spesso di suo padre e di come le sarebbe piaciuto passare più tempo con lui. Si sentiva ignorata, sapete. Ma per il resto direi che era una persona normale.»

«Aveva un fidanzato?»

«No, solo una storia ogni tanto. Qualche settimana fa mi aveva confidato di avere una cotta per un tizio, ma non le ho mai chiesto com'è finita.»

«Chi era il tizio?»

«Non ne ho idea, Julia ha soltanto accennato alla cosa. Ve l'ho detto, eravamo entrambi amici di Ramona, ma non tanto fra noi. Me ne ha parlato una delle poche volte in cui ci siamo visti da soli. Eravamo andati in un posto che si chiama Black and White.» Ellie soffocò un sorriso. Il bar era un piccolo locale dell'East Village in cui suo fratello Jess e la sua band, i Dog Park, suonavano alle serate di musica dal vivo la domenica. Prendeva sempre in giro Jess perché secondo lei il locale era invaso da ragazzini con documenti falsi, ma a lui piaceva pensare che fosse il prossimo CBGB. «Ramona aveva preso un taxi, mentre io ho accompagnato Julia a casa. Era abbastanza brilla, mi disse che era tentata di chiamare il tizio. L'ho presa un po' in giro, ho provato a convincerla a farlo. Poi mi ha detto che non aveva nemmeno il suo numero di cellulare e che non poteva chiamarlo. È stato strano.»

«Ramona lo sa?»

«Non ne sono sicuro. Probabilmente Julia pensava che Ramona non avrebbe approvato.»

«E perché Ramona non avrebbe approvato?»

«Avete presente i problemi di Julia con il padre? Be', condizionavano le scelte degli uomini, mettiamola così. Ramona ha cercato di convincerla ad andare in terapia, così quando Julia ha detto che non avrebbe approvato ho dato per scontato che fosse un tizio un po' in là con gli anni.»

«Di che età stiamo parlando?»

«Non proprio un nonnetto. Ma mi sembra che l'estate scorsa sia andata con un ragazzo di trent'anni. Ramona le ha fatto la predica, e da allora ho come l'impressione che Julia avesse deciso di non raccontarle più i dettagli.»

In un altro momento a Ellie avrebbe dato fastidio sentir definire "vecchio" un trentenne, ma per una relazione con una ragazzina del liceo trent'anni erano fin troppi.

«Cosa ti ha fatto pensare che non si confidasse più con Ramona?»

«Ramona si è bevuta la storia che Julia volesse più tempo per leggere, studiare e fare cose così. Forse sono troppo sospettoso, ma mi è sembrato che fosse una bugia. Una volta ha detto di essere andata sulla terrazza sul tetto dello Standard con un tipo, Marcus, ma poi Ramona ha scoperto che quella sera Marcus era alla festa di compleanno di una ragazza della scuola. Ramona ha ignorato la cosa, ma in altre occasioni Julia le diceva che aveva passato la serata a dormicchiare sul divano davanti alla televisione, e io avevo la sensazione che fossero solo balle. Quando non si è fatta vedere oggi, ho dato per scontato che fosse un'altra delle sue sparizioni segrete. E adesso mi sento malissimo.»

«E i suoi amici? La definiresti popolare?»

«Così pareva. Ramona e Julia sono meno conformiste, più "trasgressive" rispetto alle ragazze della loro scuola, ma Julia veniva ugualmente accettata, per Ramona è invece un po' più difficile. Vedete, grazie a suo padre, Julia godeva di una popolarità tale che poteva permettersi anche qualche eccesso. Mentre rispetto agli altri studenti della Casden, la famiglia di Ramona è praticamente povera.»

«E in cosa consistevano gli eccessi di Julia? O le trasgressioni, come le hai definite tu? Alcol, droghe?»

«No, qualche bicchiere ogni tanto. Magari un po' di erba. È difficile da spiegare. Era solo, non so, più curiosa del mondo rispetto agli altri ragazzini ricchi.»

«Strano. Sono cresciuta nel Kansas, ed ero sempre stata convinta che i ragazzi di New York fossero estremamente interessati alle cose del mondo.»

«Non parlo di trasferirsi a Parigi per le vacanze estive. Intendo cose tipo andare in periferia o prendere la metropolitana...» Abbassò la voce. «Fare amicizia con persone di una diversa estrazione sociale, allontanarsi dallo stereotipo del figlio di papà con la puzza sotto il naso...»

«Parlando di status sociale, tu dove ti collochi?» Ellie si sforzò di non fissare le leggere macchie sul colletto della camicia di Casey e il punto della manica in cui il tessuto si stava consumando.

«Molto in basso» rispose, spostando lo sguardo sulle sue scarpe di tela. «Al momento risiedo, se così si può dire, da Promises. Lo definiscono un alloggio provvisorio per giovani adulti a rischio. Nel resto del mondo si chiamerebbe un rifugio per senzatetto.»

«È lì che abitano anche gli altri ragazzi con cui sei andato a casa di Julia? Brandon e Vonda?»

«Brandon sì, Vonda no. Non la vedo da una settimana.»

«Conosci i loro cognomi?»

Secondo Casey, il nome completo di Brandon era Brandon Sykes, sedici anni. Casey lo aveva visto poco prima, probabilmente sarebbe tornato a Promises per la notte. Vonda, invece, diceva di avere diciannove anni, ma lui sospettava fosse più giovane. Non sapeva il suo cognome né come contattarla.

«E il tuo indirizzo è quello del rifugio?» chiese.

«Finché non vincerò la lotteria, è quella la mia casa. Immagino che l'età, i cognomi e gli indirizzi vi servano per i verbali.»

Ellie ruotò i polsi. «Te l'ho detto, passo un sacco di tempo a scrivere. E stare in questo "alloggio provvisorio per giovani adulti a rischio" per te è meglio rispetto alla vita con la tua famiglia?» Non era un'assistente sociale, ma si sentiva in colpa a lasciare quel ragazzo in un rifugio per senzatetto senza nemmeno provare a indagare.

«La mia famiglia è in Iowa. E credo che, al momento, i miei non siano troppo orgogliosi di me.»

«A proposito del verbale di cui parlavamo, devo vedere i tuoi documenti.»

«Pensavo avesse detto che non sono nei guai.»

«Non lo sei, ma devo assicurarmi di non star inserendo informazioni false in un documento governativo.»

Lo guardò negli occhi, gesto che bastò a causargli un lieve tremito.

«Mi dispiace, Casey. Ho bisogno dei documenti di tutti i testimoni. Non ti preoccupare, lo sappiamo già.»

«Ma...»

«Non è stato il tuo aspetto. Ho notato la pausa quando ti ho chiesto se Casey era un diminutivo.»

Casey rimase in silenzio per qualche secondo, poi sospirò ed estrasse un malandato portafoglio di pelle nera dalla tasca posteriore dei pantaloni.

Patente dell'Iowa. Il viso era lo stesso, così come l'espressione stoica che mascherava la dolcezza che Ellie aveva notato quando era sceso dalla verticale. C'erano tutte le informazioni di base. Un metro e settantatré. Data di nascita: 16 marzo 1992. Colore degli occhi: verde. Nome completo: Cassandra Jane Heinz.

«Ramona lo sa?»

Si stava guardando di nuovo le scarpe, ma annuì. «Sì. Non ne parliamo mai, ma lo sa.»

Ellie gli diede una pacca sulla spalla, come avrebbe fatto per rassicurare qualsiasi altro uomo. «Grazie. Ti faremo sapere se abbiamo bisogno d'altro.»

Casey guardò i detective confabulare fra loro mentre tornavano verso la macchina. Anche se gli davano le spalle, la dinamica era chiara. L'uomo era rimasto in silenzio durante l'intero scambio, ma Casey aveva notato la sua espressione alla vista della patente. Lei non aveva problemi, lui sì.

Era sempre così che andavano le cose.

Mentre li guardava allontanarsi a bordo di una berlina blu, si chiese se avesse fatto la cosa giusta. Aveva detto loro quello che avevano bisogno di sapere su Julia, ma non aveva detto tutto. Non proprio.

Una piccola bugia – non esattamente, era soltanto un

segreto – non poteva fare alcuna differenza. E quel piccolo segreto, se rivelato, avrebbe soltanto fatto soffrire Ramona ancora di più. Non lo aveva fatto per proteggersi, si disse. Lo aveva fatto per Ramona.

Tornò alle sue verticali, sforzandosi di allontanare la sensazione di aver commesso un errore.

13

Bill Whitmire guardò sua moglie, seduta a gambe incrociate sul loro letto, lisciare la superficie del copripiumone con la mano. L'ultima volta che erano stati in quella casa per più di una notte l'aveva sentita ricordare a se stessa ad alta voce che finalmente faceva abbastanza caldo da mettere via il piumone e sostituirlo con il copriletto di cotone che le piaceva tanto.

Da allora, le loro visite in città non erano mai state abbastanza lunghe da giustificare quel cambiamento, benché minimo.

Sul letto intorno a lei erano sparpagliate una serie di brochure e volantini, simili a carte dei tarocchi. Il suo analista era passato a lasciargliele poco prima. Li aveva sentiti parlare nell'ingresso. Terapia del dolore, terapia di gruppo... Bill, che non era mai stato un fan della psicoterapia, forse si sarebbe sentito più a proprio agio in sedute individuali con un altro psicoterapeuta.

L'analista l'aveva anche avvisata che avrebbero potuto aver bisogno di una terapia di coppia. «Prima iniziate, meglio sarà.» Inoltre, aveva detto a Katherine che la maggior parte dei genitori che perdono un figlio finisce per divorziare nel giro di tre anni.

Bill era stato tentato di correre di sotto e buttarlo fuori di casa. Come osava usare la morte di Julia per minare la fiducia di Katherine nel loro matrimonio? Per qualche ragione non riusciva a smettere di origliare, di spiarli dalla sua postazione sul pianerottolo del secondo piano. Voleva sentire sua moglie ribattere, difendere la loro unione e la famiglia che avevano creato. Voleva sentirla dire che avrebbero superato tutto, insieme.

E invece lei gli aveva permesso di continuare. «Non voglio dire che tu e Bill non riuscirete ad affrontare la tempesta» aveva aggiunto l'analista. «Alcune coppie finiscono per riavvicinarsi. Costruiscono un legame indissolubile e fortissimo alla luce dei ricordi del figlio perduto.» Aveva intrecciato le dita delle mani, come per dimostrare il legame che si sarebbe formato all'improvviso tra lei e il marito.

Quando alla fine Katherine si era decisa a parlare, era stato per pronunciare parole che non si sarebbe mai aspettato di sentire. «Con tutte le nostre sedute, ormai dovresti sapere che Bill non forma legami indissolubili e fortissimi con nessuno, meno che mai con me.»

Julia, la sua bambina, era morta da meno di un giorno, e già sentiva la madre dei suoi figli allontanarsi da lui.

Se n'era già accorto prima dell'arrivo dell'analista. Dopo che i detective erano andati via, Katherine si era sdraiata sul letto e lui aveva provato a rannicchiarsi al suo fianco. Di solito era lei a cercare vicinanza fisica nel sonno, a chiedergli di abbracciarla. E di solito lui rotolava via dopo pochi minuti perché non sopportava il troppo caldo.

Quel giorno, però, era stato lui a cercarla. Aveva premuto il petto contro la sua schiena, stringendola forte. Ed era stata Katherine ad allontanarsi, fingendo di rotolarsi in un sonno in cui non era ancora sprofondata.

A differenza di sua moglie, però – anzi, a differenza della maggior parte delle persone –, Bill Whitmire non era il tipo che si crogiolava nel dolore, cercava conforto in qualche volumetto inspirational o si intontiva di pillole nella speranza che il mondo sarebbe magicamente migliorato.

Conosceva i punti di forza e le debolezze di sua moglie, e affrontare i problemi non rientrava fra i primi. E nemmeno prendere decisioni. Erano cose che toccavano a lui. Anche la decisione di trasferire lo studio a Long Island, alla fine, era stata sua.

Le aveva detto che lì lavorava meglio, che non ne poteva più della città. Ma aveva anche messo in chiaro che sarebbe rimasto a casa se era quello che lei e i ragazzi preferivano. Sapeva quanto sua moglie amasse quella casa e che Julia e Billy avrebbero dovuto finire il liceo.

Ma lei si era rifiutata di prendere una decisione. Aveva fatto infinite liste di pro e di contro. Aveva parlato del suo amore per la spiaggia, della semplicità della vita negli Hamptons, delle sue amiche che si erano già trasferite. Si era chiesta se i ragazzi erano abbastanza maturi da vivere da soli durante la settimana, ma senza mai arrivare a una risposta.

E così era stato lui a fare il passo. Dopo aver parlato con Julia e Billy – due dei ragazzi più maturi e con le idee più chiare mai nati, a suo parere – aveva deciso di rinunciare allo spazio di registrazione in città e di trasferire lo studio a Long Island. A due anni di distanza, Katherine non aveva ancora smesso di fare commenti passivo-aggressivi su quanto le mancava New York.

E adesso sarebbe toccato di nuovo a lui risolvere il problema. Katherine lo aveva spinto via, ma Bill sapeva che non se ne sarebbe mai andata. Sapeva anche che alla fine sarebbe guarita, ma non grazie alle brochure o alle idiozie del suo analista. Sarebbero state le risposte a guarirla.

All'inizio pensava di essere allineato con lei. Quei poliziotti erano stati fin troppo sbrigativi quando avevano trovato il corpo di Julia. Non aveva mai visto Kitty tanto furiosa e determinata.

Ma quando i due detective erano tornati per un secondo

giro dell'appartamento, il fuoco dentro di lei sembrava essersi estinto, rimpiazzato da un'anemica speranza: «Sembrano davvero motivati a scoprire cos'è successo a Julia, non trovi? Sanno cosa stanno facendo, no?».

Più del cinquanta per cento dei matrimoni finisce nel giro di tre anni, aveva detto l'analista.

Non il loro. Non dopo tutto quel tempo.

Bill sapeva come risolvere il problema. Andò nel suo studio e fece una telefonata.

14

Ellie era ancora in corridoio, ma sentiva già il rumore della televisione accesa a tutto volume che proveniva dal suo appartamento.

«Porca miseria» disse, spingendo forte la porta con il fianco per chiuderla, operazione resa più faticosa dai numerosi strati di vernice secca intorno allo stipite. «La signora Hennessy lo diceva sempre che la tua musica rock ti avrebbe fatto diventare sordo. Devo prenderti appuntamento per un apparecchio acustico?»

Jess quasi non si vedeva sul divano, la sua faccia spuntava da sotto una coperta che doveva aver preso dal letto di Ellie. Lei sentì una specie di lamento, poi vide il telecomando sull'orlo della coperta. Il volume diminuì.

«Quella vecchia pazza diceva anche che la mia musica mi avrebbe condotto tra le schiere di Satana.»

«E se fosse ancora viva direbbe che New York non è poi così lontana dall'inferno. Sei ancora a casa?»

«Non mi sento molto bene.»

«Fantastico. Ricordami di lavare il telecomando con l'alcol etilico.»

«Tu invece sei in anticipo.»

«Tecnicamente finisco di lavorare alle quattro, ricordi?»

«Sì, giusto. Così come tecnicamente in questo appartamento abita la nipote della signora Delores Macintosh?»

Il subaffitto a tariffa bloccata di Ellie non era del tutto in regola. Il fatto che fosse stato Jess a procurarle quell'affare probabilmente spiegava la nonchalance con cui si stabiliva per lunghi periodi sul suo divano.

«Non criticare i miei straordinari. Come altro pensi che farei a permettermi la tv via cavo con quei suoi bei programmi distruggi-neuroni? Pensavo che le Kardashian fossero la tua droga» disse, lanciando un'occhiata allo schermo.

«Ormai mi hanno stufato. Per un po' mi sono attaccato alle repliche di *Little Miss America*, ma il modo in cui conciavano quelle bambine era troppo deprimente persino per me. Senza offesa, sorella.»

«Vedi di non paragonarmi a delle bambine di cinque anni con le sopracciglia cerettate.» Ellie aveva partecipato ad alcuni concorsi di bellezza in Kansas, ma soltanto per ottenere delle borse di studio. Con due secondi posti era riuscita a frequentare i corsi part-time della Wichita State e quando si era laureata le restavano da ripagare meno di tre semestri.

«Ora sono passato alle casalinghe, impeccabili arbitri di eleganza domestica e gusto. Sono *vere*, capisci? Autentiche, *Real Housewives*. Non le vuole nessuno quelle *false*. E poi girano in una quantità di posti: *vere* casalinghe e da tutta l'America, cosa vuoi di più? Al momento però niente grandi viaggi, mi sto dedicando alle magnifiche dive della nostra città.»

«Dalle bambine dell'asilo alle signore di mezza età di New York... Scelgo di interpretarlo come un segno che stai maturando. Non lavori stasera?»

«Ho chiamato per dire che non sarei andato.»

«Peccato, i tuoi germi sarebbero stati benissimo al Booby Barn.» Con il suo ultimo lavoro, barista in uno strip bar, Jess si era superato. Il cosiddetto club per gentiluomini sulla West Side Highway in realtà si chiamava Vibrations, ma lei e Jess preferivano ribattezzare i locali in cui lui lavorava con nomignoli divertenti.

«Avevi piani con Capitan America?» chiese lui. «Posso togliermi dai piedi se vuoi.»

"Capitan America", era quello il soprannome che Jess aveva affibbiato a Max Donovan quando Ellie aveva iniziato a frequentarlo. Era convinta che si sarebbero potuti sposare e festeggiare il loro cinquantesimo anniversario senza che Jess si decidesse a chiamarlo con il suo vero nome.

«Lo hanno chiamato a Rikers.»

«Vuoi mangiare qualcosa?»

Quell'offerta in genere significava che Jess sceglieva il posto in cui ordinare, Ellie pagava e lui divorava la maggior parte del cibo.

«Non ho fame per ora. Vuoi che ti prepari qualcosa? Un po' di brodo ti farebbe bene.»

«No, chiamo il ristorante quando sono pronto.»

«Oggi sono stata a casa di Bill Whitmire.»

«Stai scherzando? *Quel* Bill Whitmire?»

«In casa sua c'è un ascensore.»

«È Bill Whitmire. In casa sua dovrebbero esserci ascensori, scivoli ad acqua e spogliarelliste in ogni stanza. Per favore, dimmi che gli hai passato il demo dei Dog Park.» A prescindere da dove (o se) si guadagnava da vivere, la vera vocazione di Jess era quella di cantante e chitarrista nella sua band.

Dieci anni prima, Ellie si era trasferita a New York quando aveva subodorato che le telefonate di Jess a casa – piene di allusioni a "grandi occasioni" sempre imminenti, ma mai reali – potessero essere una copertura per guai seri. E invece aveva scoperto che Jess era riuscito a farsi una vita, sebbene non quella che descriveva alla madre. E da quando stava a New York, anche lei aveva fatto lo stesso.

«Certo, perché di solito vado in giro con i tuoi demo in

tasca. Per non parlare del fatto che sua figlia si è uccisa ieri notte.» Gli fece un breve riassunto della giornata. «La madre della ragazza non riesce a capacitarsene, dice che non lo avrebbe mai fatto. Continuava a pregarmi di crederle.»

«E tu stai bene?»

Iniziava a perdere il conto delle persone che glielo avevano chiesto. «Sì, tutto okay. Non sei tornato a casa ieri notte.» Sembrava trascorsa un'eternità. «Sei rimasto a dormire a casa della barista?»

«Rebecca. Barista/attrice/cantante/strafiga.»

Proprio come Jess, che era barista di un locale di spogliarelli/divinità del rock, anche le persone che conosceva in genere avevano più di un lavoro. Di recente aveva trascorso diverse notti a settimana con la vittima di uno dei casi di Ellie dell'autunno precedente. Quella donna, nello specifico, era un'artista/prostituta, ma aveva giurato di cambiare vita dopo aver rischiato di lasciarci la pelle. Ma, come succedeva sempre nelle relazioni di Jess, la storia si era conclusa proprio quando Ellie stava cominciando a mettere da parte le sue riserve.

Ellie provò a sedersi con lui davanti alla televisione, ma guardare le casalinghe che litigavano su chi avesse bevuto più pinot grigio le fece venire voglia di arrestare qualcuno.

«Ti voglio bene, Jess, ma non posso farcela. Mi sembra di sentire le cellule cerebrali esplodere a ogni minuto che passa. Vado in palestra.»

«Dacci dentro, gangster.»

Ellie ricordava tutto della prima volta che aveva preso un pugno in faccia. Aveva urlato, non per il male, ma per la sorpresa dell'impatto. Soltanto dopo aver gridato per lo shock aveva avvertito il dolore fisico. La fitta appena dietro la tempia che sembrava averle aperto il cranio da un orecchio all'altro. Il dolore pulsante che si irradiava fino alla mascella e al collo. La vista offuscata. La convinzione che il suo cervello stesse sbatacchiando dietro le orbite, come le caramelle in una pignatta.

Il pugno le era stato sferrato da un ragazzino di sedici anni che aveva beccato a coprire di graffiti una cabina telefonica. Mancavano dieci minuti alla fine del suo turno, e così aveva deciso di confiscargli la bomboletta e mandarlo via con un rimprovero. Il ragazzino, ossuto e con la frangia, soprannominato "2SHY", pensava però che le sue intenzioni fossero ben altre, e l'aveva colta alla sprovvista con un gancio destro. La cosa che più ricordava era la rabbia, non tanto per il pugno in sé, ma per le lacrime. Aveva battuto le palpebre più e più volte, cercando di schiarirsi la vista, di controllare il dolore, ma soprattutto di impedire a quelle stupide lacrime di rigarle le guance di fronte allo stronzetto che l'aveva colpita.

Si era sentita così umiliata all'idea di averle prese da un adolescente che aveva portato avanti l'accusa di danno criminale, ma lasciato cadere quella di aggressione a pubblico ufficiale. Aveva iniziato a lavorare da appena tre mesi e stava ancora cercando di abituarsi a ignorare le battute sul suo passato da reginetta di bellezza: ci mancava soltanto che tutti sapessero che si era messa a piangere per il pugno di un idiota.

Era la prima volta che Ellie riceveva un pugno, ma sapeva che non sarebbe stata l'ultima. Alla prossima sarebbe arrivata preparata.

Così era diventata una kickboxer full contact, autorizzata a adoperare tutta la sua forza contro un avversario sul ring. Invece delle lacrime, adesso erano gocce di sudore a scenderle lungo il viso mentre sferrava un colpo dopo l'altro contro il sacco.

L'intensità dei suoi colpi tradiva una certa tensione. Stava dando fondo a una violenza che, di solito, era in grado di tirare fuori soltanto affrontando un vero avversario in una competizione. Qualcosa la turbava.

Centrò il fianco del sacco con la tibia e si ritrovò a pensare a Julia. Non al suo corpo nudo nella vasca da bagno, ma alle parole allineate sulla carta gialla. Ogni parola. Ogni frase. Le cancellature e i ripensamenti. Senza accorgersene, Ellie aveva imparato a memoria l'intera lettera.

Immaginò la ragazza viva, seduta a gambe incrociate sul letto, che fissava il taccuino, tre quarti di pagina già riempiti di inchiostro nero, e cancellava le parole che non la convincevano. Insoddisfatta, passava la penna sulle ultime quattro righe del testo, premendo la punta sul foglio così tante volte da bucare la carta.

So che dovrei amare la mia vita, ma a volte la odio. I miei genitori mi ripetono sempre che sono fortunata. Fortunata a poter frequentare una buona scuola, ad avere una bella casa. I soldi. Loro. Sì, lo hanno detto sul serio. Che sono fortunata ad avere loro.

Julia aveva tirato una riga sopra tutto ciò che veniva dopo la parola "soldi". Forse non le andava di scrivere dei suoi genitori. Forse aveva capito che erano il genere di persone che non dovrebbe avere figli, ma aveva preferito tenere per sé quell'osservazione.

Ellie continuò l'allenamento alternando ganci e montanti, poi passò ai calci diretti e laterali, senza smettere di pensare alle parole di Julia.

Capisco perché gli altri pensano che la mia vita sia facile. Nessuno ha voglia di ascoltare le lamentele di una ragazza ricca e viziata. So che alcuni ucciderebbero (in alcuni casi letteralmente)

Aveva cancellato le parole tra parentesi. Forse era stato un tentativo di umorismo, ma doveva essere arrivata alla conclusione che era inappropriato. Le parole cancellate si intravedevano ancora, però, ed Ellie era riuscita a ricostruirle.

Conosco persone che ucciderebbero per avere i miei stessi "privilegi", ma a volte mi chiedo se le loro vite non siano migliori. O almeno più libere. Nessuno si aspetta niente da un ragazzo che non ha nulla.
Mi ripetono sempre che sono fortunata, ma la verità è che la mia cosiddetta vita privilegiata

Il cuore le martellava nel petto.

Le sembrava quasi di sentire i pensieri di Julia mentre la ragazza esitava con la penna sulla pagina, cercando le parole giuste per completare la frase. Per dire che la vita è più complicata di quanto sembra. Che può essere una sfida. Che può essere terribile. Che a volte fa male.

Sì, alla fine Julia aveva scelto quell'espressione. *Fa male.* Forse si era persino resa conto di essere un po' melodrammatica. Non aveva sofferto fisicamente, non aveva una forma di depressione debilitante. Ma doveva sentirsi schiacciata da difficoltà che nessuno era disposto ad ascoltare. E poi cosa importava se era melodrammatica? Aveva sedici anni. Non aveva tutto il diritto di esserlo? Non aveva il diritto di fare un sacco di cose che alle altre ragazze della sua età erano permesse? Non era quello lo scopo della lettera?

Immaginò Julia che aggiungeva le parole che aveva scelto per completare la frase:

la mia cosiddetta vita privilegiata fa male.
Fa male sentirsi dire che non sono autorizzata a sprecare il mio potenziale. Fa male sentire che ci si aspetta di più da me perché ho avuto di più. Fa male credere che non sarò mai la persona che dovrei essere. Fa male sentirsi sola ogni istante di ogni giorno, anche quando sono in mezzo alla gente. E fa male sapere di provare queste cose e non poterle esprimere.

Ellie sentiva il sangue scorrere rapido nelle vene. I capelli umidi incollati alla fronte. Le braccia e le gambe cominciavano a farle male, ma continuò a colpire il sacco.

I pensieri di Julia si erano allontanati di nuovo mentre scriveva, c'erano altri segni e cancellature, ma le parole fluivano meglio. Doveva aver sentito le emozioni scorrere fuori come l'inchiostro sulla pagina, come il sudore che ora scorreva sulle braccia di Ellie.

E poi le lacrime erano cadute sulla carta, colpendo la lettera S di "sentimenti", sbavandone le estremità e trasformandola in una sagoma amorfa. Alla fine le parole avevano iniziato a mancarle. Era ora di concludere.

E per questo ho deciso di uccidermi.

Ellie continuò a colpire il sacco. Nessun segno di effrazione. Nessun segno di colluttazione. Tagli che sembravano a tutti gli effetti autoinflitti. L'acqua della vasca e una concentrazione alcolica nel sangue di 0,16 avevano contribuito a farlo scorrere senza fermarsi. Una protuberanza sul retro del cranio, ma Ginger, il medico legale, pensava che la ragazza se la fosse procurata collassando contro l'orlo della vasca dopo essersi tagliata il polso.

E poi Ellie iniziò a risentire stralci di conversazioni della giornata.

Katherine Whitmire che li implorava: «Dovete fare qualcosa, è mia figlia».

Il soccorritore: «Non c'è niente da fare».

Max, che avrebbe voluto dire di più, ma si era limitato a un: «E tu stai bene?».

Rogan che diceva che avevano fatto una cazzata: «Ellie, davvero, cerca di riflettere». Persino Jess le aveva chiesto se andava tutto bene.

E le voci dal passato. *Devi imparare a lasciar andare, Ellie.*

Quante volte gliel'avevano ripetuto negli anni? Come se avesse potuto schioccare le dita e dimenticare che il cervello di suo padre era schizzato fuori dalla scatola cranica a causa di un colpo della sua stessa pistola. Come se si potesse chiudere il passato in fondo a un cassetto e non pensarci più.

Ellie sferrò un altro pugno al sacco.

Nessuno aveva voluto credere a sua madre, quando aveva provato a spiegare che Jerry Hatcher non si sarebbe mai ucciso. La polizia di Wichita, l'ufficio del procuratore che doveva decidere se riconoscerle o meno la pensione, i vicini, nessuno l'aveva ascoltata. Nessuno tranne Ellie. E a cos'era servito?

Così, quando Katherine Whitmire l'aveva implorata di crederle, Ellie non l'aveva fatto. Avrebbe soltanto voluto gridarle: «Le conviene imparare la morale dalla favola di Jerry Hatcher!».

Ma Ellie non voleva essere quel tipo di poliziotto. Non voleva essere la persona che fa battute sulla madre della vittima, come quei soccorritori. Non voleva spuntare passivamente delle caselle come il medico legale che aveva soprannominato Ginger. Non voleva essere il tipo di detective che non si ferma nemmeno per un attimo a chiedersi perché la lettera di addio di Julia Whitmire fosse stata scritta a mano e non al computer, e perché il taccuino le cui pagine aveva usato non si trovasse da nessuna parte.

Ellie non voleva essere come tutti gli altri.

E, all'improvviso, come se le avessero tirato un pugno in faccia, Ellie realizzò qual era l'elemento di disturbo nella scena a casa dei Whitmire. Smise di colpo di tempestare di pugni il sacco. Si portò i guantoni al petto e si piegò in due per riprendere fiato, spostando il peso su una gamba per prevenire un crampo.

Rogan aveva ragione. Doveva riflettere. Doveva rimettersi in carreggiata.

Parte Seconda

Ramona

15

Da detective, Ellie era fermamente convinta di dare il meglio di sé quando riusciva a entrare nella testa delle vittime dei reati su cui stava indagando. Una simile capacità non era stata poi così importante nelle fasi precedenti della sua carriera, quando ancora si occupava di crimini "minori" (furti, prostituzione, droga). Ma adesso, dopo due anni alla Omicidi, aveva sviluppato un tipo di empatia che le permetteva, il più delle volte, di immaginarsi con chiarezza gli ultimi istanti della vita delle vittime.

Le piaceva pensare che il suo fosse un talento naturale: riusciva a calarsi con una certa facilità nelle personalità e nelle esistenze altrui. Era cresciuta osservando gli altri: notava i loro gesti abituali, leggeva le espressioni facciali e aveva un ottimo intuito.

Questa volta, però, a parte immaginare come dovesse essere stato scrivere quella lettera di addio, Ellie aveva serie difficoltà a "entrare" nel mondo di Julia Whitmire.

Ricordava cosa significava essere un'adolescente. Quella continua ricerca della perfezione estetica. *Non si diventa Miss Teen Kansas con tutti quei rotoli di grasso.*

E sapeva cosa voleva dire struggersi per l'attenzione di un genitore. Ellie aveva una vera e propria adorazione per suo padre. Di mestiere proteggeva le persone. Era una specie di supereroe nella lotta fra bene e male. Andava a giocare nello studio di fortuna che lui aveva ricavato nel seminterrato di casa, tappezzando le pareti con le fotografie delle vittime dello strangolatore di College Hill e una mappa piena di puntine, rosse per gli omicidi che erano certamente opera sua, gialle per quelli di cui era solo sospettato. Ellie faceva rimbalzare la sua pallina di gomma contro il muro, bombardando suo padre di domande e proponendogli teorie. In genere lui la zittiva, ma c'erano giorni in cui ripercorreva il caso con lei, nonostante i rimproveri di sua madre. Erano i più bei ricordi che aveva di suo padre.

Ma la vita di Julia Whitmire era troppo diversa dalla sua. Nella casetta di legno con tre camere da letto di Wichita, Ellie non avrebbe mai potuto nemmeno sognare l'indipendenza di cui godeva Julia. Senza contare le difficoltà economiche che la sua famiglia aveva dovuto affrontare dopo la morte del padre. Ellie non era mai stata a est di Kansas City o a ovest di Dallas finché non aveva seguito il fratello a New York.

All'epoca si era detta che lo faceva per tenere d'occhio il meno responsabile dei fratelli Hatcher, ma adesso sapeva che in realtà era stato il desiderio di una vita diversa a convincerla a partire. Tuttavia, malgrado le ristrettezze, non era mai stata infelice. E di certo non era mai stata ingrata.

Non sapeva come entrare nella mente di una ragazza come Julia. Con i soldi dei Whitmire e le strade di New York appena fuori dalla porta, Julia conduceva una vita molto più sofisticata della maggior parte delle persone che Ellie avesse mai conosciuto. Eppure era triste.

Ellie e Rogan erano seduti fianco a fianco in ufficio, intenti a scorrere il profilo Facebook di Julia, nella speranza di trovare indizi sui suoi ultimi giorni di vita.

«L'aggiornamento più recente risale a venerdì sera» osservò Rogan. «"Mi sono appena fatta le unghie blu... pensavo fosse un'idea originale e invece che schifo!" Che stupidaggine, no? Non pensi che una ragazza che si è uccisa domenica notte avrebbe preferito scrivere un qualche messaggio di addio?»

«Lo ha fatto» rispose Ellie. «Ha lasciato la lettera.»

Nel frattempo l'ultimo post di Julia su Facebook era finito in fondo alla pagina, scavalcato da duecento messaggi pubblicati in bacheca da quando si era diffusa la notizia della sua morte. La maggior parte sembrava scritta da estranei che offrivano le condoglianze al padre di Julia.

Non ti ho mai conosciuta, Julia, ma mi dispiace che tu non sia riuscita a trovare la felicità in questa vita. Che la musica ti segua nella prossima.

Tuo padre ha fatto la storia del rock and roll. Riposa in pace, angelo.

«Te lo giuro,» disse Rogan «non capisco come ragionano le persone.»

Continuarono a scorrere i commenti, compilando una lista degli amici che sembravano essere stati i più vicini alla ragazza. Quella mattina avevano parlato con il fratello, Billy. Nonostante fosse distrutto e in evidente stato di shock, aveva fatto del suo meglio per dare loro una mano. Come c'era da aspettarsi da un ragazzo al primo anno di università, comunque, negli ultimi tempi si era concentrato soprattutto sui corsi, le feste e le ragazze, e non sulla sorellina a casa.

Rogan aprì la pagina delle foto.

La maggior parte delle immagini somigliavano a quelle di qualunque ragazzina adolescente. Selfie in primo piano con le labbra arricciate. Un paio di scatti in spiaggia, in bikini, con Ramona. Foto di vestiti ridicolmente costosi che le piacevano. Fotografie di viaggi a Roma, Parigi, Madrid e in Belize. Una maschera da una mostra su Alexander McQueen al Metropolitan Museum of Art. La più recente era una foto di lei, con aria rilassata e senza trucco, con un paesaggio di campagna sullo sfondo.

«Ma che cos'è? Una capra? Senz'altro la capra più grossa che abbia mai visto» disse Rogan, commentando l'animale che Julia stava abbracciando. In lontananza si intravedeva un fienile con il telaio rosso e il tetto verde. Il perfetto scatto rurale.

Ellie affondò un cucchiaino nel barattolo di Nutella che teneva nel cassetto della scrivania. «Penso sia un alpaca. È una specie di lama, ma piccolo e molto peloso. Sono diventati una sorta di status symbol per le case di campagna dei ricchi, perché sono costosissimi... C'entra con la loro pelliccia, se non sbaglio.»

«Ah, sei un'esperta di animali, quindi?»

«Quando imparerai che la tua partner è un'esperta di tutto? Sono un pozzo di scienza.» Il suo ex fidanzato, che lavorava in finanza, aveva avuto la mezza idea di comprarsi due alpaca qualche anno addietro, poco prima che si lasciassero. «Sputano e fanno strani rumori, come una mucca ferita.»

«Sono così brutti da sembrare quasi carini.»

«Che cuore tenero» lo prese in giro Ellie. «Novità dal medico di Julia?»

Con il permesso dei genitori, avevano contattato il medico di base della ragazza per chiedergli informazioni sulla confezione di Adderall che avevano trovato nella sua borsa. «Ci ha appena contattato: l'unico farmaco che le aveva prescritto era la pillola anticoncezionale. Non l'aveva nemmeno rinviata a uno psichiatra. Il flacone era senza etichetta. Forse non aveva la ricetta.»

Ellie aprì una nuova finestra sul suo computer e cercò "Adderall".

Cliccò prima su un video intitolato *Adolescenti e farmaci per l'ADHD: trattamento o dipendenza?* Quattro persone in una sala conferenze. Una tenda di velluto viola con il logo della NYU che faceva da sfondo al tavolo.

Una psicologa, il cui nome era nascosto da una caraffa d'acqua, denunciava un evidente abuso nella prescrizione di psicotropi, soprattutto nei ragazzi, tanto che si registrava un'impennata di quasi il quattrocento per cento negli ultimi dieci anni. Circa l'ottanta per cento dei casi erano "off label", ovvero i medici prescrivevano il farmaco secondo modalità che non sarebbero mai state approvate dalle autorità.

Poi intervenne uno psichiatra che descrisse la terapia farmacologica come la strada migliore per risparmiare ai giovani sofferenze inutili. Parlò con passione di ragazzini che studiavano e si impegnavano tantissimo, ma poi finivano per scagliare i libri contro le pareti e sentirsi stupidi e senza speranza.

Rogan si allungò in avanti per prendere il mouse e mettere in pausa il video.

«Ehi!» lo rimproverò Ellie.

«Il tempo corre, ragazza mia, questo video dura quasi un'ora. Stavi ammirando lo strizzacervellli, eh?»

Ellie guardò il viso sullo schermo. Stando al cartellino che aveva appuntato al petto, il medico che si era espresso a favore dei farmaci si chiamava David Bolt e, doveva ammetterlo, era piuttosto attraente.

Rivolse a Rogan una smorfia e riprese il controllo del mouse. «Dai un'occhiata a questo.» L'articolo si intitolava *Studenti in cerca di migliori prestazioni grazie all'Adderall.* Scorse la pagina leggendo in fretta, cogliendo frasi qua e là. «"Adolescenti perfettamente in salute... un misto di sali di anfetamina... di solito sniffato... aiuto nello studio... ottenere tutti i vantaggi accademici possibili... comprano dagli amici a cui è stato effettivamente diagnosticato l'ADHD... effetti sul cervello simili alla cocaina o alle metanfetamine... uno studente su cinque..."»

«Leggi qui» riprese Ellie, indicando il penultimo paragrafo. «"Se assunto in dosi eccessive può causare depressione e ansia sociale." Cerchiamo di darci una mossa con quei referti tossicologici. Potrebbe essere un altro indizio a sostegno dell'ipotesi del suicidio.»

«Cerchiamo anche di scoprire dove si è procurata quelle pillole» ribatté Rogan.

Ellie tornò alla bacheca Facebook piena di commenti. Iniziò a cliccare sui nomi degli amici di Julia che avevano pubblicato contenuti sulla sua pagina.

Partì dal profilo di Marcus Graze, con cui, secondo Ramona, Julia aveva una storia di continui tira e molla.

Questo profilo al momento non è disponibile. Riprovare più tardi.

Provò con altri amici della lista, ma si ritrovò a leggere lo stesso messaggio.

«Forse è un guasto del sistema» buttò lì Rogan.

«Ma se un paio d'ore fa funzionava benissimo!» obiettò Ellie. Digitò nella barra di ricerca il nome di suo fratello e subito apparve il profilo di Jess, terzo della lista e consultabile senza alcuna difficoltà.

«Strano...»

«Non fa niente, possiamo andare a scuola.»

«Oh, proprio le due persone che stavo cercando.» Robin Tucker, il loro superiore, li fissava dal lato opposto della scrivania. «Accidenti, Hatcher, come fai ad avere sempre qualcosa di dolce tra i denti e riuscire comunque a chiuderti i pantaloni? Va be', lasciamo perdere... Ditemi soltanto che i vostri occhi e quel computer sono concentrati al cento per cento su Julia Whitmire.»

Rogan le fece un cenno vago. «Non hai di che preoccuparti.»

«Non direi proprio. Avrò ricevuto almeno quindici telefonate, dopo che ve ne siete andati da lì. E mi ha appena chiamato il padre per assicurarsi che non abbiate cercato solo di rabbonirlo tornando da lui ieri sera.»

Robin Tucker guardava fisso Ellie mentre parlava, ma fu Rogan a risponderle. «Ci stiamo lavorando.»

«Come cazzo è possibile che ci abbiate messo tanto ad accorgervi del taccuino?»

Rogan continuò a parlare a nome di entrambi. «È una questione generazionale. È più frequente che si suicidino persone che affrontano un cancro terminale, un divorzio, un tracollo finanziario. E persone di quell'età scrivono le lettere a mano. Non ci abbiamo pensato.»

«La grafia è quella della ragazza?»

«Hatcher ha fatto vedere la lettera a uno dei suoi ex insegnanti della John Jay. Secondo lui la grafia della lettera corrisponde a quella di Julia, ma non possiamo esserne certi perché non abbiamo abbastanza campioni con cui confrontarla. Soltanto qualche riga su vecchi biglietti di auguri per i compleanni o per la festa della mamma e del papà. Come dicevo, gli adolescenti ormai non scrivono quasi più a mano.»

«Quindi sei d'accordo anche tu?» Questa volta era chiaro che la domanda era rivolta a Ellie.

«Sto seguendo questa pista, sì.»

«Fantastico. Il tuo entusiasmo è trascinante.»

«Senti, posso anche mentire, se preferisci. L'unica cosa importante è che sono d'accordo sul fatto che ieri siamo stati frettolosi. Mi dispiace, e voglio rimediare. Tuttavia non credo si tratti di omicidio, e sono sicura che nessuno si starebbe lamentando dei nostri metodi se la stessa cosa fosse successa a un ragazzino povero trovato morto in un appartamento popolare. Comunque, ti garantisco che sto lavorando con il massimo impegno per scoprire la verità, anche se il mio istinto mi porterebbe da un'altra parte.»

«Ma in questo caso il tuo passato potrebbe aver condizionato il tuo istinto.»

Ellie si lasciò sfuggire una risata frustrata. «Quante altre volte devo sentirmelo ripetere?»

Rogan batté le nocche sulla scrivania. «Mi dispiace interrompere il testa a testa, ma forse è meglio se torniamo al lavoro.»

Ellie gli fu grata per l'intervento. «Dobbiamo andare alla Casden e parlare di persona con quei ragazzini» concluse, alzandosi dalla sedia.

L'annuncio parve soddisfare Tucker, che tornò nel suo ufficio senza aggiungere altro.

«In realtà devi andarci da sola» le disse Rogan quando Tucker fu fuori portata d'orecchio. «Devo testimoniare nel caso Washington oggi, ricordi?» Lanciò un'occhiata all'orologio. «Cazzo. E devo anche muovermi, inizia fra mezz'ora.»

Ellie ricordava il caso Thelma Washington. L'imputato era il nipote, che la vittima aveva cresciuto fin dalla seconda elementare. Thelma lo aveva sorpreso a rovistare in casa in cerca di soldi per la droga, come le era capitato con sua madre, trent'anni prima. A differenza della madre, che si era limitata ad andarsene con i soldi abbandonando il figlio di sette anni, il ragazzo aveva strangolato Thelma e poi si era seduto sul portico ad aspettare la polizia. Prima, ovviamente, si era fatto un'ultima dose.

Quel giorno cominciava il processo vero e proprio. La vittoria per l'accusa era quasi sicura, ma in un caso di omicidio un buon avvocato difensore poteva fare la differenza, quindi non bisognava dare nulla per scontato. Lei e Rogan avrebbero potuto entrambi fornire la testimonianza necessaria all'accusa, ma non c'era mai stato dubbio che il caso Washington, sebbene assegnato a tutti e due, appartenesse più a Rogan. Ellie sospettava che avesse qualcosa a che fare con il forte legame di Rogan con sua madre, sua nonna, la sua prozia e dio solo sapeva quante altre donne ancora in vita della sua famiglia.

Alcuni casi toccavano punti sensibili, attivavano le sinapsi e accendevano una passione nei detective.

«Vuoi aspettarmi?» chiese lui. «O vai da sola?»

«Vado a scuola mentre sei in tribunale. Chiamami quando finisci.»

Forse Julia non era stata assassinata, ma era pur sempre una ragazza la cui vita problematica si era spenta troppo presto. Il minimo che Ellie potesse fare era scoprire quale fosse stata per lei la goccia che aveva fatto traboccare il vaso. Doveva iniziare a curarsene.

16

Ellie era cresciuta sentendo sua madre ripetere che lei e Jess erano fortunati a frequentare una delle "buone scuole" della città. Il termine aveva poco a che vedere con standard accademici e programmi curricolari. A Wichita, città di forti contrasti e pregiudizi, l'espressione "buona scuola" veicolava un certo velato messaggio di intolleranza, un po' come "buon quartiere" o "persona perbene".

La Casden School era tutta un'altra storia. Aveva il programma più elitario della città. Secondo la pagina Wikipedia dell'istituto, da dieci anni una considerevole percentuale dei suoi studenti veniva ammessa nelle università della Ivy League.

Mentre seguiva le indicazioni per l'ufficio della preside, Ellie osservò le fotografie degli ex alunni allineate sulle pareti di pietra della scuola. Era già passata davanti a tre senatori, due giudici della Corte suprema e un vicepresidente. Al chirurgo che aveva eseguito il primo trapianto di cuore. Alla prima CEO donna di una delle cinquecento società più redditizie d'America secondo la rivista «Fortune». Al caporedattore della rivista «Time».

Questa sì che era decisamente una buona scuola.

Ellie arrivò all'ufficio della preside con precise aspettative. Era convinta di trovare il silenzio assoluto in sala d'attesa, una donna con uno chignon stretto che parlava come

Mary Poppins e una serie di frasi fatte sulla privacy degli studenti e sull'importanza del consenso dei genitori per ogni incontro con elementi esterni.

Ma fu costretta a ricredersi.

Nell'area amministrativa incontrò diversi adulti stretti nello spazio fra la scrivania della segretaria e l'ufficio della preside. Sentì una voce dall'interno che diceva: «Abbiamo messo a disposizione degli studenti uno psicologo che li aiuti con l'elaborazione del lutto, anche se in realtà non si tratta di una questione che riguarda direttamente la nostra scuola».

Ellie sbirciò oltre l'elaborata acconciatura di una delle madri preoccupate per farsi un'idea dell'aspetto della preside Margaret Carter. Niente accento da Mary Poppins, nessuno chignon in vista, giusto qualche frase fatta sulla privacy. «A quanto sappiamo, per il momento nemmeno la polizia è in grado di accertare i fatti, ma qualunque cosa sia successa non si è verificata a scuola ed è una questione privata che riguarda la famiglia della studentessa. Capisco che i vostri figli siano sconvolti, ma tutto questo non ha niente a che vedere con la Casden.»

Ellie ascoltò lo scambio di lamentele fra i genitori che uscivano a testa bassa dall'ufficio. «La ragazza frequentava questa scuola, quindi riguarda anche la Casden. E se riguarda la Casden riguarda anche noi.» «Ho sentito dire che Julia Whitmire ha lasciato una lettera di addio. Qualcuno sa cosa diceva?» «Se pensa che lasceremo correre, si sbaglia di grosso. Si ritroverà senza lavoro prima degli esami di fine anno.» «È la seconda volta questo semestre. Come può aspettarsi che facciamo finta di niente?»

Quando la folla di genitori si fu diradata, Ellie si avventurò nell'ufficio della preside e si presentò, mostrando il distintivo.

«Mi scusi per il trambusto. Sono Margaret Carter, la preside. Temo che la macchina dei pettegolezzi ormai si sia messa in moto. Il mio cellulare sta per esplodere.»

«Qual è il tema principale di questi pettegolezzi?»

«La causa della morte non è stata resa nota, ma i ragazzi parlano di una lettera di addio. Dicono che Julia ha preso una manciata di pillole e si è tagliata le vene nella vasca da bagno.»

Le pillole erano un'aggiunta drammatica, ma evidentemente qualcuno era al corrente dei fatti principali.

«Speravo di parlare con gli amici di Julia. Penso siano le persone più indicate per avere informazioni sul suo stato d'animo nelle ultime settimane.»

«Allora temo di non poterla aiutare, detective. I nostri studenti sono minorenni. Se vuole avvicinarli fuori dall'istituto può farlo in orario non scolastico, a casa, e con il consenso dei genitori. Per il momento sono minorenni su territorio privato. E preferirei che tornasse con un mandato nel caso in cui volesse andare oltre le conversazioni di routine.»

«E l'amica di Julia, Ramona Langston? Sua madre, o matrigna, Adrienne, ci ha dato il permesso di parlarle. Può chiamarla per chiederle conferma, se necessario.» In realtà Ellie non doveva rivolgere altre domande a Ramona, ma voleva verificare quanto la preside fosse determinata a fare ostruzionismo.

«Le hanno dato un'informazione sbagliata, detective. Oggi Ramona è rimasta a casa.» Carter schiacciò un tasto del telefono con un'unghia perfettamente laccata. Si sentì una voce di donna. «Sì?»

«Heidi, per cortesia, potresti controllare chi ci ha contattati questa mattina a proposito dell'assenza di Ramona Langston?»

«Non è necessario, signora, ho risposto io al telefono. È così che ho saputo di Julia. La madre di Ramona ha chiamato per avvertire che la figlia era troppo sconvolta per venire a scuola.»

«Grazie, Heidi.» La preside schiacciò un altro tasto e chiuse la comunicazione.

«Mi è sembrato di capire che Julia avesse molti altri amici oltre Ramona» insistette Ellie. «Avrò bisogno di parlare con loro.»

«E io le ripeto che dovrà farlo fuori da questo istituto e con il consenso dei loro genitori.» Carter non attese nemmeno la sua risposta prima di iniziare a rovistare fra i documenti sparsi sulla scrivania, scartoffie di cui fingeva di doversi occupare con urgenza.

«Può dirmi qualcosa sull'abuso di Adderall alla Casden?»

Carter smise di spostare i fogli e fissò Ellie disgustata, come se avesse appena sputato sul pavimento. «Non so a che genere di scuole sia abituata, ma la Casden School è orgogliosa di sfornare la futura classe dirigente del paese. Abbiamo ex allievi in ogni ramo del governo, compresa la Corte suprema, e nei consigli di amministrazione di quarantotto aziende tra le migliori del paese secondo la rivista "Fortune". Sforniamo più vincitori di borse di studio internazionali di ogni altro istituto e i nostri docenti hanno tutti un dottorato nella materia che insegnano.»

«E forse è proprio per questo che i vostri studenti potrebbero essere invogliati a prendere l'Adderall. Ho appena sentito uno dei genitori dire qualcosa a proposito del fatto che sarebbe la seconda volta questo semestre. C'è stato un altro suicidio?»

«Sono certa che troverà le informazioni che cerca altrove, detective. Ho una scuola da mandare avanti. Siamo tutti addolorati per quello che è successo a Julia, ma ci sono altri ragazzi la cui istruzione richiede la mia attenzione. Abbiamo finito?»

Ellie non si mosse, ma la donna si avvicinò alla porta e

gliela tenne aperta. «Il sindaco è un ex allievo di questa scuola e capisce perfettamente la situazione. Le suggerisco di chiamarlo, se necessario. Questa è una proprietà privata, detective, il che significa che avrà bisogno di un mandato se vuole tornare.»

Ellie si aspettava un diverso tipo di collaborazione da una scuola che aveva appena perso uno dei suoi allievi.

17

«Heinz. H-E-I-N-Z. Come il ketchup.»

Casey ripeteva "come il ketchup" da prima di imparare a scrivere il suo cognome. Era la stessa frase che usava sua madre quando si presentava o dava il suo nome al telefono. Almeno fino a quando il suo cognome era stato Heinz. Per un breve lasso di tempo, durante le elementari, aveva ripudiato quella battuta che era ormai parte della tradizione famigliare, in segno di protesta contro il condimento rosso e limaccioso che gli altri bambini sembravano considerare una leccornia. Ci aveva messo il suo tocco, e aveva cominciato a dire a tutti che il suo cognome era Heinz «come quello di Teresa Heinz, la moglie del senatore John Kerry». Aveva soltanto undici anni all'epoca, ma era più informato sull'attualità politica di molti adulti.

La donna allo sportello gli rivolse un sorriso gentile e promise di tornare «in un baleno».

Passò ben più di un baleno, almeno per gli standard di Casey, così il ragazzo prese posto su una delle eleganti poltrone della lobby. Ricordava che Ramona si era messa a volteggiare su una sedia identica nello show-room di Design Within Reach, il genere di negozio da cui lui sarebbe stato cacciato in un secondo se fosse entrato da solo, ma Ramona e le sue amiche erano nel loro elemento. A Ramona piaceva gironzolare in quel negozio, un po' come alle altre persone piace vagabondare nei musei. Ne adorava l'atmosfera e gli arredi anni Sessanta. Gli aveva ripetuto in più di un'occasione che sentiva di appartenere a un'altra epoca, un'epoca in cui le donne fumavano anche se incinte e gli uomini bevevano tre Martini a pranzo.

Come aveva detto che si chiamava quella sedia? Farfalla? Cammello? No, era un cigno. Lui non riusciva a cogliere la somiglianza, ma Ramona gli aveva fatto notare che le linee sul bordo della poltrona si inarcavano all'indietro come il collo di un cigno. Fece scorrere le mani sulla curvatura del cuscino e ripensò a Ramona che volteggiava come una bambina, fissando il soffitto fino a provocarsi un capogiro.

A Casey piaceva fingere di sentirsi a proprio agio, di essere sicuro di se stesso in ogni occasione. Di essere capace, per esempio, di entrare in uno studio medico e dare il proprio nome alla reception come se nulla fosse, ma tirò comunque un sospiro di sollievo quando udì aprirsi la porta della lobby e vide entrare il suo amico Brandon.

«Ehi, avevi detto che saresti venuto alle undici.» Casey era arrivato di proposito con cinque minuti di ritardo in modo da non essere lì per primo.

«Scusa» fece Brandon. «La metro era un casino.»

«Che linea hai preso?»

«La A.»

Casey non aveva avuto problemi a raggiungere l'Upper West Side, ma aveva preso un'altra linea, in effetti, la 1.

Brandon si offese per l'interrogatorio. «Cazzo, hai paura che ti racconti delle balle?»

«No, chiedevo tanto per sapere.» Non era vero, stava controllando che non avesse mentito, ma lasciò cadere la cosa. Gli piaceva avere almeno un amico maschio.

«Come ti pare. Adesso siamo entrambi qui. Ti ha già chiamato?»

Quell'ambulatorio era diverso da tutti gli altri che Casey

aveva frequentato nella sua vita. Prima di quel posto era abituato a sale d'attesa minuscole e senza sedie, affollate da adolescenti incinte, bambini urlanti e vecchi a un passo dal collasso renale, tutti in lotta per attirare l'attenzione delle signore grasse e con il chewing gum in bocca che si destreggiavano fra i telefoni alla reception.

Quel locale, con le poltrone di design, il caminetto e la musica classica in sottofondo, assomigliava più a un salotto mondano.

Se avesse potuto, a Casey non sarebbe dispiaciuto abitare in un posto così.

«D'accordo, Casey. Il dottore è pronto a riceverti.»

Casey guardò Brandon, che si era già accomodato sulla poltrona accanto alla sua con una copia di «Sports Illustrated» in mano, come un padre in attesa. Era la loro sesta visita, ma Casey non si sentiva ancora a suo agio. «Sicuro di non poter entrare con me? Forse per lui è meglio incontrarci insieme.»

«Non ci pensare neanche, amico. Se ci proviamo, mi sbatte fuori di sicuro. Fai come ti ho detto. Come tutte le altre volte.» Brandon abbassò la voce e sollevò la rivista per nascondere il labiale alla vista della receptionist. «Rispondi alle domande con mezze verità, ma esagerando un sacco. Come se fossi a pezzi o fuori di testa. E ricordati di aggiungere la storia che devi toccare le cabine telefoniche. Tutte. E se provi a superarne una senza toccarla poi torni indietro. Cerca di infilarla nel racconto. Poi a ogni incontro ridimensioni la cosa.»

Mentre seguiva la receptionist fino alla pesante porta di quercia in fondo al corridoio, Casey si sentì in colpa per aver ancora una volta lasciato credere a Brandon di star prendendo in giro il dottore. Brandon aveva i suoi piani ed era stato lui a portarlo lì quasi due mesi prima, ma Casey non era riuscito a fare come chiedeva. Aveva paura per se stesso, ma non voleva neanche mettere nei guai il dottore fingendo di essere qualcosa che non era.

Casey, però, non era nemmeno riuscito ad andarsene. Ancora adesso, essere lì lo emozionava. Certo, era stato da altri "terapeuti" in passato, ma in Iowa. Tutti determinati a curare le sue manie. Di solito si finiva a recitare un sacco di preghiere. Non erano nemmeno veri medici, e men che meno psichiatri. Per quanto a Casey piacesse ripetersi che stava bene – che erano le altre persone ad avere un problema – non poteva fare a meno di domandarsi se un diciannovenne che negli ultimi due anni aveva vissuto in strada non avesse in effetti bisogno di un "aiutino" psicologico.

Lanciò un'ultima occhiata a Brandon, che a gesti gli intimò di darsi una mossa.

Mentre si richiudeva la porta dello studio alle spalle, Casey ricordò la promessa fatta a se stesso durante la prima visita, e cioè di non sprecare quell'opportunità. La possibilità di avere uno scambio onesto e individuale con un vero psichiatra era più importante del piano che lo aveva portato nel suo ufficio. Quando il dottore aveva iniziato a fargli le domande di routine, Casey non aveva risposto come lo aveva istruito Brandon, ma a modo suo, sinceramente. Aveva raccontato tutto al dottore.

Quarantacinque minuti dopo uscì dall'ufficio. Brandon era ancora nella lobby. «Perché cazzo ci hai messo tanto, amico? Di solito mi ci vogliono dieci minuti.»

Casey gli rispose alzando il pollice e l'amico gli sorrise apertamente, prima di entrare a sua volta nello studio.

Dopo poco Brandon uscì dalla stanza e nel giro di un attimo, in seguito a un rapido prelievo del sangue, i ragazzi avevano una bustina trasparente piena di pillole e un centinaio di dollari nella tasca dei pantaloni. Ma la cosa che rendeva Casey davvero felice era avere qualcuno con cui poter parlare.

18

Nuovi inizi

Confessioni di una sopravvissuta

NON PARLARE

Per poco non ho intitolato questo post *Speaking Truth to Power*, dire la verità al potere.

L'obiettivo era proporre un titolo ironico, servendomi di un'espressione conosciuta, che fa riferimento a una tattica di difesa non violenta: una frase che è entrata in uso intorno alla metà degli anni Cinquanta, per indicare la resistenza pacifica dei quaccheri alla violenza internazionale. Di questi tempi, la frase è invocata di continuo da chi vuole essere visto come oppositore di ogni forma (vera o presunta) di oppressione: il Tea Party nei confronti della cosiddetta élite; la sinistra di chiunque osi dissentire, per esempio.

Ma cos'è il potere su internet?

Molti di voi avranno notato che negli ultimi giorni il nostro piccolo gruppo di discussione ha attirato un commentatore in cerca di attenzioni. A quanto ho capito, l'individuo in questione – potrebbe anche essere una lei, ma mi sembra poco probabile – controlla una o due volte al giorno se ho pubblicato un nuovo post, e poi posta commenti intimidatori.

Vi sottopongo alcuni campioni della sua opera, nel caso in cui non abbiate avuto il privilegio di leggere i suoi contributi:

Aspetta solo di vedere cosa ho in mente.
Avrebbe dovuto farti sanguinare di più.
Ti farò vedere io cos'è la sofferenza.

Ringrazio tutti per il supporto morale. Mi avete dato la forza e il coraggio di continuare a condividere la mia esperienza con voi, sperando che possa esservi d'aiuto.

Chiunque si nasconda dietro questi commenti non merita la nostra attenzione. Alcuni di voi hanno provato a criticarlo o a metterlo a tacere, ma vi chiedo per favore di ignorarlo. Sono stata tentata di cancellare i suoi commenti e potrei farlo, ma sarebbe comunque un modo di dargli troppa attenzione. Equivarrebbe a dire che ho riflettuto sulle sue parole tanto da decidere di cancellarle. Gli concederei il primato di essere l'unico membro di questo gruppo le cui esternazioni vengono bannate.

E così ho lasciato i suoi commenti sullo schermo – dove io e voi possiamo leggerli – ma spero che li degnerete a malapena di uno sguardo. Sono le parole di una persona evidentemente con dei problemi. Di chiunque si tratti, non ha "in mente" niente. Non mi farà "sanguinare", né mi provocherà "sofferenza".

Alcuni dei miei lettori più affezionati hanno segnalato le attività sul mio sito alla polizia, quindi sospetto che verranno coinvolte le forze dell'ordine.

Ma non cancellerò le sue parole e, soprattutto, non smetterò di scrivere le mie.

Ho scelto di non eliminare quei commenti odiosi perché li considero un motivo di vanto. Sono la prova che sto dicendo la verità. Non al potere, forse, ma a chi ne ha più bisogno.

Non cancellerò le sue parole perché riconosco che sono un tentativo di mettermi a tacere, proprio come le parole dell'uomo che tanti anni fa mi minacciava di uccidere me e mia madre se avessi raccontato quello che mi faceva.

Questo post si intitola *Non parlare* perché è questa la lezione che ho imparato dal mio stupratore. Nel mio caso la minaccia era esplicita,

ma non era necessario che lo fosse. "Non parlare" è la regola universale che tutti i sopravvissuti intuiscono e interiorizzano.
È una frase straordinariamente efficiente, non trovate? Soltanto due parole, ma dal significato esplosivo. «Non parlare, altrimenti...»
Ed è proprio questo il punto. Altrimenti cosa succede? Quando mai si sente parlare di donne uccise per aver avuto il coraggio di denunciare i crimini che hanno subito? Non succede, almeno non qui, nelle nostre privilegiate società moderne. Le parole sono state uno strumento di minaccia e di abuso per troppo tempo, ma i codardi non danno mai seguito alle loro minacce. Sono loro i deboli. Noi siamo i forti.
Loro scelgono di minacciare. Io scelgo di smascherare il loro bluff. Non ho intenzione di essere messa a tacere.

Nella palestra del centro, con il suo staff cortese e il computer ad accesso pubblico, quelle parole stavano sortendo a loro volta un effetto minaccioso. Quell'impresa si stava rivelando più difficile del previsto. Non solo aveva continuato a scrivere, aveva anche avuto l'insolenza di lasciare le minacce visibili nei commenti. E adesso accennava alla possibilità di un coinvolgimento della polizia.

Nonostante l'idea di cambiare strategia fosse allettante, non sembrava esserci altra scelta. Doveva lasciare un altro commento.

Sono impaziente di dimostrarti che ti sbagli. So come ti chiami. Conosco la tua famiglia. E so dove abiti.

Nella sua camera del Tonawanda Motor Inn, Jimmy Grisco finì di leggere l'ultima lettera. Non ci pensava da quindici anni, ma rivedere le pagine ingiallite lo aveva fatto tornare al passato.

Era ironico. Era uscito da due mesi. Aveva cercato come meglio poteva – chiedendo in giro, controllando l'elenco del telefono, e roba del genere –, ma non era arrivato da nessuna parte. Poi, ieri, il procuratore l'aveva convocato nel suo ufficio. Voleva sapere perché quella donna aveva chiamato il carcere. *Stai fuori dai guai. Hai avuto una seconda chance, James. Non sprecarla.*

E poi aveva visto l'appunto sul taccuino dell'avvocato. Il nome e il numero lì di fronte a lui, non poteva andare meglio di così. Aveva fatto finta di non guardare, ma diamine, aveva iniziato a ripetersi quei numeri in testa. Aveva immaginato di comporli sulla tastiera del cellulare. Memorizzato la sequenza. Qualunque cosa per non dimenticarli.

Alla fine si era ritrovato nell'ascensore del tribunale con un tizio che stava buttando giù degli appunti con la mano sinistra. Gli aveva chiesto in prestito la penna e si era annotato il numero sul braccio. Quindici anni prima, quando era stato arrestato, con un numero di telefono si poteva fare poco, ma ora era tutta un'altra cosa.

Ripose le lettere nella stessa scatola di scarpe della Adidas in cui le aveva messe anni prima. Ancora non riusciva a capacitarsi che la polizia non fosse stata più scrupolosa nel perquisire il suo appartamento. Evidentemente non ritenevano la vicenda di grande interesse.

Aveva ritrovato la scatola nel seminterrato di suo zio il mese prima, dopo aver passato in rassegna tutta la roba che era rimasta stipata lì dentro dal suo arresto. Per poco non l'aveva buttata via. Adesso era felice di non averlo fatto.

19

Mentre tornava alla macchina, Ellie notò uno studente con l'uniforme della Casden che fumava una sigaretta all'angolo con la 74th Street. Era Marcus Graze, la storia "tira e molla" di Julia.

«Non hai sentito? Il sindaco non vuole che si fumi vicino alle scuole.»

Lui non sembrava turbato, né dalla morte di Julia né dal rimprovero della detective.

Nonostante i suoi sedici anni, Marcus Graze aveva la stessa strafottenza del banchiere trentenne con cui Ellie aveva brevemente convissuto qualche anno prima. Petto in fuori, spalle dritte, mento in avanti, capelli biondi e arruffati che quasi sfioravano il colletto rialzato della giacca blu con lo stemma della scuola. Se la postura è indice di sicurezza in se stessi, quel ragazzino doveva averne da vendere.

Marcus aspirò una lunga boccata. «Può risparmiarsi la scena, ho visto che si sta godendo il fumo passivo. Vuole fare un tiro? Tenga, non lo dico a nessuno.»

Si protese verso di lei per passarle la sigaretta. Ellie iniziava a capire tutte quelle canzoni sugli uomini indotti in tentazione dalle adolescenti.

«Sei carino, ma hai la metà dei miei anni.»

«Le donne mature ci sanno fare.»

«E Julia Whitmire no?»

«Julia era a posto.»

«Con tutti i soldi che i tuoi sborsano per farti studiare alla Casden riesci a descriverla solo in questo modo? Non puoi fare di meglio?»

«Posso usare termini più ricercati, se preferisce. Era sofisticata, tollerante, curiosa, audace, anticonformista... Che ne dice? Ma penso sia meglio qualcosa di semplice. Se l'avesse conosciuta capirebbe. Era... una a posto.»

«Stavate insieme?»

Sorrise, ma lo sguardo abbattuto e il sospiro che gli sfuggì gli diedero un'aria più triste che impertinente. «Io non *sto* con nessuno, e nemmeno Julia. Eravamo scopamici. *Ops*, mi scusi, ho la sensazione che anche questo tipo di termine non le piaccia.»

«Strano modo per riferirti a una ragazza con cui avevi un rapporto intimo, il giorno dopo la sua morte...»

«Julia avrebbe detto lo stesso di me. Non ero il suo ragazzo, se era quello che sperava.»

«Troppo conformista per te?»

«Sì, in effetti.»

«Terminologia a parte, gli adolescenti hanno smesso di fare coppia?»

«Ma noi non siamo adolescenti come gli altri. Non apparteniamo al segmento della società che produce poliziotti, bibliotecari e insegnanti.»

«Temo di non capire...»

Marcus parlava con troppa sicurezza, di certo non era la prima volta che esponeva quel concetto. Probabilmente era abituato a pontificare di fronte a un pubblico adorante di ragazzi impazienti di assorbire anche solo una goccia di quella che percepivano come una profonda saggezza. «Fin dal primo giorno non fanno che ripeterci che siamo speciali, che non siamo come le altre persone, che dobbiamo eccellere. Ci spronano a essere il meglio del meglio del meglio. Che lavoretto estivo faceva quando era al liceo, detective?»

«La commessa al centro commerciale.» Ellie aveva mentito. Non era il caso di informarlo che grigliava hamburger in un fast food, ma solo quando non era impegnata a guadagnarsi qualcosa nei concorsi di bellezza in Kansas.

«Vede? Le ragazze che conosco, se sono interessate alla moda, devono puntare a uno stage con Marc Jacobs o, meglio ancora, Anna Wintour. A me piace la vita notturna, il divertimento, mi interessa il lifestyle. Quindi ho concordato uno stage con il Thomas Keller Restaurant Group.»

Ellie riconobbe il nome di un ristoratore di lusso.

«Impressionante.»

Marcus spense la sigaretta con il tallone e se ne accese subito un'altra. «Non per Simon Graze.»

«Deduco che è tuo padre.»

«A sentire lui la ristorazione è per gay e immigrati, qualunque cosa significhi. Alla fine ha trovato un compromesso organizzandomi uno stage in un grande gruppo alberghiero di proprietà di un suo amico. Ma comunque per lui è una scelta da plebei. Le persone come me e Julia Whitmire non hanno "relazioni stabili", o come vuole chiamarle. Abbiamo già abbastanza pressioni nella vita. Diciamo che dobbiamo impegnarci parecchio e allora quando ci divertiamo... cerchiamo anche lì di farlo "parecchio".»

«E l'Adderall vi dà una mano?»

Lui scrollò le spalle. «A volte. Sono riuscito a tirare tranquillamente un paio di notti senza dormire. Con il Ritalin è un'ottima combinazione. Ma devo stare attento, perché mescolarli con lo Xanax può causare problemi.»

Ellie iniziò a ridere, ma poi si accorse che Marcus era serio. Cominciava a capire perché la psicologa del dibattito fosse tanto contraria alla prescrizione di psicofarmaci a bambini e ragazzi.

«Dove vi procurate l'Adderall voi ragazzini?»

Lui soffocò una risata. «Scusi, è per il "ragazzini". Fa ridere, tutto qui. Ad alcuni *ragazzini* viene prescritto per l'ADHD, e molti di questi *ragazzini* ne prendono un po' e distribuiscono il resto agli amici. In realtà è più facile comprare farmaci che l'alcol. Adderall, Ritalin, Oxi, Valium. Nessun problema. Lo Xanax è il terzo antidepressivo che provo da quando avevo tredici anni. Ho amici che prendono Paxil, Prozac, Lexapro... qualunque cosa. Ma cosa c'entra tutto questo con Julia che si taglia le vene?»

«Non ho mai detto che si è tagliata le vene.»

«Oh, andiamo. Ormai lo sanno tutti i *ragazzini* a nord della 58th Street. E sto cercando di farle risparmiare tempo dicendole le cose come stanno. Julia era una ragazza fantastica, davvero, ma se vuole capirla non può guardarla con gli occhi di una commessa del centro commerciale di Jersey City. Julia ha iniziato a fare pompini a dodici anni. Ha cominciato a chiamare sua madre "Katherine" a tredici, più o meno nella stessa fase. Mi dispiace che sia morta, ma così è la vita. Un paio di mesi fa un ragazzo della mia classe si è iniettato una quantità di eroina sufficiente a stroncare un branco di elefanti. Era il giorno di san Valentino. Romantico, non trova?»

Questo spiegava i mormorii dei genitori fuori dall'ufficio della preside. Julia doveva essere la seconda vittima di quel semestre.

«Vuoi dire che alcuni non sopportano lo stress?»

«A quanto pare no.»

«Secondo alcuni dei suoi amici ultimamente Julia sembrava distratta, con la testa da un'altra parte. Sempre impegnata, come se avesse una relazione seria con qualcuno.»

«Be', non ero io.»

«Ma hai notato anche tu un cambiamento? Magari in questo periodo Julia si vedeva meno in giro?»

Marcus fece un altro tiro dalla sigaretta. Quando esalò il fumo sembrò che avesse perso parte della sua arroganza. «Sì, adesso che me lo fa notare è così. Di solito era lei a chiamarmi per incontrarci, quasi sempre quando stava male per qualche motivo, se si sentiva insicura o litigava con la famiglia.»

«E tu la aiutavi andando a letto con lei quando si sentiva triste?»

«Siamo entrambi messi male, cosa devo dirle? Ma non la sentivo da almeno due mesi, e le poche volte che ho provato a chiamarla io mi ha sempre dato buca.»

«Le hai chiesto il motivo?»

«E perché? Non eravamo innamorati o roba così. Ho pensato che non fosse più interessata. Nessun problema.»

«Ammettiamo che avesse una relazione con qualcuno. Hai idea di chi potesse essere?»

«Nessuno della scuola, questo è sicuro.»

«Perché?»

«In quel caso, l'avrei saputo. E Julia non era la tipa da innamorarsi di un ragazzino del liceo.»

«Ho sentito che aveva una certa predilezione per gli uomini maturi.»

«Le piacevano tutti gli uomini che non poteva avere. Oh, sa con chi dovrebbe parlare?» Sembrava eccitato all'idea. «Con il signor Wallace.»

«E chi sarebbe?»

«Il professore di fisica quarantenne per cui si struggono tutte le ragazze. Julia era molto presa da lui, e non era una che si dava per vinta. Forse Kenneth Wallace è il suo uomo del mistero. Non sarebbe uno scandalo? A Margaret Carter verrebbe un infarto.»

«La preside?»

«È entrata in modalità bunker. Se potesse chiudere la scuola senza perdere il lavoro lo avrebbe già fatto. È venuta in tutte le classi per ricordarci che la scuola disapprova fortemente i contatti con la stampa. Vale a dire che, se apriamo la bocca, a risentirne saranno le nostre lettere di referenza per l'ammissione al college.»

Ellie pensò ai profili Facebook degli studenti della Casden diventati "non disponibili" da un momento all'altro.

«È per questo che stamattina non riuscivo ad accedere alle pagine Facebook di alcuni studenti?»

Marcus sembrava aver perso la voglia di rispondere. «La figlia di Bill Whitmire la fa finita, ed è il secondo suicidio del semestre alla Casden. I media si scateneranno. Ci siamo rintanati nel bunker.»

Neanche a farlo apposta, in quel momento un furgoncino di NewsOne svoltò l'angolo e si fermò davanti alla scuola. «Gliel'avevo detto.»

Ellie stava tornando alla macchina quando sentì la voce del ragazzo alle sue spalle.

«Dovrebbe dire ai Whitmire che 100.000 non sono abbastanza. Non nella cerchia di Julia.»

«Di cosa stai parlando?»

«Ah, non lo sapeva? È un classico. I genitori di Julia hanno promesso una ricompensa di 100.000 dollari per chiunque abbia informazioni sulla morte della figlia. Potrebbe fare la differenza se fosse stata uccisa da un bandito nel Bronx, ma le persone che conoscevano Julia sanno che non c'è niente da dire. La vita fa schifo, e poi muori. E quella cifra... Sono al massimo un paio di mesi di spese folli per un ragazzino che ha già un proprio fondo fiduciario. Stanno sprecando il loro tempo.»

Il cellulare di Ellie squillò mentre apriva la portiera della macchina. Era Rogan.

«Ehi, ho appena parlato con uno degli amici di Julia e vorrei farmi lobotomizzare. Non puoi aver già finito!» I giudici pretendevano puntualità da tutti tranne che da se stessi. Secondo i calcoli di Ellie, la testimonianza di Rogan nel caso Washington sarebbe dovuta cominciare appena pochi minuti prima.

«Difesa e accusa hanno raggiunto un accordo per il patteggiamento prima che salissi sul banco. Direi che gli ho fatto abbastanza paura.» Nonostante la spavalderia, sembrava deluso.

«Ho paura a chiedere.» Sapeva quanto Rogan teneva a quel caso. Lo aveva visto risistemare con cura la vestaglia logora di Thelma Washington prima che chiudessero la sacca con il cadavere.

«Ergastolo con possibilità di condizionale dopo vent'anni: poteva andare molto peggio. Insomma, sempre meglio di una giuria che si impietosisce e arriva al verdetto di omicidio colposo. Da te come va?»

«Hai sentito i Whitmire? Un ragazzino della Casden sostiene che hanno promesso una ricompensa.»

«Aspetta un attimo.» Sentì Rogan chiedere a qualcuno di aprire il sito del «New York Post». «Sì, ecco qui: 100.000 dollari.»

Proprio come aveva detto Marcus Graze. «Quindi abbiamo un paio d'ore prima di essere sommersi dalle telefonate di una schiera di malati di mente a caccia di soldi facili. Sono stati carini ad avvertirci, vero?»

«Fantastico, il numero non è nemmeno uno dei nostri. Se ci avessero consultati, almeno avremmo potuto creare una linea dedicata e far rispondere ai nostri agenti. Adesso non sappiamo quali teste vuote smisteranno le telefonate. I ricchi fanno proprio quello che vogliono, non c'è niente da fare.»

«Non sai quanto» disse lei, pensando alla bizzarra atmosfera della Casden.

«Ti raggiungo. Dove sei?»

Ellie gli spiegò dove aveva parcheggiato. Non voleva ancora andarsene. Si sedette al posto di guida, ma non accese il motore. Rimase a osservare la Casden School. «Fammi un favore, prima di uscire. Vedi se riesci a trovare la fotografia di un professore di nome Kenneth Wallace. Pare che insegni fisica.»

Margaret Carter poteva anche essere entrata in modalità bunker, ma per la prima volta Ellie stava iniziando a pensare che la storia di Julia fosse più complicata di quanto avesse immaginato. E che le risposte si trovassero all'interno di quell'edificio.

20

Ramona sedeva sulla panchina vicino al parco giochi a sud del Metropolitan Museum of Art. Stando al cartello, il parco si chiamava Pat Hoffman Friedman, ma nel quartiere era noto come "Three Bears Playground" per via della statua di bronzo di tre orsi: uno in piedi, uno seduto e uno che cammina. Ramona osservò due bambini arrampicarsi sull'orso seduto e su quello in movimento, proprio come faceva lei da piccola. Tra le sue foto preferite di quando era bambina, ce n'era una che la ritraeva in piedi sulla schiena dell'orso, con le mani sollevate per imitare la posizione delle zampe di quello accanto a lei, e sua madre a pochi passi di distanza, pronta a prenderla al volo se fosse caduta.

Ma quel giorno aveva scelto la panchina più per la vista sul suo condominio che per gli orsi. Lanciò un'altra occhiata dal lato opposto della 5th Avenue. Niente. Leccò la panna del suo frappuccino.

Non aveva programmato di saltare la scuola. I suoi genitori le avevano proposto di restare a casa, ma non tollerava l'idea di rimanere tutto il giorno chiusa nell'appartamento con sua madre che continuava a cercare di convincerla a parlare dei suoi sentimenti.

Come ti senti? Come ti senti? Parla con me.

Se gliel'avesse ripetuto un'altra volta sarebbe esplosa. Così aveva indossato l'uniforme con tutte le intenzioni di andare in classe. Poi, lungo la strada, si era resa conto che alla Casden avrebbero tutti parlato a vanvera di Julia, fingendo di essere stati suoi grandi amici o di sapere cose di lei che non potevano sapere, o ancora dandole della poveretta instabile che alla fine l'aveva fatta finita.

Prima di avere il tempo di realizzare cosa stava facendo, si era ritrovata a chiamare la segretaria della preside fingendosi Adrienne Langston e a dire che Ramona non sarebbe andata a scuola quel giorno. Niente scuola. Niente casa. Aveva passeggiato per Central Park pensando all'ultima telefonata con Julia, il venerdì sera.

Julia aveva risposto dopo mezzo squillo. «Ehi.»

«È successo di nuovo.»

«Il tuo piccolo visitatore? Quante volte devo dirti che dovresti provare a comportarti da brava ragazza? E poi un giorno, quando incontrerai l'uomo che ami e sarai pronta a sposarti e ad avere un figlio...»

«Molto simpatica. È di nuovo mia madre, è strana in questo periodo...»

«Tua madre non è strana. La mia sì che è fuori di testa.»

«Sul serio, non è in sé. Se provo a chiederle qualcosa mi risponde male.»

«Ti rendi conto che nessun altro al mondo lo troverebbe strano, vero? Lascia perdere, e ritieniti fortunata.»

Ramona aveva provato ad assimilare le parole di Julia, ma quello tra lei e Adrienne era più simile a un rapporto tra migliori amiche che a quello tra madre e figlia. O matrigna e figlia adottiva. Era per quello che la distanza che si era creata tra loro in quel periodo la turbava tanto. Aveva ragione Julia, però, avrebbe dovuto lasciar perdere. E avrebbe dovuto smetterla di blaterare sul suo rapporto con Adrienne. E se tutti quei discorsi fossero solamente serviti a ricordare a Julia le difficoltà che lei aveva con i suoi?

«Non è solo come si comporta con me. Lei e mio padre

hanno qualcosa di strano ultimamente, non vanno d'accordo. Forse non vuole che nemmeno lui scopra cos'ha che non va.»

«Oh Gesù. George e Adrienne sono la coppia perfetta. In che senso non vanno d'accordo?»

«Mia madre passa un sacco di tempo da sola, rintanata nel suo studio. Ho l'impressione che non si parlino. Come se fossero a disagio uno in presenza dell'altro.»

«Dico davvero, i tuoi sono perfetti se li paragoni ai miei. Se sei preoccupata per Adrienne, perché non cerchi di scoprire di cosa si tratta?»

«Come?»

«Spiala. Cerca nel suo computer: la cronologia, le email, tutto...»

«Non ci penso nemmeno.»

«E va bene, allora vengo da te e lo faccio io.» Julia non si faceva scrupoli a leggere diari, aprire gli armadietti delle medicine e, in generale, a violare la privacy degli altri. All'uscita da una festa a casa di Cynthia Lyon, lo scorso dicembre, si era vantata apertamente di aver perlustrato palmo a palmo l'intero appartamento. Non un grammo di cocaina in vista. A quanto pareva il famoso periodo di riabilitazione del signor Lyon aveva funzionato. «Anzi, dillo a tuo padre. Lui saprà come risolvere la cosa.»

Ramona non aveva mai pensato a suo padre come a un tipo in grado di risolvere i problemi. Non a caso era uno dei partner la cui testa era saltata quando lo studio legale aveva dovuto ridurre il personale.

«Non credo proprio, non è come tuo padre, lui sì che saprebbe cosa fare» aveva ribattuto Ramona.

«Sì, se per fare qualcosa intendi scoparsi Brittany o qualunque altra troietta con cui se la fa al momento.»

«Sei una stronza, Julia.»

«Dico solo le cose come stanno. Ho capito tanto tempo

fa chi sono davvero i miei genitori. Forse è ora che tu faccia lo stesso.»

Era un tono stranamente serio per lei. Negli ultimi tempi le loro conversazioni sembravano essersi ridotte a rapidi scambi di battute ironiche. Era come se Julia fosse diventata così matura e forte da non potersi permettere di essere sincera. Come se dimostrare reale compassione potesse infrangere la sua corazza.

Ramona si era ritrovata a desiderare di poterle parlare di persona.

Avrebbe voluto dirle che non erano soltanto i suoi genitori a sembrarle strani ultimamente. Sentiva che qualcosa non andava anche tra loro due. Le mancava la sua migliore amica. Voleva che le cose tornassero com'erano prima, quando tra loro non c'erano segreti e potevano dire di conoscersi davvero. Avrebbe voluto sapere perché Julia non sarebbe andata con lei negli Hamptons il giorno dopo, perché avesse insistito per restare da sola in città.

Invece si era limitata a chiederle: «Ci vediamo lunedì?».

«Sì, alle undici da AJ's. Forse nel frattempo George e Adrienne ritroveranno slancio in camera da letto, chissà. "Oooh, George!"»

«Ti odio.»

Ramona non aveva idea che quelle sarebbero state le ultime parole che avrebbe detto alla sua migliore amica.

Bevve un altro sorso di frappuccino e finalmente vide sua madre uscire di corsa dal portone del condominio. Stando all'orologio del suo cellulare, Adrienne era in ritardo per la lezione di pilates.

Una volta che sua madre si fu allontanata, Ramona attraversò la strada. Aveva rifiutato il consiglio di Julia venerdì, ma non era troppo tardi per decidere di ascoltarla.

Nello studio di sua madre, scosse il mouse per riavviare il computer.

Era richiesta una password.

Per un attimo pensò di andarsene. Sua madre non avrebbe mai tradito la sua fiducia in quel modo.

Si domandò cosa avrebbe fatto Julia, poi posò le dita sulla tastiera.

R-A-M-O-N-A.

Schiacciò invio.

Era entrata.

21

«Come fai a bere questa roba? Sembra olio per motori.» Rogan esaminò il nome del bar stampato sul lato del bicchiere di carta che aveva in mano. «Monster Coffee? Be', in effetti è un caffè mostruoso.»

Nell'ora trascorsa da quando Rogan l'aveva raggiunta davanti alla scuola, erano arrivati i furgoni di altre tre emittenti televisive. Ellie era alla seconda tazza di caffè comprata nel locale dal lato opposto della strada. «Lo fanno a due passi ed è caffeina. Va bene così. Ehi, ecco il nostro uomo.»

Nello specchietto retrovisore della loro Ford, Kenneth Wallace era praticamente identico alla fotografia che Rogan aveva trovato online, lo scatto di gruppo di una corsa campestre per raccogliere fondi per la ricerca contro il cancro. Stessi capelli biondo scuro scarmigliati, viso sottile, naso un po' storto, come se se lo fosse rotto. Ellie non aveva alcuna difficoltà a immaginare perché fosse l'uomo dei sogni delle liceali.

Fece per aprire la portiera quando Wallace si avviò verso di loro, ma Rogan allungò una mano e la tenne chiusa. «Aspetta un attimo.»

Osservarono i giornalisti assalire l'insegnante di fisica. Le domande si sentivano anche attraverso i finestrini chiusi. «È un genitore? Insegna alla Casden? Conosceva Julia Whitmire? Abbiamo sentito che la scuola si rifiuta di rilasciare una dichiarazione ufficiale. Perché è stato chiesto agli studenti di non parlare con noi? Cosa sta cercando di nascondere la Casden?»

Il professore alzò i palmi delle mani per coprirsi il viso. La sua rapida camminata si trasformò in una corsa, ma i giornalisti si arresero soltanto quando raggiunse Madison Avenue.

«*Adesso* andiamo» disse Rogan. Uscirono dalla macchina e lo raggiunsero mentre attraversava la Madison in diagonale e si rifugiava in un caffè dietro l'angolo.

Prima di identificarsi, lo lasciarono ordinare un panino americano, qualunque cosa fosse. Ellie lo sorprese a lanciare una rapida occhiata alla porta e, per un attimo, si chiese se avrebbe provato a scappare.

«Immagino di non dovermi preoccupare di farmi vedere. Il resto degli insegnanti ha troppa paura dei giornalisti per uscire a pranzo, e la nostra preside è famosa per i pasti ipersalutari che si porta da casa.»

«E lei?» domandò Ellie.

«Un uomo deve pur mangiare. Ho detto agli avvoltoi che non avevo niente da dire, *et voilà*...» L'uomo al bancone gli allungò una busta bianca e un bicchiere di carta. «Posso mangiare un panino e fingere di essere a Parigi. In più il caffè, qui, è molto migliore di quella schifezza.»

Rogan lanciò alla sua tazza di Monster Coffee un'ultima occhiata di disprezzo prima di gettarla nella pattumiera. «Le dispiace fermarsi qui un momento?» chiese. «Vorremmo scambiare due parole con lei, e sarebbe meglio farlo lontano dagli avvoltoi.»

Ellie ordinò due caffè al bancone prima di individuare un tavolino in un angolo.

«La riluttanza della scuola a collaborare ci ha sorpresi» esordì lei. «Da un lato abbiamo i genitori di Julia, tanto impazienti di avere delle risposte da promettere una ricompensa in denaro. E dall'altro la scuola che... Be', lo saprà meglio di noi.»

«La nostra preside, Margaret Carter... L'avete incontrata?»

Ellie annuì.

«Stamattina ha riunito tutti gli insegnanti per darci la notizia. Ha espresso il grado appropriato di tristezza e tutto il resto, ma il messaggio era chiaro: sarà lei il punto di riferimento di tutte le comunicazioni, comprese quelle con gli studenti. E terrà la bocca chiusa, a meno che non sia strettamente necessario che parli.»

«Eppure,» osservò Rogan «lei è uscito per pranzo. Ed è qui con noi.»

Il professore finì di ingoiare un morso di panino prima di riprendere a parlare. «Mi sono laureato in fisica risultando il primo del mio corso. Ho preso un master a Berkeley e mi mancano due anni per finire il dottorato. Volevo fare l'astronauta.»

«Voleva?» chiese Ellie.

«A quanto pare è assurdo come desiderare di diventare una rockstar. E finché non discuto il dottorato non posso puntare a insegnare all'università. Ci sarebbe il settore privato, ma è praticamente impossibile fare qualcosa di interessante senza entrare nel complesso militare-industriale.» Sorrise. «Lo so, sarei dovuto nascere qualche anno fa, sono forse il più giovane hippie d'America. Quindi, almeno per il momento, sono il signor Wallace, mite professore di fisica dei futuri leader del "mondo libero". Ma vi dico una cosa: non permetterò a una burocrate come Margaret Carter di stabilire cosa posso o non posso dire quando una delle mie studentesse muore.»

Uno spirito libero antiautoritario poteva essere il tipo capace di superare il limite con una studentessa minorenne. Ellie decise di affrontare il tema. «Ci è stato detto che lei e Julia avevate un rapporto insegnante-allieva particolarmente intimo.»

Lui sorrise e alzò gli occhi al soffitto. «Ah, un classico. Questi ragazzini sono terribilmente prevedibili. Mi lasci indovinare: è stato il provocatore, Marcus Graze?»

Il silenzio di lei risolse ogni dubbio.

«Lo stesso Graze che ha appena preso una D per essersi rifiutato di mostrarmi i suoi lavori di questo semestre. Sono più che sicuro che ogni volta che facciamo un test scopiazzi le risposte dai suoi amici.»

«Quindi non le dispiace dirci dov'era domenica sera?» domandò Ellie.

«Dipende dall'orario. O con la famiglia di mia moglie a Boston, oppure accanto a mia moglie su un aereo di ritorno a New York. Potete chiedere a lei, se volete. Oppure alla sua famiglia o alla compagnia aerea. Scegliete voi.»

Ellie annuì.

«Non fraintendetemi, Julia ci ha provato in tutti i modi. E non è stata l'unica, ma fidatevi, sono decisamente inarrivabile.» Wallace estrasse un portafoglio dalla tasca posteriore per mostrare ai detective la fotografia di una bellissima ragazza bruna e di un neonato. «Questa donna meravigliosa è mia moglie. Oltre a essere di una bellezza mozzafiato, è anche una madre fantastica e un medico straordinario. Sono fuori dal mercato da quando l'ho incontrata al primo anno di college. Quando le ragazze a scuola iniziano a ronzarmi intorno, a volte mi chiedo se è perché intuiscono che non potranno mai avermi. È come quando vogliono tutte per forza la borsa alla moda con una lista d'attesa di cinque mesi. Probabilmente è un bene che l'attenzione ricada su di me, perché a essere onesto conosco un sacco di tipi che considero a posto che non sarebbero stati in grado di resistere. Julia era... precoce. E molto più tenace delle altre. Piuttosto sfrontata, per essere una ragazza tanto giovane. Potrebbe persino aver detto a Marcus Graze che fra noi c'era stato qualcosa, tanto per avere una storia da raccontare.»

«Da come la descrive sembra una ragazza instabile. Nessuno ha cercato di aiutarla?»

«A dirla tutta, ce ne sono fin troppi che andrebbero aiutati. Ne ho visti di libertini a Berkeley, ve lo assicuro, ma non sono niente in confronto agli studenti della Casden. In parte dipende dalla ricchezza, ma è anche un problema generazionale. Tutti pretendono la perfezione da loro, e al tempo stesso gli instillano la paura del fallimento. Nessuno dice mai loro di no. Se qualcosa non va è colpa di qualcun altro. Se la prendono con me se si beccano una D, oppure chiamano un medico per farsi diagnosticare un qualche disturbo.»

Ellie era felice che avesse sollevato la questione. «Abbiamo l'impressione che gli studenti assumano farmaci come se fossero multivitaminici.»

«Non soltanto qui. Vi ho detto che mia moglie è un medico? Forse è anche più idealista di me. Si rifiuta di accettare i dépliant delle industrie farmaceutiche e di prescrivere ai suoi pazienti farmaci di cui non hanno bisogno, soprattutto nel caso di bambini che non hanno niente che non va. Detto fra noi, siamo quasi sempre al verde, ma almeno riusciamo a guardarci allo specchio la mattina. Sentite questa.» Aveva abbandonato il panino sul tavolo, infervorato dalla conversazione. Ellie riusciva a immaginarlo nei panni del professore universitario. «Ne ho parlato con Maria, mia moglie, l'anno scorso, quando ho scoperto che un gruppo di studenti aveva assunto Ritalin e Adderall per studiare in vista degli esami finali. Pare che il numero di minorenni che assumono farmaci psicotropi stia crescendo esponenzialmente. Ci sono stati casi di Prozac prescritto a bambini di due anni. Ormai consentono di diagnosticare l'ADHD a bambini di soli quattro anni. Maria è convinta che la maggior parte delle diagnosi sia fasulla. Come se non bastasse, circa il dieci per cento dei ragazzini senza diagnosi assume i farmaci degli amici, come se fossero una droga. Julia prendeva quella roba?»

«Capirà che non possiamo riferirle la sua storia clinica» disse Ellie.

«Be', si vocifera che si sia suicidata, ma che i genitori la pensano diversamente. Non so quale delle due opzioni sia peggio.»

Ellie sì. Sapeva cos'era peggio. E sapeva perché Bill e Katherine Whitmire avevano un disperato bisogno di una risposta diversa da quella che avevano ricevuto, al momento.

«In un'altra scuola ci avrebbero permesso di parlare con tutti gli studenti per scoprire qualcosa di più su Julia, se aveva una relazione, se aveva dei problemi... Invece, nella vostra, i ragazzi hanno bloccato l'accesso alle loro pagine Facebook. È possibile che Julia venisse bullizzata?» I suicidi dovuti a episodi di cyber-bullismo non erano più da tempo dei casi isolati.

«Detesto doverlo dire, ma è molto più probabile che Julia fosse la bulla piuttosto che la vittima. Se hanno bloccato i profili è perché la scuola li ha spaventati a morte con la minaccia di un futuro mediocre. Alcuni ragazzini darebbero un polmone per un po' di fama su YouTube, ma alla Casden hanno la fissa del decoro. La preside è stata chiara: anche se avessero impostato un profilo privato sarebbe bastato un amico con un po' di voglia di parlare con la stampa.»

«E in men che non si dica» intervenne Rogan «si sarebbero ritrovati con le foto delle loro feste sulla prima pagina dei tabloid. Un manifesto del malfunzionamento delle scuole elitarie.»

«Esattamente. Quindi, per andare sul sicuro, niente Facebook, Instagram, Twitter, tutte quelle stronzate. Uno degli amministratori mi ha detto che la scuola ha persino assunto un'azienda di pubbliche relazioni per cancellare eventuali articoli negativi sulla scuola che si trovano online. Sembra di essere in *1984*.»

«Ma abbiamo visto dei genitori fare pressioni sulla preside. Erano arrabbiati, volevano informazioni. Una scuola privata non dovrebbe rispondere a quel genere di sollecitazioni?»

Wallace era tornato al suo panino. Fece una pausa per deglutire, prima di rispondere. «Sarà interessante assistere allo scontro. La gente che manda i figli in scuole come questa è abituata a ottenere ciò che vuole. Ma, in ultima analisi, è tutta una questione di domanda e offerta. Se vi facessi i nomi di alcune famiglie che abbiamo rifiutato non ci credereste. Persino il capo della Federal Reserve ha dovuto chiedere un favore a un amico per far ammettere suo figlio. I genitori possono lamentarsi, ma alla fine cosa possono fare concretamente? Portare via i figli? Ci sono altre centinaia di famiglie pronte a convincersi che due adolescenti morti sono soltanto una coincidenza.»

«Ma si tratta davvero di una coincidenza?» chiese Rogan.

Wallace appallottolò l'incarto vuoto. «Penso di avervi detto abbastanza a questo punto, detective.»

Mentre tornavano alla macchina, il cellulare di Rogan squillò. «Rogan... Sì... Non puoi dirmelo e basta?... Va bene, arriviamo subito.»

«Che succede adesso?»

«Era un agente del CIS. Ha trovato qualcosa sul computer di Julia.»

22

La maggior parte degli impieghi nelle forze dell'ordine è accompagnata da un titolo che suona figo. Come gli scienziati forensi che diventano "criminalisti", o gli spedizionieri che diventano "tecnici delle comunicazioni". Persino gli impiegati d'ufficio hanno diritto a un acronimo: AAP, assistenti amministratori di polizia.

E così non c'era da stupirsi se i poliziotti a cui era affidato il ruolo sempre più importante di analizzare i computer per il NYPD non erano semplici detective, ma detective del CIS.

In genere il computer di una vittima sarebbe stato esaminato in commissariato da uno degli "informatici" del dipartimento: civili smilzi, con i capelli lunghi e l'aria da nerd appassionati di Dungeons & Dragons. Ma dal momento che si trattava della figlia di Bill Whitmire, Rogan aveva inviato il computer al quartier generale per farlo analizzare da un detective del CIS – Criminal Intelligence Section –, sezione che di solito veniva scomodata per compiti ben più complessi, dall'antiterrorismo alla lotta alla criminalità organizzata.

Visto che la ragazza era deceduta, non era necessaria l'autorizzazione del tribunale per esaminare i dati sul suo computer. Potevano leggere i documenti, ricostruire la cronologia internet e scavare nello storico delle sue email. Con la sua morte, Julia aveva perso il diritto alla privacy.

Il detective si chiamava Peter Pettinato. Fin dalla prima occhiata Ellie si accorse che non era il solito nerd che usciva dal seminterrato soltanto per aprire la porta al fattorino della pizza. Era un vero adulto con corti capelli neri e baffi curati. Non mancavano i segnali di una personalità creativa. Il suo cubicolo era decorato con le fotografie dei suoi animali domestici e di alcune sue apparizioni in teatri di quartiere. Invece della solita sedia da ufficio, lavorava appollaiato su una palla da yoga blu.

Mentre Pettinato si allungava per prendere il computer dalla scrivania, Ellie notò l'adesivo di un uccellino giallo con la pancia bianca sul retro dello schermo, sopra un altro che recitava: LE PERSONE CATTIVE FANNO SCHIFO.

L'uccellino le sembrava familiare. Dove lo aveva visto? Assomigliava al logo di uno di quei canali con le repliche che guardava sempre da piccola. Programmi tipo *La famiglia Partridge*. Sì, non era identico ma le ricordava quella rete, e quella serie di tanti anni prima.

«Ehi! Terra chiama Hatcher! Ci sei?»

Rogan agitò una mano davanti ai suoi occhi, come per controllarle la vista.

«Sembra che quell'uccellino ti abbia ipnotizzata.»

«Scusate.» L'adesivo le aveva messo tristezza. Più ancora del corpo gonfio e senza vita di Julia nella vasca. Con tutta l'enfasi sulla ricchezza dei Whitmire e la vita privilegiata e precoce di Julia, Ellie aveva trascurato che si trattava pur sempre di una ragazzina di sedici anni. In parte, era ancora una bambina. Un altro dettaglio che si era lasciata sfuggire durante la prima ispezione.

Pettinato li invitò a guardare il monitor. «Bene, ecco i dettagli rilevanti sulla base di quello che mi avete detto: sospetto suicidio, vene dei polsi tagliate e ritrovamento nella vasca da bagno. Nello specifico, mi avete chiesto di cercare una prima bozza della lettera di addio, o di ricostruire eventuali ricerche su depressione o suicidio. Non ho trovato niente su entrambi i fronti. Gli unici documenti sull'hard drive erano le relazioni per la scuola. Shakespeare, la Guerra Civile, roba del genere. Nessuna ricerca su Google su metodi per uccidersi, problemi di salute mentale o altro.»

«E allora cosa cercava online?» chiese Rogan.

«Nulla di diverso rispetto agli altri adolescenti. Andava spesso sui social... anche se la sua era più una comunicazione unidirezionale.»

«Che significa?»

Ellie si preparò al consueto sospiro che seguiva le domande che sembravano stupide ai detective del CIS, ma Pettinato non fece una piega. «Aveva degli account ma più che altro li usava per seguire le celebrità, non postava quasi nulla. Julia seguiva gente tipo le sorelle con il culo grosso e altre star del rap. Tutte quelle stronzate. Comunque Facebook, Twitter. Un sacco di portali di shopping online. Blog di moda. Siti di recensioni di ristoranti, club e quant'altro. O pagine di gossip sulle celebrità come TMZ, US Weekly e Perez Hilton. Insomma, non molta attività di navigazione. Ma ho trovato una visita a un blog sugli abusi sessuali infantili. Ho pensato che potesse essere rilevante.»

Eventuali abusi subiti da Julia avrebbero spiegato i disordini alimentari e la promiscuità, oltre a corroborare l'ipotesi di suicidio.

«Ci spiegheresti come fai a essere sicuro che Julia abbia visitato questo blog?» chiese Rogan. «Giusto per essere chiari, non siamo completi ignoranti, sappiamo cos'è una cronologia, le marche temporali e tutto il resto. Ci è soltanto utile ripercorrere i fatti.»

Pettinato stava già agitando una mano per interrompere le giustificazioni. «Sono un informatico, ma sono anche un detective. Capisco. Come hai detto, c'entra la cronologia. Apriamo Safari... è il browser,» spiegò «e selezioniamo "mostra tutta la cronologia", poi andiamo alla colonna "cerca per data". Adesso abbiamo una lista di tutti i siti visitati, oltre alla data e all'ora della loro visualizzazione. E qui, sabato sera, vedete tre visite su questo blog.»

Cliccò sul link e si aprì la pagina web. «*Nuovi inizi. Confessioni di una sopravvissuta.*»

Pettinato fece scorrere la pagina lentamente per dare modo ai detective di farsi un'idea del contenuto.

«Sai dirmi se Julia seguiva costantemente questo blog o altri siti che parlano di abusi sessuali?» chiese Rogan.

«Ha consultato solo questo.»

«Potrebbe trattarsi di un caso...» osservò Ellie. Lei stessa capitava senza volerlo su un'infinità di siti, seguendo link o per colpa di pop-up, clic involontari o errori dei motori di ricerca.

«All'inizio l'ho pensato anch'io,» rispose Pettinato «ma giuro che c'è una ragione se vi ho chiamati.»

Aprì di nuovo la pagina della cronologia, e stavolta Ellie notò che il blog compariva tre volte consecutive. «Aspetta un attimo. Perché ci sono tre visite di fila se è andata sul sito soltanto una volta?»

«Ah. Il fatto che ci siano tre diverse voci nella cronologia non significa necessariamente che ci siano state tre visite distinte sul blog. Altrimenti avremmo visto i nomi di altri siti fra l'una e l'altra. Queste tre voci indicano una navigazione interna al blog. Guardate: se clicchiamo sulla prima,» riprese, muovendo il cursore, «si apre la home page del blog. È la pagina principale, quella che compare se si inserisce l'indirizzo... Tutto chiaro?»

Alzò lo sguardo per assicurarsi che Rogan ed Ellie lo stessero seguendo.

«Okay, torniamo alla cronologia per vedere cos'è successo dopo. Se clicchiamo sulla seconda voce, appaiono i commenti in risposta al post di quel giorno.»

Rogan annuì. «Quindi Julia ha prima letto il post del giorno sulla home page e poi ha cliccato per visualizzare i commenti.»

«Corretto. E adesso viene la parte interessante. Cliccando sulla terza voce si arriva al box "inserisci contributo".»

«Significa che ha postato un commento?» gli domandò Rogan.

«Be', non posso dirvelo con assoluta certezza basandomi soltanto sul computer. A meno che non avesse impostato un registratore di tastiera. Ma comunque penso di poterlo affermare con un buon margine di sicurezza.»

«Mi spieghi come fai a saperlo?» chiese Ellie. Pettinato era un detective – probabilmente anche di talento –, ma non poteva accettare le sue deduzioni a scatola chiusa. Doveva arrivare anche lei alla stessa conclusione.

«D'accordo, ma se ho ragione posso prendermi i 100.000 dollari di premio? L'ho appena letto online.»

«Sono abbastanza sicura che nessuno di noi tre avrebbe i requisiti.»

«Quello che so per certo è che le tre voci nella cronologia corrispondono a queste tre azioni. Uno, ha aperto la home page del sito sabato alle 22.02. Due, ha visualizzato i commenti, sempre alle 22.02. E tre, ha aperto la pagina per inserire un commento alle 22.03. Ora, se guardate sotto il post pubblicato sabato, vedrete solo un commento nei novanta minuti successivi a quell'orario. Pubblicato alle 22.04.»

Adesso capiva perché Pettinato avesse dedotto che Julia fosse l'autrice del commento postato alle 22.04.

«E qui arriva il colpo di scena.» Si spostò di lato per essere certo che vedessero bene lo schermo. «Ecco il commento.»

Se pensi che quella notte di vent'anni fa sia stata brutta, aspetta solo di vedere cosa ho in mente. Non ricorderai più un orario sull'orologio.

Forse un giorno sul calendario, se sei fortunata. Forse una settimana. O magari ti terrò impegnata per un mese. Ma una cosa è certa: non vivrai abbastanza da riuscire a raccontarlo.

Ellie ripensò alle parole del professore di fisica. Secondo lui era più probabile che Julia fosse una bulla, anziché una vittima. Aveva solo sedici anni, ma quelle non erano le parole di una normale adolescente.

«Suppongo che non abbiate idea del perché la vostra vittima avrebbe dovuto scrivere una cosa simile» commentò Pettinato.

Ellie e Rogan mormorarono entrambi un no, ancora impegnati a elaborare la nuova informazione.

«Da qui la situazione si fa ancora più confusa. La ragazza è morta domenica notte, giusto? Avrebbe senso, se abbiamo ragione sul commento postato sabato sera. Ma c'è un problema. Ci sono state altre cinque minacce da lunedì. A meno che Julia Whitmire non stia navigando su internet dall'oltretomba, c'è qualcun altro là fuori che sta continuando il suo lavoro.»

23

Ramona non si arrabbiava facilmente. Negli anni le avevano ripetuto centinaia di volte che avrebbe avuto un mucchio di ragioni per essere arrabbiata. In alcune occasioni era stato usato anche il termine "amareggiata".

Di solito quelle parole gliele dicevano persone che pensavano che il loro lavoro consistesse nello spiegarle come avrebbe dovuto sentirsi.

La prima persona a dirle che era "autorizzata a sentirsi arrabbiata" era stata una consulente scolastica. A quel tempo Ramona frequentava la terza elementare, lo ricordava bene perché era nella classe del signor Masterson. Non riusciva a fare le divisioni a due cifre, così suo padre l'aveva fatta seguire da un insegnante privato. Ma poi, visto che le difficoltà erano continuate, l'avevano spedita dalla consulente.

Perché non era attenta in classe? Perché sembrava sempre distratta? Era arrabbiata per sua madre? *Sei autorizzata a sentirti arrabbiata,* le aveva detto la donna. Ramona aveva appena nove anni, non capiva perché dovesse arrabbiarsi tanto.

A volte si chiedeva se ricordava davvero sua madre. Suo padre aveva lasciato le fotografie in bella vista, come quella con gli orsi nel parco giochi. E le aveva parlato di lei; adesso non lo faceva più, ma quando Ramona era piccola succedeva spesso. La ragazza sapeva che la memoria può giocare brutti scherzi: fotografie e racconti possono darci l'impressione di ricordare una persona, anche se in realtà tutto ciò che abbiamo sono immagini bidimensionali e aneddoti rielaborati.

Tuttavia, Ramona era certa di conservare almeno alcuni ricordi autentici di sua madre. Si chiamava Gabriella. Le amiche la chiamavano Gabby, ma a casa il marito non usava diminutivi. La sua crema per il corpo profumava di miele e zenzero. Quando finiva di spalmarsela, passava le mani ancora unte sugli avambracci di Ramona e diceva: «Adesso tu e la mamma avete lo stesso profumo». Non era un aneddoto che le aveva raccontato il padre, e nessuno può indurre la memoria di un profumo: ecco perché era sicura di ricordare davvero sua madre, Gabriella Langston.

Stranamente, però, non rammentava di essere stata informata della sua morte. Sapeva, perché le era stato detto, che sua madre era mancata poco dopo il suo quinto compleanno. Ne era sicura perché, a distanza di tempo, le avevano raccontato che una macchina l'aveva investita durante la sua solita passeggiata dal maneggio a casa. Sapeva anche che, in base alle tracce degli pneumatici e a un trasferimento di vernice, per gli esperti della polizia la vettura era una Pontiac rossa. Dicevano che era stato un pirata della strada, probabilmente un ubriaco, ma non avevano avuto modo di appurarlo perché non lo avevano mai preso. Ramona sapeva anche che le ceneri di sua madre erano state sparse nell'oceano, a Montauk: Gabriella amava la sensazione del vento salmastro sulla pelle, quando era sulla spiaggia.

Ramona sapeva anche che, meno di un anno e mezzo dopo lo spargimento delle ceneri di sua madre, suo padre aveva sposato Adrienne. All'epoca, prima di diventare la signora Langston, Adrienne Mitchell, faceva la baby-sitter per un'altra famiglia del condominio. La sua trasformazione da tata dei vicini a sostegno famigliare fino a nuova moglie e matrigna era stata rapida.

Poco dopo Ramona si era ritrovata nella classe del signor Masterson, non era riuscita a imparare le divisioni a due cifre e avevano iniziato a farle un sacco di domande sulla rabbia.

Poi, in quinta elementare, aveva iniziato a lamentare una certa stanchezza al mattino. Suo padre l'aveva mandata dal primo terapista, che le aveva chiesto di nuovo se era arrabbiata. In effetti, forse era stato lui il primo a usare la parola "amareggiata", non il signor Masterson. Le sedute di terapia erano state ridotte a una al mese fino a due anni prima, quando suo padre le aveva trovato dell'erba nella borsa. A quel punto Ramona aveva iniziato a vedere il terapista una volta alla settimana, come la maggior parte dei ragazzi che conosceva. E, per qualche ragione, tutti gli esperti che l'avevano visitata erano accomunati dalla convinzione che Ramona dovesse essere arrabbiata.

Ma la verità era che lei non era arrabbiata. Ricordava di essersi veramente incazzata per la morte di sua madre soltanto in un'occasione, quando aveva più o meno undici anni. Era la prima volta che Adrienne provava a punirla perché si era fatta i buchi alle orecchie senza permesso. La matrigna aveva osato esprimere la sua disapprovazione e lei, prima di correre in camera sua, le aveva gridato contro: «Non sei mia madre, *Adrienne*!», sottolineando il nome proprio. Aveva sentito Adrienne piangere in salotto, ma non era riuscita a trovare il coraggio di scusarsi.

Quando suo padre era rientrato a casa dopo il lavoro, li aveva sentiti confabulare in cucina. Forse Adrienne non gli avrebbe detto niente.

Invece suo padre l'aveva raggiunta in camera e si era seduto ai piedi del letto. Non lo aveva mai visto così prima di allora. Di solito appariva distaccato e non mostrava le sue emozioni. Ma quella sera, dopo tredici ore allo studio legale, era scoppiato a piangere di fronte a lei. Le disse che gli mancava Gabriella. Parlò del giorno in cui l'aveva incontrata, a un concerto jazz nel giardino delle sculture del Museum of Modern Art.

Non avrebbe mai dimenticato la naturalezza con cui aveva affermato che Adrienne non era Gabriella. Le aveva spiegato che l'amore, alla sua età, era diverso rispetto a quello dei vent'anni. Ramona non aveva aperto bocca, perché i bambini pensano istintivamente che i loro genitori siano vecchi. A ripensarci bene, però, suo padre aveva soltanto quarantasei anni, eppure parlava come se i suoi giorni migliori appartenessero irrimediabilmente al passato. Aveva detto che Adrienne non era Gabriella, questo sì, ma aveva aggiunto anche che Adrienne era una brava persona. Era giovane. Portava energia positiva in casa. Era divertente. Lo faceva sentire di nuovo felice. Erano sposati da quattro anni, e lo stava aiutando a vivere senza Gabriella. «E poi ti vuole bene, e desidera essere una madre per te» aveva concluso.

Ma Ramona non aveva intenzione di cedere, non ancora. «Non è mia madre.»

Allora suo padre le disse che nemmeno sua madre lo era stata davvero, almeno non come DNA. Ci avevano provato. Tenevano un calendario. Aveva preso tutti i farmaci più costosi allora disponibili. Avevano fatto un tentativo con la fecondazione in vitro, ma niente. Alcuni loro amici erano ricorsi a surrogati o all'eterologa, ma a Gabriella interessava più la maternità della biologia, così avevano contattato un avvocato e organizzato un'adozione privata. Era stata Gabriella a scegliere il nome Ramona.

Adrienne non era sua madre, ma non lo era nemmeno Gabriella.

E così, come da bambina aveva accettato Gabriella come prima madre, ora si era convinta ad accettare Adrienne. A cinque anni di distanza dall'episodio dei buchi alle orecchie, non pensava più a lei come a una matrigna o a una madre adottiva.

Adrienne *era* sua madre. Non aveva più messo in discussione la verità di quel rapporto, non soltanto perché aveva fatto una promessa a suo padre, ma anche perché Adrienne se l'era meritato.

Ramona tornò con lo sguardo allo schermo del computer di sua madre, il browser aperto alla pagina apparsa quando aveva inserito la password.

Il sito si chiamava *Nuovi inizi. Confessioni di una sopravvissuta.* E la pagina non era il blog così come sarebbe apparso a un lettore qualsiasi. No, Ramona aveva davanti la schermata di controllo di un servizio di hosting per blog chiamato Social Circle. La pagina su cui l'autore del blog poteva abbozzare nuovi post, cancellare commenti e modificare i contenuti.

Ramona era sempre stata orgogliosa del fatto che, a differenza delle sue amiche, lei aveva un "vero" rapporto con sua madre. Eppure eccola, da sola nel suo studio, a spiarne il computer quando invece sarebbe dovuta essere a scuola. Almeno, però, aveva scoperto la causa della riservatezza di Adrienne negli ultimi tempi.

Era stata vittima di abusi sessuali.

Era lei l'autrice di quel blog.

E adesso, dopo anni passati a sentirsi ripetere che aveva tutte le ragioni per essere arrabbiata, Ramona Langston lo era davvero.

Qualcuno stava minacciando sua madre.

Cinque miglia più a sud, nel quartier generale del NYPD, anche Ellie e Rogan stavano leggendo *Nuovi inizi*, prestando particolare attenzione alle minacce postate dopo la morte di Julia.

«Si può stabilire se Julia è più tornata sul blog dopo il commento di sabato sera?» domandò Rogan. Le prove suggerivano che Julia avesse postato il primo commento minatorio sabato. Evidentemente non poteva essere l'autrice delle minacce pubblicate a partire da lunedì, ma era ancora viva domenica e non era escluso che avesse visitato di nuovo il blog.

«No» disse Pettinato, saltellando sulla sua palla da fitness. «Soltanto la sera prima della sua morte. Ma se ho ragione, se è stata lei a scrivere il commento, doveva conoscere molto bene il sito perché ha navigato tra le pagine in fretta. In ogni caso, non ho trovato prove che abbia usato *questo* computer per visitarlo in precedenza.»

Avevano più domande che risposte.

«Come facciamo a scoprire di chi è il blog?» chiese Ellie. «E il computer usato per le minacce più recenti?»

«Il blog è stato creato con un hosting service chiamato Social Circle. Dovrebbero essere in grado di fornirci un indirizzo IP. Non è così facile ottenerlo, però» li avvertì Pettinato. «A meno che non lavoriate per un colosso aziendale, i tizi che gestiscono questi siti in genere non collaborano senza un mandato.»

Ellie se lo immaginava, però conosceva un certo assistente procuratore distrettuale incline a farle favori.

Il suo cellulare vibrò. Non riconobbe il numero.

«Hatcher.»

«Detective? Sono Ramona Langston. È venuta a casa mia ieri sera per parlare della mia amica, Julia Whitmire. Mi ha dato il suo biglietto da visita.»

«Certo, Ramona, ricordo bene. Cosa posso fare per te?»

«Non si tratta di Julia, ma... *ehm*... non sapevo chi chiamare. Si tratta di un sito.»

«Quale sito?» Rogan e Pettinato alzarono la testa di scatto.

«Un blog, si chiama *Nuovi inizi*. Sono abbastanza sicura che sia di mia madre. Parla di cose che le sono successe da piccola, ma il punto è che... qualcuno sta minacciando di ucciderla. La polizia può scoprire chi è?»

24

A New York abitano quasi nove milioni di persone. Al centro della città si trova l'isola di Manhattan, con due milioni di residenti in appena cinquantanove chilometri quadrati, l'area più densamente popolata degli Stati Uniti. Tutte quelle persone in così poco spazio creano un certo tipo di cultura: efficienza nello spostarsi dal punto A al punto B, niente convenevoli o contatto visivo, nessun legame con le persone che si incontrano per caso. E, inevitabilmente, un forte senso di anonimato.

Ma il senso di anonimato non equivale alla privacy. Fra le centinaia di persone che un indaffarato abitante di Manhattan incrocia ogni giorno ci sono il ragazzo al bancone del bar che gli prepara lo stesso caffè tutti i giorni (due bustine di zucchero e latte scremato); la pedicurista che si finge immersa in lunghe telefonate mentre strofina via la pelle morta dai talloni screpolati dei suoi clienti; la farmacista che pretende di non accorgersi quando un uomo compra una confezione di preservativi poche ore dopo che sua moglie ha ritirato la pillola anticoncezionale.

L'economia di Manhattan si basa su persone il cui lavoro consiste nel difendere il senso di anonimato, nonostante vengano loro affidati i segreti più personali. E nessuno conosce più dettagli su vite apparentemente anonime di un portiere di New York.

Il portiere che stazionava all'ingresso del condominio dei Langston nell'Upper East Side era la quintessenza della professionalità, con la sua giacca blu scuro ben stirata, la postura perfetta e la sollecitudine nei saluti. «Buon pomeriggio. Come posso aiutarvi?»

Mentre lei e Rogan gli mostravano i distintivi, Ellie strinse gli occhi per mettere a fuoco il nome ricamato sulla sua giacca. «Come sta, Nelson?» Un po' di cordialità non faceva mai male. «Siamo qui per vedere la signora Langston. Siamo venuti anche ieri sera. Stiamo indagando su un'amica di Ramona. Julia Whitmire.»

Nelson non batté ciglio quando sentì il nome.

«Certamente, la avverto subito.» Compose il numero con espressione assente. «Buon pomeriggio, signora. Ci sono due detective per lei... Hatcher e Rogan... Sì, sono nella lobby proprio adesso... Molto bene.» Riagganciò e indicò loro l'ascensore con la mano avvolta in un guanto bianco. «Ventunesimo piano.»

«Sembrano una bella famiglia» buttò lì Ellie.

«Molto» disse con un cenno. Poteva significare che era d'accordo. Oppure che pensava che i Langston fossero adoratori del demonio e torturatori di gatti. Dal suo viso non traspariva nulla.

«Ricorda Julia, l'amica di Ramona?»

«Be', il condominio è grande, passano tante persone.»

«A quanto ho capito Julia dormiva spesso dai Langston. Pensavo che conoscesse bene gli amici dei ragazzi.»

«Qualcuno sì. Abbiamo tante belle famiglie, qui.»

«E Julia Whitmire? Le sembrava che andasse d'accordo con Ramona e i suoi genitori?»

«Veniva a trovarli spesso, se non sbaglio. Prego, la signora Langston vi sta aspettando.»

Una volta in ascensore, Rogan le rifilò un colpetto scherzoso sul braccio. «Cavolo, socia, ottimo lavoro!»

Non tutti i portieri erano come Nelson. Alcuni sembravano presentatori di talk show con la stazza di un pugile, tanto gli piaceva spiattellare i segreti dei residenti. Non era colpa sua se Nelson era impenetrabile come Fort Knox.

Adrienne Langston li aspettava fuori dall'ascensore. Indossava ancora i leggings e la felpa della lezione di pilates che aveva dato a Ramona la possibilità di spiare il suo computer. Nel frattempo la ragazza aveva deciso di uscire dall'appartamento dopo aver parlato al telefono con Ellie, per di più chiedendole di dire lei a Adrienne che aveva scoperto il blog.

«Mi dispiace che siate dovuti venire fin qui, detective. Temo che Ramona sia ancora a scuola. Ho provato a convincerla a restare a casa oggi, ma ha insistito che preferiva mantenere la sua routine. Dovrebbe tornare a casa presto, ma se è urgente potete chiederle di raggiungerci. Frequenta la Casden.»

«Grazie, signora Langston» disse Ellie. «Ma in realtà siamo venuti per parlare con lei. Si tratta di un blog.»

Nessuna risposta.

«*Nuovi inizi*. Credo che il nome completo sia *Nuovi inizi. Confessioni di una sopravvissuta*.»

Ellie si considerava una giocatrice di poker piuttosto abile. Era così brava che, alcuni mesi, guadagnava di più ad Atlantic City che al NYPD. Eppure non le sarebbe piaciuto trovarsi al tavolo con Adrienne Langston, che quanto a espressioni indecifrabili avrebbe potuto contendere il primo posto nella classifica a Nelson il portiere.

«Il nome le dice qualcosa?» indagò Rogan.

«Di cosa si tratta, detective?»

«È una semplice domanda, signora Langston.» Rogan aveva usato la stessa voce dolce della sera prima, con una punta di quello che Ellie definiva il suo "tono militaresco".

«Ve ne ho fatta una anch'io.»

La maggior parte delle persone ha una tendenza naturale ad assecondare l'autorità. Segue la polizia in commissariato senza un arresto ufficiale. Risponde alle domande dei detective nonostante la formula che sono tenuti a utilizzare stabilisca il diritto a rimanere in silenzio. Acconsente alle perquisizioni in assenza di mandati. Nell'esperienza di Ellie, soltanto due categorie di americani si discostavano da questo trend. I primi erano gli irriducibili recidivi capaci di guardare un poliziotto negli occhi e dirgli: «Vaffanculo, sbirro. Voglio il mio avvocato». I secondi erano i ricchi. Adrienne Langston non era ricca quanto i Whitmire, ma lo era abbastanza da pensare che le si dovesse una spiegazione.

«Le assicuriamo» disse Ellie con calma «che le nostre domande sul blog sono legate alla morte di Julia Whitmire, mentre credo che la sua domanda sia intesa a proteggere la sua privacy.»

«Ci tengo molto alla mia privacy.» Adrienne stava sistemando la composizione floreale sul tavolino dell'ingresso, sebbene ogni singolo stelo fosse già perfettamente in ordine.

«È per questo che il blog doveva essere anonimo?» chiese Ellie.

«Un po' contraddittorio, vero?» domandò di rimando Adrienne. «Una persona che dice di tenere alla privacy e poi mette in bella mostra in rete i propri dettagli privati.»

«Mio padre è morto in circostanze terribili quando ero molto piccola. Per tutta la vita ho desiderato che i dettagli sulla sua morte restassero privati, ma poi, due anni fa, mi sono ritrovata sotto i riflettori a condividere episodi di cui non avevo mai voluto parlare. L'ho fatto perché mia madre potesse avere accesso alla pensione di mio padre, ma devo ammettere che riversare quel carico di segreti su un pubblico curioso è stato un processo stranamente liberatorio.

Se avessi potuto farlo in forma anonima, con un blog per esempio... Be', diciamo che ne capisco l'attrattiva.»

Ellie teneva davvero alla sua privacy. Aveva odiato ogni singolo istante di quelle stupide interviste. Ma, nonostante quanto aveva detto a Adrienne, non capiva le persone che avevano un blog, condividevano storie su Instagram, scrivevano su Facebook e Twitter per registrare episodi insignificanti delle loro vite. Non le piaceva raccontare i drammi che riguardavano il suo passato, nemmeno per conquistarsi la fiducia di un testimone. Per fortuna il trucco sembrava aver funzionato.

Adrienne li invitò in salotto e li fece accomodare su un grande divano a stampe floreali. Ellie si sentì sprofondare nei cuscini morbidi.

«Suppongo che, a questo punto, non abbia senso negare. Il blog è mio» disse Adrienne, prendendo posto su una poltrona accanto a loro. «Siete della polizia, lo saprete bene. Dopo tutti questi anni, ero convinta di essermi lasciata il passato alle spalle.»

«Come mai ha deciso di scriverne proprio adesso?» chiese Ellie.

La fronte di Adrienne si corrugò mentre soppesava la domanda. Evidentemente non era la prima volta che rifletteva su quel punto. «In fondo chi sa veramente perché fa quello che fa? Ma forse, pensandoci, direi che è stato il fatto di veder crescere Ramona. Ha l'età che avevo io quando mi sono decisa a parlare a mia madre degli stupri.» Pronunciò la parola senza alcuna traccia di esitazione o fastidio. «Ricordo, all'epoca, di essermi sforzata di capire perché mia madre non avesse voluto credermi. Non voleva restare di nuovo sola. Mio padre se n'era andato. Era povera. Aveva quarant'anni, ma ne dimostrava sessanta. Non aveva esattamente una fila di uomini fuori dalla porta.»

«Ma lei era sua figlia.» A Ellie sembrava strano affrontare argomenti così personali dopo averne già letto i dettagli sul blog.

«Esatto. E da adolescente ho fatto del mio meglio per non odiarla. Ho inventato tutta una serie di scuse. E non è stato difficile, perché all'epoca i ragazzi mi sembravano la cosa più importante del mondo. E avevo bisogno di amare mia madre. Ma adesso...»

«Non è più un'adolescente» concluse Rogan.

«Proprio così. Quando sei giovane non hai abbastanza esperienza per renderti conto di quanto una situazione sia profondamente sbagliata. Solo crescendo acquisti la consapevolezza necessaria a capirlo per davvero. Certo, sapevo anche da piccola che il compagno di mia madre non sarebbe dovuto venire in camera mia di notte, ma lo giudicavo un atto sbagliato paragonabile all'aver preso un mio cd senza chiedermi prima il permesso. Avevo convinto me stessa che, sebbene non fosse giusto, non era in fondo poi così grave: in questo modo sono riuscita a perdonare mia madre per non aver reagito diversamente, quando gliel'ho detto. E ora, da adulta, pur con difficoltà, l'ho perdonata sul serio, perché ho capito che, in un certo senso, era lui a renderla debole. Se però penso alla mia Ramona... Credo che se un uomo provasse a toccarla in quel modo lo ucciderei.»

«E non ha mai parlato a Ramona del suo passato?» chiese Ellie.

Adrienne scosse la testa. «Quella parte della mia vita è finita. Scrivo per liberarmi di quei ricordi, ma non voglio che la mia famiglia mi consideri una vittima di abusi. Ho bisogno che le due cose restino separate. Aspettate, se tutto questo ha a che vedere con Julia... Ramona sa qualcosa del blog?»

Ellie le diede la notizia che Adrienne aveva iniziato a intuire. «Ha trovato il suo blog, ha letto le minacce. Ci ha chiamati perché è preoccupata per lei.»

«A questo punto dovrò parlargliene, allora. E anche a George.»

«Non lo ha mai detto a suo marito?» Ellie aveva conosciuto George Langston e lo aveva mentalmente catalogato come Mister-Palo-nel-Culo, ma non riusciva a immaginare che si potesse sposare una persona senza dirgli una cosa tanto importante. «Non che siano affari miei...»

«Ha ragione, non sono affari suoi. Ma cosa c'entra Julia con tutto questo?»

«Direbbe di conoscere bene Julia?» domandò Rogan, sempre usando il suo tono militare.

«Molto bene. Lei e Ramona sono state inseparabili fin dalla quinta elementare. Pigiama party. Infornate di biscotti a mezzanotte. Si sono anche fatte i buchi alle orecchie insieme, fin troppo presto a mio modesto avviso, ma è un'altra storia. Se avessi dovuto tirare a indovinare, avrei detto che avrebbero fatto l'una la damigella al matrimonio dell'altra. Ramona... be', non so come farà senza Julia.»

«E andava tutto bene fra loro?» chiese Ellie.

«Alla grande.»

«Cosa mi dice dei sentimenti di Julia nei suoi confronti?»

Adrienne era chiaramente perplessa dalla domanda. «Intende nei miei? Oh, non saprei. Julia mi piaceva molto, mi inteneriva. I suoi genitori... Be', li avete conosciuti, avrete capito che i figli non erano la loro priorità. A volte ho pensato che sarebbe stato meglio se fosse venuta a vivere da noi, invece di stare da sola in quella specie di museo. Ma se mi chiedete cosa pensava di me, non saprei rispondervi. Penso che le piacessi. Che mi rispettasse, che si rendesse conto che ci tenevo a lei. Ma può essere che mi vedesse solo come la donna che incontrava a casa di Ramona ogni tanto, come è normale alla sua età.» Sorrise tristemente.

«Quando ha parlato del blog non ha detto niente dei commenti minatori che sono apparsi negli ultimi tempi.»

«Ah, mi danno un fastidio tremendo.» Adrienne alzò una mano come se non ci fosse nulla di cui preoccuparsi, ma Ellie notò che stava dondolando più energicamente sulla poltrona. «Avevo pensato di cancellarli, ma poi mi sono detta che se un pazzo vuole attaccarmi, tanto vale che i miei lettori lo vedano. Dire verità scomode è un sacrificio. Alcuni pensano che i sopravvissuti farebbero meglio a chiudere il becco e tenersi tutto per sé. Per me, invece, è importante che la nostra voce si senta.»

«Non si è chiesta chi abbia postato quei commenti?»

«Certo, ma so anche che non posso farci nulla. Le parole sono soltanto parole, giusto?»

Aveva ragione. Se Adrienne avesse chiamato la polizia per segnalare le minacce sul suo blog, la telefonata sarebbe stata inoltrata a dieci dipartimenti differenti e alla fine qualcuno le avrebbe spiegato che questioni di giurisdizione, anonimato, libertà di parola e legislazione penale antiquata le lasciavano un'unica opzione possibile: ingoiare il rospo.

Era ora di sganciare la seconda bomba. «Abbiamo le prove che sia stata Julia Whitmire a postare uno di quei commenti.»

All'inizio Adrienne rimase impassibile, ma un attimo dopo iniziò a elaborare la notizia. Sembrava che l'avessero schiaffeggiata.

«Non capisco. Come fate a saperlo? Julia è morta.»

Ellie le spiegò delle ricerche svolte sul computer della ragazza. Tralasciò il fatto che non sarebbero stati sicuri al cento per cento finché Max non avesse ottenuto un mandato per i protocolli di rete del sito di hosting. Aveva chiamato il suo fidanzato prima di partire per l'Upper East Side, e ci stava lavorando proprio in quel momento. Ma Ellie ne sapeva abbastanza. Le voci della cronologia di navigazione di Julia erano prove sufficienti, per il momento.

«Non significa che sia stata Julia a scriverlo» protestò Adrienne. «Chiunque avrebbe potuto utilizzare il suo computer.»

«Certo, potrebbe non essere stata Julia, ma non è vero che chiunque potesse accedere al suo computer. È ragionevole supporre che Julia abbia qualcosa a che fare con il primo commento, e che qualcuno abbia continuato dopo la sua morte. Forse un'amica?»

«Ho capito dove volete arrivare. Assolutamente no. Ramona non lo farebbe mai. Siamo molto legate. E avete appena detto che è stata lei a contattarvi.»

Una volta ottenuti gli indirizzi IP degli altri commenti avrebbero saputo per certo se Ramona poteva essere coinvolta, ma Ellie condivideva la supposizione di Adrienne: la ragazza non li avrebbe mai chiamati se fosse stata responsabile.

«Ha detto lei stessa che Julia e Ramona avevano un rapporto molto stretto. Abbiamo visto casi di adolescenti che attaccano genitori di amici senza che i figli delle vittime ne sappiano nulla. Lei non è la madre biologica di Ramona, giusto?» Ellie stava andando bene, quindi Rogan la lasciò continuare senza interromperla.

Gli occhi di Adrienne scattarono verso l'alto e scosse la testa, frustrata. «No. Ma l'ho cresciuta da quando aveva sette anni. Mi chiama mamma, non matrigna, tanto per dirne una.»

«Quindi l'ha legalmente adottata?»

«No, non è mai stato... Non era, non *è* necessario. È mia figlia, abbiamo un bel rapporto, non farebbe mai una cosa simile. Siamo sincere.»

«Eppure lei le ha nascosto un segreto sul suo passato. E aveva un blog. E Ramona ha scoperto entrambi, ma non è venuta da lei a parlargliene.»

«Non significa che...»

«Non vuole credere nemmeno che Julia potrebbe aver scritto quei commenti, ma le stiamo dicendo che è così.»

Adrienne inspirò a fondo prima di rispondere. «Julia era una ragazza fantastica e generosa, ma anche avventata. Aveva un lato oscuro.»

«Abbastanza oscuro da postare minacce sul suo sito?»

«Non so cosa pensare. Da un lato sarebbe bello avere conferma che chi ha scritto quei commenti non è veramente un pericolo. Ma ho serie difficoltà a credere che possa essere stata Julia.»

«Non sembra turbata da nessuna delle due ipotesi. Abbiamo letto quei commenti.» *Avrebbe dovuto stringere più forte.* Questo commento risaliva a lunedì mattina. Poi lunedì pomeriggio: *Sei stata una bella scopata. Chissà come sei adesso. Quel bel culetto è ancora sodo? Forse lo scoprirò.* Lunedì sera: *Ti farò vedere io cos'è la sofferenza.* Quella mattina: *Sono ancora qui. Mi tocco mentre leggo le tue parole. Penso a te.* Ellie aveva lavorato a tanti casi di stalking, ma non osava immaginare cosa potesse provare una vittima di stupro che leggeva quelle parole, ogni volta che accendeva il computer.

«Ci ho messo tanto tempo a superare le cose che mi sono successe da giovane. Scrivere è stata la miglior forma di terapia. È un modo per sfogarmi, per liberarmi di tutto. Non ne ho parlato con Ramona, per quanto possa sembrarvi sbagliato, perché volevo preservare la sua innocenza. Ma sulla pagina, a parole, posso sfogare tutto. E ho deciso di non lasciare che un idiota che si nasconde chissà dove, dietro una tastiera, me lo impedisca. Posso dirvi soltanto che scommetterei qualunque cosa sul fatto che mia figlia non c'entra niente. E sono quasi altrettanto sicura che le minacce vuote sul mio sito non siano in alcun modo legate alla morte di Julia Whitmire. Non penserete che sia stata *io* a farle qualcosa? Ero a una cena di raccolta fondi per la ricerca sul cancro al seno a Sag Harbor quella sera, se dovete controllare il mio alibi.»

«Non la stavo accusando di niente, signora Langston. E mi dispiace averle dato l'impressione di aver messo in dubbio il suo rapporto con Ramona. Ma per il momento stiamo indagando sulla morte di Julia con il sospetto che si sia trattato di un omicidio. E quando scopriamo che una vittima di omicidio ha un segreto, spesso quel segreto ci porta dritti al killer.»

«Mi intristisce molto dirlo, detective, ma sospetto che scoprirete che Julia nascondeva ben più di un solo segreto.»

25

Il portiere aveva appena aiutato a salire su un taxi una donna anziana e il suo bassotto.

«Aveva ragione, Nelson. I Langston sono proprio una bella famiglia.»

Lui sorrise educatamente. «Buona giornata, signora.»

«Lei trova che Ramona vada d'accordo con la signora Langston?» A meno che Julia Whitmire non avesse un motivo personale per minacciare Adrienne, la spiegazione più ovvia era che lo facesse per Ramona, e che adesso qualcuno stesse continuando al suo posto. «Alla sua età penso sia normale litigare con i genitori ogni tanto.»

«Sono un semplice portiere.»

Fuori, su Park Avenue, Rogan scosse la testa. «Ma dai, pensavi davvero che di punto in bianco si sarebbe messo a raccontarti tutto ciò che sa? Ritenta, sarai più fortunata...»

Ma lei era troppo impegnata a leggere un messaggio per disturbarsi a rispondere. «È Max. Sta lavorando al mandato per Social Circle.»

«Bene. Forse gli indirizzi IP ci diranno qualcosa di utile.»

«Nel frattempo, è una mia impressione o quella donna sta palesemente negando la pericolosità di quelle minacce? Sta provando a convincersi che sono soltanto parole, ma si vede che sotto sotto è terrorizzata. È così impegnata a non avere paura che si rifiuta di prendere in considerazione l'ipotesi che Julia potrebbe avere avuto un motivo per lasciare quei commenti sul suo blog.»

«Non pensi che possa essere stata lei, vero?»

«Non credo proprio. E poi ha detto che era a quella festa negli Hamptons domenica sera. Non è difficile da controllare. Aggiungiamolo alla lista delle cose da fare.»

«Forse non sa davvero nulla» disse Rogan. «Se tra lei e Julia ci fossero stati dei problemi ce l'avrebbe detto, soprattutto se ha un alibi solido.»

«A meno che i problemi non avessero in realtà più a che fare con Ramona... Mi è sembrata molto protettiva nei confronti del rapporto con sua figlia. Se Julia l'avesse attaccata per conto di Ramona, Adrienne potrebbe non aver ammesso i suoi sospetti semplicemente per non intaccare l'immagine di una perfetta relazione madre-figlia adottiva.»

«Torniamo a parlare con la nostra piccola assenteista, allora.»

Ramona li aspettava, come promesso, su una panchina vicino al parco giochi del Metropolitan Museum of Art. Stava trafficando con gli auricolari del telefono, ma quando li vide arrivare si alzò e se li tolse dalle orecchie.

Le parole le sfuggirono di bocca incontrollate prima che loro potessero dire nulla. «Le avete parlato? Sa chi la sta minacciando? Riuscirete a scoprire chi è stato?»

Ellie indicò la panchina, e la ragazza tornò a sedersi. «Calmati un attimo, okay? Ieri sera ti ho spiegato quanto è importante che tu sia onesta al cento per cento su Julia.»

«Certo.»

«Dobbiamo domandarti una cosa: Julia ce l'aveva con tua madre?»

Le labbra della ragazza si mossero senza produrre alcun suono. Sembrava una specie di marionetta gotica. «Mia madre?»

«Sì.»

«Come vi viene in mente?»

Iniziava a chiederselo anche Ellie. Al primo anno nell'accademia di polizia aveva imparato la massima del rasoio di Occam: la spiegazione più semplice è anche la più probabile. Se sei in Kentucky e senti rumore di zoccoli, pensa ai cavalli, non alle zebre. Qui avevano una liceale morta in una vasca da bagno e una casalinga dell'Upper East Side vittima di minacce in rete. Visto che Julia aveva postato la prima minaccia, erano giunti alla conclusione ovvia che i due eventi fossero legati. Aveva senso. Ma forse quei commenti erano solo un'ulteriore conferma che Julia Whitmire era una persona difficile, che aveva finito per suicidarsi, mentre ora che lei non c'era più una delle sue amiche stronze continuava a prendersela con Adrienne.

Fu Rogan a spiegare i fatti a Ramona. «Quando ci hai chiamati per dirci del blog di tua madre stavamo giusto finendo di analizzare il computer di Julia per farci un'idea più chiara delle circostanze della sua morte. Ed è venuto fuori che uno dei commenti offensivi che hai visto sul sito è stato postato dal computer di Julia, la notte prima che morisse.»

«È impossibile. Non sapeva del blog di mia madre. Io l'ho scoperto solo oggi.»

«Tu non lo sapevi, ma a quanto pare Julia sì. Abbiamo controllato il suo computer.»

«Significa solo che hanno usato il suo portatile, non potete essere sicuri che sia stata lei a postarlo, giusto? Quindi chiunque stia continuando a minacciare mia madre conosceva Julia?»

«Esatto» disse Ellie. «Stiamo cercando di capire chi potrebbe essere.»

«Non ne ho idea. Mi sembra assurdo.»

«Potrebbe essere difficile parlarne, ma dobbiamo farti

qualche domanda, Ramona. È possibile che ci fosse un qualche tipo di tensione fra te e la tua matrigna? Se Julia avesse saputo di un litigio tra voi due e fosse capitata per caso sul sito...»

«No, impossibile. Voglio dire, la chiamate la mia matrigna, ma per me è lei mia madre. E voglio bene a mio padre, ovviamente, ma lo avete visto. È... be', sapete, è fortunato ad averla trovata. E anch'io. Perciò mi sono spaventata tanto quando ho visto quei commenti. Siamo molto legate. Non riesco a credere che non me l'abbia detto. Julia non le avrebbe mai fatto una cosa simile.»

Ellie non sapeva ancora cosa pensare del possibile legame fra la morte di Julia e le minacce sul blog di Adrienne Langston, ma era convinta che – se un legame esisteva – Ramona non ne sapesse niente.

26

Katherine Whitmire lanciò l'ennesimo vestito sul letto di Julia. La pila era ormai piuttosto alta, e rischiava di crollare sotto il proprio peso e scivolare sul pavimento, dove avrebbe formato una montagna di tessuti d'importazione, etichette di noti stilisti e appendiabiti in legno di cedro. Ma non le importava, sarebbe rimasta lì tutto il giorno, a costo di costruire una torre con il contenuto del guardaroba. Non avrebbe avuto una seconda chance per scegliere il vestito che sua figlia si sarebbe portata nella tomba.

Si sporse per prendere un altro abito in fondo all'armadio. Non andava bene per la sepoltura, ma Katherine ricordava quando lo avevano comprato, tre anni prima.

Bill aveva promesso di portare Julia e Ramona nel backstage di un concerto di Justin Timberlake. Non con i pass che distribuiscono a cani e porci, ma con dei pass veri, per gli addetti ai lavori. Quelli che ti permettono di stare vicino all'artista non per una foto veloce prima di essere spinti fuori dall'uscita laterale, ma per tutta la durata dell'after party.

Le ragazze erano su di giri. Certo, Julia e Billy erano abituati a partecipare a grandi eventi musicali insieme a Bill. Alcuni mesi non avevano scelta, se volevano passare del tempo con il padre.

Ma la "Justin Night", come l'avevano ribattezzata, sarebbe stata diversa. Julia non sarebbe stata al traino di Bill per permettergli di conciliare il ruolo di padre con quello di produttore. Per la Justin Night, Bill sarebbe andato in un posto in cui – se fosse spettato a lui decidere – non avrebbe mai messo piede, e l'avrebbe fatto soltanto perché era importante per sua figlia. Per una volta il suo lavoro, invece di allontanarlo dalla famiglia, sarebbe andato a vantaggio di Julia.

La giornata era iniziata bene. Era estate. Di buon mattino Katherine era tornata in città in macchina con i ragazzi. Bill aveva appuntamento con un suo cliente storico per pranzo al Cyril's, poi avrebbe preso un elicottero in tempo per il concerto.

Katherine aveva iniziato a preoccuparsi intorno alle cinque, non avendo ancora avuto sue notizie, ma aveva tenuto nascosta la cosa alle ragazze, impegnate a provare i passi di *SexyBack* in salotto. Alle sei aveva cominciato a chiamare Bill sul cellulare. Alle sette, le ragazze avevano iniziato a temere di non avere il tempo di comprare le magliette dai venditori ambulanti prima dell'inizio del concerto. Alle nove, Julia si era chiusa in bagno a piangere. Sapevano tutte che non sarebbe arrivato.

Quando, alla fine, si era presentato a casa alle undici, con una camicia pulita e profumato di bagnoschiuma, Bill aveva pronte tutte le scuse. Da vera rockstar, il suo cliente si era presentato a pranzo ubriaco e aveva continuato a bere mentre mangiavano. A quel punto lui aveva dovuto accompagnarlo in macchina a Montauk per assicurarsi che arrivasse a casa tutto intero. Poi la moglie del cantante gli aveva fatto una testa così sulle pessime vendite del suo ultimo album. Infine aveva perso l'ultimo elicottero.

Nessuna di quelle scuse, però, spiegava perché non avesse risposto al telefono. Né perché avesse spezzato il cuore di sua figlia.

Tuttavia, per quanto le ragazze Whitmire fossero arrabbiate e deluse quella sera, Bill era riuscito a rientrare nelle loro grazie già il giorno dopo. Le aveva svegliate entrambe alle otto del mattino, annunciando il "Julia Day". «Fidatevi» aveva detto. «La Justin Night non è niente in confronto al Julia Day.»

L'autista era già pronto fuori dalla porta, in attesa di portarle a fare colazione da Norma's, dove la cucina aveva già preparato i dolcetti preferiti di Julia. Bill le lasciò addirittura ordinare un mimosa, nonostante avesse tredici anni. Quando Katherine provò a obiettare, comunque, le assicurò che era quasi solo succo d'arancia.

La tappa successiva era la Bliss Spa, dove persino Bill si sottopose a manicure, pedicure, pulizia del viso e fanghi. Quando vide la lingua di suo padre spuntare da una maschera di fango verde, Julia scoppiò in una risata allegra e infantile che Katherine non sentiva da quando la figlia era alle elementari.

E poi il momento culminante del Julia Day era arrivato con il vestito. L'assurda mostruosità monospalla di paillette rosa shocking.

Bill aveva accompagnato Julia nel corner di Nina Ricci da Barneys, coprendole gli occhi con le mani.

«Bill, cos'hai fatto?» aveva chiesto Katherine. «Dove stiamo andando?»

Per quanto fosse futile, lei cercava di non viziare i bambini. Non che Julia facesse shopping da Gap, ma Katherine aveva fatto il possibile per tenere la figlia, ossessionata da «Vogue», lontana dalle linee di alta moda per adulti che tanto desiderava.

Katherine ricordava le occhiate infastidite delle altre clienti del negozio, quando Bill aveva scoperto gli occhi di Julia. La ragazzina aveva gridato. Letteralmente, strillato a pieni polmoni, raggiungendo le note acute che soltanto le adolescenti e alcune specie di uccelli sono in grado di produrre.

«Papà! Come facevi a saperlo?»

Come faceva, in effetti? La sera prima, mentre Julia piangeva disperata in bagno e Katherine sbatteva i pensili della cucina, Bill Whitmire, produttore vincitore di innumerevoli Grammy, aveva sfogliato la pila di riviste di moda sul comodino della figlia, notando le pagine con le orecchie in cerca del più stravagante, costoso e insensato magnete dell'attenzione della figlia. Sua moglie non immaginava che Bill sapesse che Julia adorava quelle riviste. O dove le teneva. O che aveva l'abitudine di fare le orecchie alle pagine con i look che più le piacevano e che la madre non le permetteva di avere.

Julia era riemersa dal camerino come una futura principessa, pronta per l'annuncio del fidanzamento ufficiale.

«Sei bellissima, Baby J.»

«Stupendo, Julia. Ma, Bill...» Oh, l'espressione di Julia quando aveva sentito quelle due semplici parole. "Ma, Bill." «Dove mai potrebbe mettere un vestito del genere?»

«Stavo pensando che sarebbe perfetto per i VMA, il mese prossimo. Credo che a Justin potrebbe piacere.»

Gli occhi di Julia si spalancarono. Per una ragazzina di tredici anni, gli MTV Video Music Awards erano l'equivalente del Super Bowl.

«Stamattina ho fatto un paio di telefonate. Potremmo sederci vicino a lui. Cosa ne pensano le ragazze Whitmire? Saremmo tutti e tre insieme.» Aveva scostato i capelli di Katherine per baciarla dolcemente sul collo.

«Posso avere anch'io un vestito da 5.000 dollari?»

«Tutto quello che vuoi, amore.»

Katherine aveva smesso da un pezzo di raccontare quelle storie alle sue amiche, perché sapeva come suonavano. All'epoca, però, giornate con Bill come quella la rendevano incredibilmente felice, e cancellavano il male di cui lui doveva farsi perdonare.

Persino ora, nonostante tutto, si sorprese a sorridere alla vista di quel vestito. Era sorpresa che Julia l'avesse conservato, ormai era fuori moda, e Katherine era quasi sicura che non fosse più riuscita a metterlo dopo l'estate in cui l'avevano comprato, perché il seno le era cresciuto all'improvviso di una taglia.

Ma di sicuro anche lei rammentava quel giorno da Barneys. Aveva tenuto quel ridicolo vestito per ricordo. E adesso sarebbe stato uno dei tanti a finire in beneficenza. Katherine lo lanciò in cima alla pila.

Soldi. Aveva impiegato anni ad abituarsi a tanta ricchezza. Ma alla fine si era convertita alla visione di Bill secondo cui, anche se il denaro non compra la felicità, di certo aiuta a risolvere i problemi. Sei impegnato? Assumi un'assistente. C'è troppo traffico per andare negli Hamptons? Prendi l'elicottero. Sei stanco della città? Fonda un tuo studio di registrazione privato. Hai piantato in asso tua figlia? Comprale un vestito.

Nulla di strano, quindi, che a Bill fosse venuto in mente, la sera prima, di assumere degli investigatori privati. E, dato che lui quando si ficca un'idea in testa è come un cane che rosicchia un osso, non c'era da stupirsi che avesse già fatto le telefonate necessarie per annunciare una ricompensa prima ancora che lei fosse riuscita a trascinarsi fuori dal letto quella mattina.

A quanto aveva capito, c'era un numero dedicato per le telefonate. Gli investigatori privati ingaggiati da Bill le avrebbero smistate. Il tizio a capo del gruppo, Earl Gundley, era un poliziotto in pensione con contatti nel NYPD, ma che lavorava soltanto per loro. Per concludere, Bill aveva chiesto ai suoi assistenti per le pubbliche relazioni di diramare un comunicato stampa.

Prese un altro vestito dal guardaroba. Era un tubino color avorio di Stella McCartney. Sarebbe stato adatto. Semplice. Senza tempo.

Appese l'abito a una gruccia sull'anta dell'armadio. Avrebbe chiesto a Bill di portarlo alle pompe funebri. Lui era determinato a rendersi utile, e lei di quel posto ne aveva già abbastanza, da quando quella mattina aveva scelto la bara.

La musica che rimbombava dallo studio di Bill quasi coprì il rumore del campanello. Sentì il volume abbassarsi di colpo, seguito da un vociare smorzato. Poi udì Bill che, caso più unico che raro, la chiamava dall'interfono. «Katherine, credo che dovresti scendere.»

«Che succede, Bill? Sono impegnata.»

«Lo so, ma sembra che il comunicato stampa abbia funzionato. Ci sono due persone che dicono di sapere cos'è successo a Julia.»

27

«Il mio vicino vuole trascinarmi dal giudice di pace. Sostiene che Peanut abbia graffiato la sua porta d'ingresso, ma Peanut è innocente. Chi può rappresentarmi? Chi può rappresentare *Peanut*?»

«Mi dispiace, signore, ma l'ufficio del procuratore distrettuale non può offrire rappresentanza legale in cause civili né a singoli individui né a cani. Aspetti, che cos'ha lì nella borsa? È Peanut? Non è permesso portare cani qui dentro, signore!»

La receptionist del quindicesimo piano del tribunale ne aveva fin sopra i capelli. Fece cenno a Ellie e Rogan di entrare nell'ufficio di Max.

«Ehi.» Lui si alzò per baciarla, ma lei gli porse la guancia. Anche se c'era soltanto Rogan, le sembrava inappropriato scambiarsi effusioni con l'assistente procuratore distrettuale nel suo ufficio.

Al suo collega non era sfuggito il gesto. «Cazzo, Hatcher, sei un po' freddina!»

Max strinse la mano di Rogan. «Era ora che qualcuno prendesse le mie parti. A quanto pare è il vostro giorno fortunato, ragazzi. Se paragonata alla media delle agenzie web, Social Circle è stata abbastanza collaborativa. Per ottenere tutti gli indirizzi IP avremmo dovuto ingaggiare una vera e propria battaglia, ma siamo riusciti a trovare un accordo e a farci dare per lo meno quelli da cui sono partiti i messaggi minatori.»

Ma a Rogan bastava sentire la parola "battaglia" seguita da "accordo" per protestare. «Che stronzate...»

Alla faccia della solidarietà maschile. «Rogan, per caso al momento sai qualcosa dell'origine delle altre minacce sul sito? E hai davvero bisogno di informazioni sugli altri commenti? Perché se pensi davvero che identificare la casalinga dell'Illinois che ha scritto "Forza, sorella" tre settimane fa sia essenziale per le indagini, allora te lo assicuro, trascinerò Social Circle in tribunale» ribatté Max.

Rogan tirò via un pelucco inesistente dal bavero della sua giacca e si voltò verso Ellie. «Mi sembra di riconoscere qualcosa del tuo tono...»

Lei sorrise orgogliosa. «Penso che voglia dire che, per adesso, dobbiamo farci andare bene quello che riusciamo a ottenere.»

«La storia è questa: il blog è attivo da circa sette mesi. Il traffico iniziale era pari a zero, com'è normale per una blogger alle prime armi. Ma Adrienne ha continuato a scrivere, e, a quanto pare, la gente ha cominciato a leggere e commentare e altri blogger hanno iniziato a diffondere i suoi post. E questa attenzione ha portato sempre più persone a visitare il sito, che ha raggiunto più di diecimila visite dopo cinque mesi e ventimila soltanto la settimana scorsa.»

Ellie non capiva perché qualcuno provasse il desiderio di leggere le autoanalisi altrui. «Sul serio? A me quella roba da seduta psicanalitica ha fatto venire mal di testa.»

«C'è di più. Dalla prima minaccia pubblicata sabato sera il traffico ha subito un'impennata. Ieri il sito ha avuto settantamila accessi. I commentatori parlano più delle minacce che dei post.»

«Adrienne ha blaterato qualcosa sul voler mostrare ai lettori come le persone cercano di mettere a tacere le vittime.

Non ha mai accennato al fatto che quelle minacce potessero offrire risvolti positivi in termini di visibilità.»

«Risvolti *ottimi*, a dire il vero. Ma veniamo al dunque. Da dove arrivano questi post? Sospettavamo che il commento di sabato sera fosse stato pubblicato dal computer di Julia. L'indirizzo IP lo conferma.»

«E il resto?» domandò Ellie.

«Qui le cose si fanno interessanti. Gli altri commenti vengono tutti da Manhattan, ma non dal computer di Julia. Ne abbiamo un paio dalla palestra Equinox su Union Square. Poi da un'altra palestra nell'Upper West Side e dall'Apple Store del Meatpacking District. Chiunque ci sia dietro, sa coprire bene le proprie tracce.»

Rogan sospirò. «Possiamo controllare l'orario di pubblicazione dei commenti e vedere se siamo fortunati con le telecamere di sorveglianza.»

«Ma a quale scopo?» chiese Ellie. «Non sappiamo nemmeno se Julia Whitmire è stata assassinata, e di certo non sappiamo se c'è un collegamento tra la sua morte e questi commenti. Avendo visto che genere di ragazzini frequenta la Casden, non mi stupirebbe se uno di loro avesse scoperto il blog di Adrienne e avesse deciso di fare uno scherzo alla madre di una compagna. Forse Julia non sapeva nemmeno che qualcuno aveva usato il suo computer.»

Il cellulare di Rogan squillò. Lui fece un cenno per scusarsi e uscì in corridoio.

Ellie si abbandonò sulla sedia di Max e allungò le gambe.

«Davvero, Max, avresti dovuto vedere la Casden.» Max, come lei, aveva frequentato la scuola pubblica. «La preside pensa solo alla privacy e al decoro. È popolata da sociopatici viziati imbottiti di farmaci da genitori troppo impegnati per rendersi conto che i figli sono dei piccoli mostri.»

«È così che la pensi?»

«Credimi, è persino peggio di quanto riesca a descrivere.

Dopo un giorno nell'Upper East Side, Bill Whitmire non mi pare poi tanto male. Per fortuna non dovrò mai affrontare niente di simile.»

«Scuole pubbliche o niente per la tua prole?»

«No, pensavo più al miracolo degli anticoncezionali.»

«Per il momento, certo, ma quando l'orologio biologico inizierà a ticchettare?»

«Per ora e per sempre. O fino alla menopausa, direi. A quel punto saranno soltanto vampate, peli superflui e... già, ancora niente figli.»

«Non è divertente, Ellie.»

«Non sto scherzando. Okay, forse la storia dei peli, ma...»

«Ma prima o poi...»

«No, non ci sarà nessun "prima o poi". Niente orologi. Il mio orologio non si è mosso e non lo farà mai.» Sentì la voce di Rogan in corridoio e abbassò la sua. «Voglio dire, mi conosci, no?»

Max sbuffò. «Mi stai prendendo in giro?»

«Certo che no, lo sai.»

«In effetti, avrei dovuto saperlo. Stiamo insieme da un anno.»

«E due settimane e mezzo» precisò lei. Ricordava con esattezza la data del loro primo appuntamento, perché la sera dopo aveva ucciso un uomo. Lei e Max avevano festeggiato il loro anniversario tornando nel ristorante della prima cena insieme.

«Ed è così che mi comunichi che non vuoi avere figli? Mentre ti sfoghi sull'ennesima discussione che hai avuto con gente che non reputi moralmente alla tua altezza? Molto carino da parte tua, Ellie.»

«E adesso chi è che è poco carino?»

«Non è il genere di discussione che le persone normali affrontano insieme? Non si parla di queste cose e si cerca di negoziare e trovare un accordo?»

Ellie ruotò sulla sedia, rovistando fra i documenti di Social Circle. «Bene, in tal caso credo di non essere normale, perché per me non c'è niente da negoziare. Non è una divergenza d'opinioni sull'avere uno o tre figli per cui possiamo trovare una via di mezzo e fermarci a due. Non posso avere mezzo bambino. È una vita completamente diversa da quella che desidero, e io non sono interessata.»

«Avresti potuto dirmelo.»

«E tu avresti potuto dirmi che ti entusiasma l'idea di bambini, pannolini, appuntamenti al parco giochi. Di un esserino che risucchia ogni grammo della tua energia ogni giorno. Ho dato per scontato che la pensassimo allo stesso modo.»

«No.»

Sentì Rogan salutare il suo interlocutore. «Possiamo parlarne più tardi, per favore?» chiese.

Max annuì, ma era chiaro che qualcosa fra loro era cambiato. Fin dalla loro prima conversazione, Ellie si era concentrata sulle cose che avevano in comune: la dedizione al lavoro, lo humor nero e una certa obiettività nel modo di affrontare la vita. Era così orgogliosa di sé perché, per una volta, aveva una relazione in cui riusciva a enfatizzare soltanto gli aspetti che apprezzava.

Ma adesso, con il breve cenno riluttante con cui acconsentiva a rimandare la discussione, Max si stava concentrando su quello che li rendeva diversi: lui, estremamente legato e devoto ai suoi fantastici genitori; lei, con il padre morto e la madre distrutta dalla vita. Max la guardava e vedeva l'incolmabile assenza della prossima generazione Donovan.

Ellie allungò una mano per prendere la sua, ma in quel momento Rogan entrò nell'ufficio, sbattendo la porta. «Dovremo rimandare la caccia al nostro cyber-stalker, temo.»

«Che succede?»

«Non sospettavamo che la ricompensa offerta dai genitori di Julia avrebbe fatto partire alla carica una schiera di malati di mente?»

Ellie guardò l'orologio. «Non dirmi che siamo già sommersi.»

«Non direi sommersi. Non ancora, almeno. Ma mi ha appena chiamato Tucker.» E Robin Tucker non era certo tipo da disturbarli per niente, mentre erano impegnati sul campo. «Bill Whitmire ha telefonato personalmente in commissariato. Ha una testimone a casa sua.»

«Chi?»

«Non lo so, ma sostiene che sta già iniziando a cambiare idea. Tucker dice che dobbiamo sbrigarci ad andare lì prima che succeda, a meno che non vogliamo ritrovarci ad affrontare l'ira funesta dei Whitmire.»

«Quindi la testimone è lì adesso?»

«Sì, dannazione» disse, guardando Max. «Giuro, a volte sembra che faccia apposta a non ascoltare quello che non vuole sentire.»

Max evitò lo sguardo di Ellie mentre uscivano.

28

Bill Whitmire stava fumando una sigaretta seduto sui gradini di accesso al palazzo. «Detective, vi ringrazio di essere venuti.»

«Non mi è sembrato che avessimo molta scelta.» Era il genere di commento che Ellie aveva imparato a evitare con gli anni, ma era distratta dalla discussione con Max e, inoltre, cominciava ad averne abbastanza dei Whitmire. Era cresciuta collezionando dischi delle band prodotte da quell'uomo, ma da quanto aveva avuto modo di vedere era un pessimo padre e stava cercando di rimediare sfruttando la sua fama per controllare le indagini. «Dov'è la presunta testimone?»

«Dentro. Sono due, a dire il vero.» Si tenne alla ringhiera per alzarsi. «Mia moglie ha cercato di dirvi dall'inizio che non era stata Julia...»

«E infatti stiamo trattando il caso come un omicidio, signor Whitmire.» *Andando contro il mio istinto,* avrebbe voluto aggiungere. «Stiamo seguendo le piste rilevanti. Anzi, abbiamo trovato sul computer di sua figlia delle informazioni di cui vorremmo discutere con lei.»

«Okay, va bene. Ma parlate prima con queste persone. Mia moglie vi aveva detto che sospettava degli strani ragazzini che aveva trovato a casa con Julia. E pare che avesse ragione.»

«Avete già *interrogato* i testimoni?» chiese Ellie. «Pensavamo che steste semplicemente raccogliendo informazioni da passarci. E già così avreste superato di gran lunga il limite del coinvolgimento di privati cittadini nelle indagini criminali.»

«Volevo fare le cose per bene.» La porta d'ingresso si aprì e Katherine Whitmire mise fuori la testa, ma il marito non si disturbò a interrompersi. «Abbiamo ingaggiato Earl Gundley e tutta la sua squadra. È stato in servizio per ventidue anni. L'idea era che gestisse la cosa come avrebbe fatto un poliziotto, ma concentrandosi soltanto sul nostro caso. Poi questi due si sono presentati alla nostra porta, pronti a parlare.»

«Allora avreste dovuto mandarli in commissariato» intervenne Rogan.

«Ti avevo detto che non era una buona idea, Bill.» La voce piatta e bassa non apparteneva alla stessa donna autoritaria che li aveva accolti la mattina prima. La verve era sparita ed Ellie sospettava che ci fosse una spiegazione chimica.

Bill Whitmire, comunque, era abbastanza energico per entrambi. «E secondo voi avremmo potuto aspettare? Non volevamo perderli. Abbiamo dovuto agire in fretta. Anche dopo che hanno parlato con noi, non è stato facile convincerli a collaborare con la polizia. Abbiamo dovuto promettere loro un anticipo di 10.000 dollari sull'unghia soltanto per farli restare fino al vostro arrivo.»

Fantastico, messo in quei termini sembrava proprio un caso di corruzione.

Rogan intervenne prima che alzasse ulteriormente i toni. «Sentite, quel che è fatto è fatto. Vediamo cos'hanno da dire, e poi decidiamo come procedere.»

«Va bene.» Whitmire tenne aperta la porta e li seguì nell'ingresso. «Dicono di sapere chi ha ucciso nostra figlia:

pensano che si tratti di una ragazza che dice a tutti di essere un maschio. Si chiama Casey. Casey Heinz.»

Jimmy Grisco lanciò un'altra occhiata agli orari dei pullman che aveva recuperato alla stazione di Buffalo.

Non era stato difficile fare i bagagli. Suo zio lo aveva buttato fuori due settimane prima. A Grisco non dispiaceva. Era già rimasto due settimane oltre il mese che gli era stato promesso all'inizio.

Jimmy trascinò fuori da quel buco la stessa sacca da viaggio con cui era arrivato, con gli stessi vestiti e in più la scatola con le vecchie lettere.

Si guardò intorno nella stanza del motel per l'ultima volta prima di chiudersi la porta alle spalle. Un autobus partiva alle undici di quella sera. Sarebbe arrivato al Port Authority Bus Terminal alle sei e mezza del mattino dopo.

Parte Terza

Casey

29

Il ragazzo e la ragazza che li stavano aspettando nel salotto dei Whitmire avevano l'aria di due orfanelli.

I lunghi capelli biondi della ragazza erano annodati in una massa di rasta arruffati. La pelle rossastra era deturpata dall'acne. Ellie non riusciva nemmeno a giudicare l'aspetto del ragazzo seduto vicino a lei, sotto tutta la bruttezza che si era autoinflitto. Sopra la lunga barba a punta vedeva soltanto due dischi delle dimensioni di una moneta che gli allargavano i lobi delle orecchie, una sbarra d'argento che gli forava la cartilagine del naso e un codice a barre verde tatuato sulla guancia sinistra. Forse era troppo vecchia, o troppo provinciale, ma non avrebbe mai capito come dei ragazzini che non potevano permettersi il cibo o un tetto sulla testa sembrassero sempre in grado di racimolare abbastanza soldi per tatuaggi e piercing.

Bill Whitmire stava per raggiungere sua moglie su una stretta panca foderata in un angolo del salotto, ma Ellie lo fermò.

«Penso che, date le circostanze, ci atterremo alla convenzione di ascoltare i testimoni da soli, se per lei va bene.» Era già abbastanza grave che la coppia avesse parlato con i ragazzi prima della polizia. Non era il caso di esacerbare l'impressione di trattamento speciale, permettendo ai genitori di Julia di assistere all'interrogatorio dei testimoni.

I Whitmire si dileguarono su per la sinuosa scala del loro palazzo.

Se avessero potuto portarsi dietro anche i mobili immacolati lo avrebbero fatto di certo. A giudicare dall'odore i due ragazzi non si lavavano da giorni, forse settimane.

Ellie si sedette il più lontano possibile da loro, sulla panca nell'angolo della stanza appena liberata dai Whitmire. Rogan rimase in piedi sulla soglia del salotto, ma non perse tempo.

«Direi di iniziare dai vostri nomi.»

I due si scambiarono un'occhiata.

«D'accordo» disse Rogan, fingendo di avviarsi verso le scale. «Sono sicuro che possiamo chiedere al procuratore distrettuale di convincere i Whitmire a non sborsare un centesimo.»

Il ragazzo fu il primo a parlare. «Brandon e Vonda.»

«Per tutti quei soldi credo che avremo bisogno anche dei cognomi, ragazzi.»

«Brandon Sykes.» Brandon fece in modo di suonare abbastanza scontroso da segnalare il suo risentimento.

«E tu, Vonda?»

La ragazza rimase seduta a braccia incrociate. Due bei tipetti, niente da dire.

«Vonda Smith. Parola di scout!» Sollevò tre dita in un gesto che a Ellie sembrò molto diverso dal giuramento che faceva da bambina, ma non era certo il caso di mettersi a discutere.

Vonda e Brandon: i due ragazzi di cui aveva parlato Casey quando Ellie gli aveva chiesto del giorno in cui Katherine Whitmire era tornata a casa e li aveva sorpresi insieme a Julia.

«I Whitmire dicono che avete informazioni sulla morte della figlia» disse Rogan. «Le analisi preliminari del medico legale suggeriscono che si sia trattato di un suicidio.»

«Non è quello che abbiamo sentito» obiettò Vonda.

«La cosa strana dei pettegolezzi è che non sono sempre attendibili,» ribatté Rogan «soprattutto se accompagnati dalla promessa di una ricompensa di 100.000 dollari.»

«Non sono pettegolezzi.» La voce di Brandon si alzò di un'ottava e riecheggiò sul soffitto alto della stanza. Il passaggio dal risentimento alla furia era stato repentino. «Casey ci ha raccontato cos'è successo.»

«Casey Heinz?» chiese conferma Rogan.

«Sì. Sapete che non è un maschio, vero? Fa soltanto finta, è fuori di testa.»

E se lo diceva Mister Tattoo... Ellie scosse il capo. «Casey ha detto che eravate amici. Anzi, ha preso le vostre difese quando gli ho detto che la madre di Julia era convinta che aveste qualcosa a che fare con la sua morte.»

«Probabilmente non voleva mettersi contro di noi. Sa che sappiamo che è stato lui. Ci ha raccontato tutto.»

«Cosa vi ha raccontato?» domandò Ellie.

«Che ha ucciso Julia.»

«E quando ve lo avrebbe detto?»

«Ieri sera al parco» rispose il ragazzo. «Lo abbiamo incontrato lì.»

«Casey ha detto che hanno litigato per Ramona, ed è successo e basta» intervenne Vonda. «Poi ha iniziato a piangere come una ragazzina, cosa che è, e a dire che si era pentito di averlo fatto.»

«Se Julia è veramente stata uccisa, il suo assassino ha fatto di tutto per farlo sembrare un suicidio. Non penso che sia "successo e basta".» Ellie era stata attenta a non rivelare alcun dettaglio su come Julia era morta o sulla scena, ma voleva che sapessero che lei e Rogan, a differenza dei Whitmire, non si sarebbero bevuti le loro parole. «Come ha detto di averla uccisa Casey?»

«NON LO HA DETTO.» Brandon mimò il linguaggio dei

segni. Evidentemente si aspettavano che fosse più facile. «Sembrava che si fosse pentito di avercelo confidato, quindi ha smesso di parlarne. Gli abbiamo fatto qualche domanda, ma continuava soltanto a piangere e guaire come un cucciolo.»

«E perché lui e Julia avrebbero dovuto litigare su Ramona?»

«Perché Casey è ossessionato da lei» rispose Vonda. «È convinto che prima o poi lei ricambierà il suo amore, come se fosse un ragazzo vero. È patetico, ma è la verità. Dovreste vedere come la guarda, allora capireste.»

Ellie ricordava il modo in cui Casey aveva parlato di Ramona Langston, come se fosse stata un angelo.

«Se chiedete a me,» si intromise Brandon «il litigio probabilmente c'entrava con il fatto che era andato a letto con Julia.»

«Avete appena detto che è ossessionato da Ramona» obiettò Rogan. «E adesso sostenete che stava con Julia?»

«Sì, amico. È innamorato perso di Ramona, ma è una cosa platonica, tipo, come se fosse una sua amica. Ma Julia avrebbe provato qualunque cosa, capite? Forse lei ha minacciato di dirlo a Ramona e mandare all'aria le possibilità di Casey per sempre.»

Se Casey aveva avuto davvero una relazione fisica con Julia, allora aveva mentito a lei e a Rogan. Ellie non voleva credere che Casey avesse confessato un omicidio a quei due, ma una bugia come quella non si poteva ignorare.

Continuò a insistere. «E quindi, dopo che Casey vi ha detto di aver ucciso una ragazza, voi avete deciso di non fare niente finché non avete sentito della ricompensa?»

«Casey è un nostro amico, okay?»

«Un amico che avete appena definito, parole vostre, "fuori di testa".»

Il ragazzo si guardò le mani e grattò via un po' di sporcizia da sotto le unghie. «Mi sento in colpa, ma sì, i soldi ci farebbero comodo.»

«Non significa che stiamo mentendo» aggiunse Vonda.

«Allora non è un problema se parliamo con voi separatamente.» Ellie notò che i due si scambiarono un'occhiata mentre Vonda seguiva Rogan in un ufficio adiacente al salotto.

Rimasta da sola con Brandon, Ellie cambiò approccio. L'istinto le diceva che quei ragazzi erano lì soltanto per i soldi, ma a meno che uno dei due non ammettesse di aver mentito, i genitori di Julia avrebbero creduto a quello che volevano credere. Forse se riusciva a instaurare un legame con quell'adolescente sarebbe riuscita a convincerlo a uscire allo scoperto.

«Da dove vieni?»

«Roseburg, Oregon. Prima mi sono spostato a Portland. Poi una ragazza mi ha detto che qui si stava meglio, così otto mesi fa ho preso un pullman.»

«Dove hai trovato i soldi?»

«Ho detto a una chiesa che volevo venire a New York per vivere con i miei genitori. Mi hanno dato un biglietto, e adesso eccomi qui.»

«E si sta meglio?»

«No. Forse se vivessi in una casa come questa... Ma no. L'elemosina va meglio, ma gli sbirri ci stanno più addosso e l'inverno è più freddo della merda.»

Ellie resistette alla tentazione di spiegargli che la merda non era particolarmente fredda.

«Cosa c'era di tanto male a Roseburg?»

«Niente, finché il mio patrigno non mi ha punito con metodi medievali per non essere andato a scuola.»

«Quanto medievali?»

«Mi ha rotto il braccio sinistro.»

«Sembra una reazione eccessiva...»

«Sì, be', l'assistente sociale della scuola si è presentata senza preavviso un mercoledì mattina mentre lui cucinava metanfetamine in garage... A lui non è sembrato poi tanto eccessivo.»

«E tua madre?»

«Non le importa. Si è stancata di occuparsi di me tanto tempo fa. Adesso sono quello che si definisce "emancipato", quindi sono legalmente responsabile di me stesso.»

«Dev'essere stato difficile.»

«Non esiste una patente per diventare genitori. Casey vi ha raccontato della sua famiglia? Lo hanno spedito in una specie di campo per il lavaggio del cervello dove un presunto terapeuta ha cercato di farlo tornare femmina a suon di stupri.»

«Dici che Casey è fuori di testa, ma ho notato che parli di lui al maschile.» Ellie ne sapeva abbastanza di identità di genere da correggere Rogan ogni volta che sbagliava l'uso del pronome, ma doveva ammettere che l'utilizzo della terminologia corretta richiedeva un certo sforzo di concentrazione. «Ho capito cosa stai cercando di fare. In realtà non hai nessun problema ad accettare Casey, ma lo stai dipingendo in modo problematico per far passare l'idea che possa aver ucciso Julia.»

«E io ho capito cosa stai cercando di fare tu. Non voglio la tua amicizia.»

«E io non voglio due mocciosi egoisti disposti a mentire alle chiese per un biglietto del pullman e che si approfittano del dolore di due genitori. Non è uno scherzo, Brandon. Forse a te non fregava niente di una ragazzina ricca come Julia, ma è morta. Vuoi farci credere che l'abbia ammazzata Casey, ma non ci metto niente a dire ai Whitmire che tu e Vonda vi siete inventati tutto per coprirvi il culo.»

«Coprirci il culo per cosa?»

«Per aver ucciso Julia.»

Sotto i tatuaggi e i piercing, Brandon impallidì. «Ma... no, no, sei fuori strada... Ecco, lo sapevo che facevamo meglio ad andarcene. Lo sapevo che la polizia non ci avrebbe ascoltati.»

«Dimmi la verità e prometto di ascoltarti.»

Il momento di panico era passato. Quando parlò di nuovo, il balbettio era sparito. «Potete accusarci quanto vi pare, ma non eravamo noi ad avere uno strano rapporto con Julia. O a possedere le chiavi di questo posto.»

«Di cosa parli?»

«Casey non ci ha raccontato per filo e per segno cosa le ha fatto, è vero, ma non vi stiamo raccontando balle. Hai ragione, Casey è mio amico e io e Vonda siamo qui solo per i soldi. Ma Casey ci ha detto di aver ucciso Julia. Senza contare che soltanto lui, non noi, sarebbe potuto entrare in casa per farlo. Julia gli ha dato una chiave quando hanno scopato. Perché non glielo chiedete?»

Ellie iniziava a preoccuparsi per le crescenti contraddizioni tra le affermazioni di Brandon e l'impressione che le aveva fatto Casey. Prima il sesso con Julia, adesso una chiave. Se Casey aveva accesso a quella casa, aveva accesso a Julia e al suo computer. Poteva essere lui l'autore dei commenti minatori sul blog di Adrienne.

«Cosa pensa Casey della famiglia di Ramona?»

Brandon ridacchiò. «I suoi futuri suoceri, intendi?»

«È davvero tanto innamorato di lei?»

«Alla follia, morirebbe per quella ragazza. Dei genitori, invece, pensa che siano degli stronzi snob.»

«E perché?»

«Perché lo sono.»

«Li conosci?»

«Be', conosco il genere» rispose, osservando l'opulenza che li circondava come se i complementi di arredo bastassero ad argomentare il suo punto di vista.

«Ha mai detto qualcosa di specifico sui suoi genitori?»

«Non proprio. Soltanto che era andato da lei una volta e si era accorto che lo osservavano. Come se ci fosse qualcosa di strano in lui.»

Non credeva che Casey avesse confessato l'omicidio ai due ragazzi, ma alcune parti del racconto di Brandon le sembravano vere. Si rese conto di essersi lasciata intenerire dalla situazione personale di Casey e che avrebbe dovuto scavare più a fondo quando gli aveva parlato nel parco.

Brandon si guardò i piedi. Quando alzò gli occhi, Ellie notò che la sua espressione era incredibilmente dolce. «Come ho detto, Casey è un mio amico.»

Ellie si costrinse a ricordare che Brandon aveva soltanto sedici anni e le sue esperienze di vita erano state così tremende che l'esistenza attuale – da solo per le strade di New York – rappresentava già un netto miglioramento.

«Allora, quando possiamo avere i nostri soldi?»

Il momento di empatia era finito.

30

Ellie e Rogan trovarono Katherine Whitmire nello studio del secondo piano. L'ambiente, al pari del salotto, era arredato con mobili squadrati e tappeti ricercati. Nella stanza non c'erano né una televisione né un letto, il che la rendeva inutile agli occhi di Ellie.

La donna si alzò dalla sedia all'arrivo dei detective. In fondo al corridoio avevano scorto il marito, Bill, al cellulare al bancone della cucina. A Ellie sembrò strano vederli separati. Se la comparsa in casa di due adolescenti convinti di conoscere l'identità dell'assassino della figlia non era bastata per farli stare insieme, c'era da chiedersi se quei due gradissero mai il fatto di trovarsi nella stessa stanza.

Si riunirono tutti in cucina. «Avete già un mandato per quella ragazzina, Casey Heinz?»

Non aveva tempo di spiegare a un produttore musicale il processo che portava a un mandato d'arresto.

«Andiamo subito da Heinz» disse Rogan. Ellie notò che il suo partner aveva omesso il fatto che avevano già parlato con Casey la sera prima. «Ma per il momento vi suggerisco di non dare un centesimo a quei parassiti.»

«Ma Bill gli ha promesso...»

Rogan scosse la testa. «Fidatevi di me. Se date 10.000 dollari a quei due, entro domani sera saranno a Seattle. Passategli un paio di pezzi da cento e ditegli che vi ci vuole tempo per mettere insieme il resto, così non andranno da nessuna parte.»

Bill Whitmire non riusciva a stare fermo e continuava a fare avanti e indietro tra l'isola della cucina e i pensili. «Non potete arrestarli per essere sicuri che non ci sfuggano?»

Ellie scosse la testa. «Non hanno fatto niente di illegale.»

«Hanno aspettato che ci fosse una ricompensa per denunciare un omicidio di cui erano al corrente!»

«Temo che la legge non imponga ai cittadini di denunciare le attività illegali di cui sono a conoscenza, signor Whitmire.»

«Ma è ridicolo...»

«Altrimenti sarebbe costretto a chiamare la polizia tutte le volte che qualcuno si accende una canna nel suo studio di registrazione, capisce?»

«Non è la stessa cosa...»

«Le sto solo spiegando perché non possiamo prenderli in custodia.»

«Non sono scappati di casa?»

«Vonda è maggiorenne, mentre Brandon sostiene di essere legalmente emancipato, il che significa che dobbiamo considerarlo un adulto.»

«Ma c'è quell'altra cosa. Come si dice? Non sono "testimoni materiali"?»

«Possiamo arrestarli soltanto se si rifiutano di collaborare. In ogni caso sono d'accordo con il mio partner, se non dà loro abbastanza soldi per togliere le tende, non andranno da nessuna parte.» Era stanca di rispondere alle domande legali di Bill Whitmire. Non stavano facendo un corso accelerato di legge per privati cittadini. «Stiamo seguendo anche altre piste. Dobbiamo chiedervi del rapporto di vostra figlia con Adrienne Langston.»

A giudicare dalla sua espressione, Bill Whitmire sembrava non aver mai sentito quel nome, ma sua moglie intervenne subito. «La conosci, Bill, è la matrigna di Ramona. Non fai altro che ripetere quanto è "giovanile e spigliata" tutte le volte che la vedi.» Il suo tono si fece meno amareggiato quando tornò a rivolgere la sua attenzione a Ellie. «Julia era molto affezionata a Adrienne, diceva sempre che è una mamma fantastica. E, nel caso se lo stesse chiedendo, non mi sfuggiva il messaggio che voleva sottintendere» precisò con una punta di tristezza.

Adesso che aveva capito la domanda, Bill non sembrava disposto ad aspettare le risposte. «Tutto questo è ridicolo, dovreste cercare Casey Heinz.»

«E lo faremo presto» replicò Ellie. «Ma saremo più preparati a interrogare un sospetto se esploriamo a fondo le altre informazioni a nostra disposizione.» Aveva appena iniziato a descrivere il blog di Adrienne quando Katherine la interruppe.

«Quindi il grande contratto di scrittura di Adrienne è soltanto un blog?»

«Non sono sicura di aver capito.»

«Un paio di settimane fa, Lanie Maris mi ha confidato che Adrienne aveva firmato un contratto importante. Lanie lavora alla rivista "New York". Ha sentito dire che Adrienne aveva venduto i diritti per un libro alla Waterton Press. Abbiamo dato tutti per scontato che sarebbe stato una specie di libro-verità sull'Upper East Side. L'unica questione era se Adrienne avrebbe fatto o meno i nomi. Be', i vantaggi del gossip, dico bene? Basta che i pettegolezzi su un blog patetico raggiungano Madison Avenue perché si trasformi in un contratto a sei cifre.»

Ellie si chiese se ci fosse speranza per quella donna. Non sapeva come fosse stata due giorni prima, ma adesso Katherine era diventata una persona che provava piacere per il fatto che una donna che conosceva da dieci anni – una donna di umili origini che amava una figlia adottiva come se fosse sua e che trattava allo stesso modo anche Julia – avesse scritto soltanto un blog e non un vero e proprio libro. Non era soltanto il lutto a consumarla, ma anche l'invidia.

Ellie riassunse rapidamente le prove che dimostravano che il computer di Julia era stato usato per postare il primo di una serie di commenti minatori apparsi sul blog. «Sapete se Julia avesse qualche motivo di risentimento nei confronti della madre della sua amica?»

Bill sbuffò impaziente, ma sua moglie si limitò a scuotere la testa. «Non ha senso. Non le ho mai sentito dire niente di male su Adrienne.»

«E le chiavi di casa? Per quanto vi risulta, Julia ne aveva delle copie che distribuiva agli amici?»

Bill Whitmire rispose con uno sguardo vacuo, non sembrava avere la minima idea di come si svolgesse la vita quotidiana di sua figlia.

Katherine, invece, si avvicinò a una cassettiera vicino al frigorifero, ne estrasse un portachiavi di pelle rossa e continuò a rovistare. «Manca una copia. Ne teniamo due qui. L'altra ha un... come si chiama? Un unicorno, sì. Un unicorno attaccato a un portachiavi d'argento. Sono sicura che per il Ringraziamento era ancora qui, perché l'ho data alla fidanzata di Billy per il weekend, ma adesso è sparita.» Katherine sembrava in preda al panico. «Qualcuno ha le chiavi di casa nostra? Devo far cambiare la serratura?»

Ellie cercò di rassicurarla. «Non lo sappiamo per certo, ma sì, secondo i due testimoni vostra figlia potrebbe aver dato le chiavi di casa a un amico suo e di Ramona.»

«Uno dei senzatetto?» gridò Bill. «Cazzo, è proprio da Julia!»

La grinta di Katherine riemerse per un attimo nello sguardo tagliente che lanciò al marito per placare il suo accesso d'ira. «Come ho detto,» riprese con calma «nostra figlia era troppo generosa. Contatterò un fabbro, per andare sul sicuro. E vi garantisco che mio marito e io continueremo a fornirvi le informazioni di cui avrete bisogno, ma adesso potete andare a cercare Casey Heinz, *per favore*?»

In macchina Ellie e Rogan confrontarono gli appunti degli interrogatori separati con Brandon e Vonda.

Le due versioni collimavano alla perfezione. Il posto. L'ora. Cosa indossava Casey. Le parole che aveva usato. Il fatto che parlava così veloce che riuscivano a malapena a seguirlo. Un litigio con Julia, in qualche modo legato a Ramona. «Ho reagito d'istinto» aveva detto. «È successo e basta.» Altre lacrime. «Vorrei poter tornare indietro.»

«Non c'è dubbio, stanno cantando la stessa canzone» commentò Rogan.

«È un po' troppo sospetto, secondo me. Guarda caso, ricordano entrambi cosa indossava Casey... E che stava facendo la verticale al parco...»

«A giudicare da quello che abbiamo visto, sembra che si vesta sempre allo stesso modo e faccia la stessa cosa tutti i giorni. Non è poi tanto sorprendente che lo ricordino.»

«E cosa mi dici del fatto che hanno usato le stesse frasi?» insistette Ellie. «Parola per parola?»

«Detesto fartelo notare, Hatcher, ma non è esattamente quello che dicono gli avvocati difensori tutte le volte che noi due riferiamo sul banco dei testimoni gli stessi identici dettagli?»

«Ma noi non siamo due ragazzini senzatetto che cercano di accaparrarsi la ricompensa di un famoso produttore musicale.»

«Abbiamo avuto testimoni peggiori. Ricordi Otis Jones?»

E come avrebbe potuto dimenticarlo? Avevano costruito un intero caso di omicidio basandosi sulla parola di uno spacciatore che, sul banco dei testimoni, si era vantato di aver iniziato la giornata fumando una canna mentre le tre drogate di crack che costituivano il suo "harem" gli "facevano il bagno". I poliziotti non avevano il lusso di scegliere i testimoni.

«Sì, ma abbiamo creduto a Otis Jones perché la sua ricostruzione coincideva con quello che sapevamo dell'omicidio. Nel caso di Brandon e Vonda le uniche cose che coincidono sono le loro rispettive testimonianze. Non ci hanno fornito alcun dettaglio che dimostri la loro conoscenza dei fatti.»

«Forse perché Casey ha smesso di parlare prima di rivelarli. Non è possibile?»

«Immagino di sì.»

«Cazzo, Hatcher, quei due sono dei disadattati, ma se Casey è andato a letto con Julia, aveva la chiave di casa sua e non ci ha detto niente, dobbiamo andare a controllare. Giusto?»

«Ovviamente.»

«Allora te lo ripeto un'altra volta. Prova a riflettere.»

31

Ellie ne aveva visti tanti di rifugi per senzatetto. Quando faceva servizio di pattuglia li aveva evitati come la peste, come la maggior parte dei poliziotti fa il possibile per evitare le liti domestiche. Erano posti sporchi e squallidi pieni di persone spezzate dalla vita e disperate, come se l'edificio avesse in qualche modo assorbito i rimpianti e la disperazione di chi lo occupava.

Ma il Promises Center for Young Adults era diverso. Con la sua facciata curata in mattoni e un atrio di vetro, la struttura somigliava più a un centro sociale moderno che a un rifugio. A parte il fatto che la receptionist all'ingresso aveva una cresta fucsia e una catenina d'argento che le andava dalla narice destra all'orecchio.

Non avevano trovato Casey Heinz al Washington Square Park. La chiamata a Ramona era stata inoltrata direttamente alla segreteria telefonica. Promises era il passo successivo nella ricerca dell'unico sospettato per l'omicidio di Julia Whitmire. La donna con la cresta fucsia non aveva visto Casey quel giorno, ma disse che avrebbe chiamato immediatamente il direttore del centro.

Due minuti dopo, una donna dalla pelle d'alabastro e liscissimi capelli neri andò loro incontro. Il completo su misura e le calze nere le conferivano un'aria formale e un po' rétro, ma spalancò le braccia e li accolse con un sorriso, come se si conoscessero da anni. «Detective, mi chiamo Chung Mei Ri. Benvenuti a Promises. Mi hanno informata che cercate Casey.»

Rogan anticipò Ellie nelle presentazioni e fornì alla donna una rapida spiegazione della ragione della loro visita. «Pensiamo che Casey sia al corrente di dettagli rilevanti per un caso su cui stiamo indagando.»

Il sorriso della direttrice si fece ancora più ampio. «Casey è una persona meravigliosa. Se ha informazioni che potrebbero esservi utili, non ho dubbi che si mostrerà disponibile ad aiutarvi. È anche molto sveglio. Sarà una delle nostre storie di successo, ne sono sicura.»

«Ho visto molti rifugi, signora Ri» commentò Ellie. «Non sapevo ci fossero tante storie a lieto fine.»

«Per questo Promises è diverso. Ci sono strutture per madri con figli piccoli e altre per adulti che di solito sono affetti da dipendenze, malattie mentali, oppure che hanno rinunciato a vivere. Promises si rivolge a ragazzi che si stanno affacciando alla vita, ma con prospettive e presupposti più difficili. Ci piace descriverci come un vantaggio tardivo, insomma, "livelliamo il campo di gioco" per permettere a questi giovani di trovare la loro strada e farsi una vita.»

«Cosa può dirci degli inizi difficili di Casey?» le chiese Ellie.

La donna abbassò lo sguardo, senza però perdere il sorriso. «Penso che stia a Casey decidere con chi condividere gli aspetti privati della sua vita.»

«Sappiamo che è un transgender, se è ciò che intende.»

«Sarebbe preferibile parlare di *persona* transgender, in realtà, ma ci è andata vicina, detective. E non crede che sia una buona ragione per aver bisogno di un nuovo inizio?»

«E Brandon Sykes e Vonda Smith? Anche loro stanno cercando un nuovo inizio?»

Sul viso della signora Ri apparve un'espressione preoccupata.

«Non l'ho sentita prevedere altre storie di successo, signora Ri.»

«Venite con me, per favore.»

La seguirono all'interno dell'edificio, passando davanti a una fila di piccole stanze con i letti a castello. Il viaggio si concluse in un minuscolo ufficio, con spazio appena sufficiente a ospitare una scrivania e due sedie.

«Si sta un po' stretti, mi dispiace. Quando abbiamo costruito il centro, ho pensato fosse preferibile sfruttare il maggior spazio possibile per i residenti.»

«È qui sin dall'inizio?» chiese Rogan.

«Sì. Abbiamo aperto tre anni fa. Prima ero direttrice di Operation Nightwatch.» Ellie riconobbe il nome di un rifugio transitorio di Midtown, dove la gente poteva trovare posto per la notte senza la promessa di un letto a lungo termine. «Vedevo cosa succedeva ai nostri assistiti più giovani. Erano più deboli, più ingenui. Erano quelli con le maggiori probabilità di rifarsi una vita, ma finivano per perdersi. Sapevate che metà dei minorenni che scappano di casa hanno subito abusi sessuali? E che un terzo di loro tenta il suicidio? Questi sono ragazzi che hanno ancora una possibilità, non soffrono di dipendenze o di malattie mentali come gli adulti. Per questo da Promises accettiamo soltanto persone fra i sedici e i ventiquattro anni.»

Ellie scosse la testa. «Non dovrebbero esserci tanti senzatetto di quell'età.»

«Ho un'altra statistica per lei: negli Stati Uniti un terzo dei senzatetto è minorenne. Abbiamo sempre una lista d'attesa di più di cinquanta nomi.»

Ellie pensò ai ragazzini impasticcati della Casden che non avevano idea di quanto fossero fortunati. «Ci ha portati qui quando le abbiamo chiesto informazioni su Brandon Sykes e Vonda Smith.»

«Non mi piace parlare male dei ragazzi che cerchiamo di aiutare.»

«Ma?»

Si posò una mano sul petto. «Casey ha un posto speciale nel mio cuore, lo ammetto. Se quei due hanno qualcosa a che fare con il motivo per cui lo state cercando... Be', mi preoccupo.»

«Ci è parso di capire che sono amici.»

«Casey cerca di diventare amico delle persone che conosce. Non tutti lo accettano come a volte gli piacerebbe credere. E Brandon... Sono convinta che sia stato buono con lui, in alcune occasioni. Casey va d'accordo con le ragazze, ma con i maschi ha qualche problema. Gli ho dato una stanza privata, capite, per questioni di genere. Brandon è diverso, ha sempre difeso Casey con gli altri ragazzi.»

«Ma?»

«Questa è la terza e ultima possibilità di Brandon qui da noi. Abbiamo dovuto chiedergli di andarsene già due volte per conclamato uso di droga.»

«Quale droga?»

«Eroina. Non denunciamo i nostri assistiti alla polizia, ma applichiamo una politica di tolleranza zero. La prima volta ne abbiamo trovata una quantità minima, e l'abbiamo buttata nel wc. Due mesi fa abbiamo rinvenuto un ago. L'ho riammesso circa un mese fa, ma diciamo che ho motivo di essere preoccupata.»

«E Vonda?» insistette Ellie.

«Vonda non posso riammetterla, temo.» Scosse la testa. «Sono certa che non sia colpa sua, ma la sua presenza era controproducente per la nostra missione.»

«In che senso?»

«Quella ragazza è tossica, non c'è altro modo di dirlo. È

come un veleno che contamina tutto ciò che tocca. Una delle ragazze, Lisa, aveva completato la sua domanda di ammissione per la CUNY. Avevamo compilato le richieste per prestiti e borse di studio. Sarebbe andata al college, era un risultato incredibile. La prima della sua famiglia a frequentare l'università. Ma poi è arrivata Vonda e, perdonatemi l'espressione, ha mandato tutto a puttane.» L'espressione stonava con il tono pacato della direttrice. «Ha detto a Lisa che era "troppo carina" per andare al college. Che avrebbe sprecato i suoi anni migliori a studiare quando poteva incontrare degli uomini. A Vonda non interessa altro.»

«Mi perdoni se glielo dico, signora Ri, ma Vonda non mi è parsa una ragazza a cui importa molto risultare attraente per gli uomini.»

«Intende dire che è brutta.»

Ellie si strinse nelle spalle.

«Ed è proprio per questo che ha cercato di distruggere le ambizioni di Lisa. Perché Lisa è una bella ragazza. E Vonda non lo è, ma le piacerebbe esserlo. Se qualcuno ha uno stile di vita sano, cerca di convincerlo a mangiare schifezze. Se sta per cominciare un nuovo lavoro, lo tiene sveglio fino a tardi in modo che non riesca ad alzarsi in tempo e venga licenziato. Invece di migliorarsi, cerca di trascinare tutti nel suo baratro. Quindi capirete perché mi preoccupo se incontro due detective che cercano Casey e sento nominare Vonda. Casey è nei pasticci?»

«Non era nostra intenzione allarmarla» rispose Rogan. «Abbiamo soltanto un paio di altre domande per lui. Può chiamarci quando rientra?»

Quando Rogan ed Ellie tornarono in commissariato, il detective John Shannon alzò lo sguardo dalla scrivania con il sorriso di un bambino che ha rubato un biscotto senza farsi beccare.

«Che succede, Shannon?» chiese Ellie. «Hai trovato i donut in offerta?» Sarebbe suonato come un insulto alle orecchie di chiunque altro, ma con Shannon le cattiverie erano l'equivalente di una pacca sulle spalle.

«No, è più l'aria di punizione incombente. Per voi due.»

«Che cazzo...?»

«Andate a chiederlo a Tucker. È uscita dieci minuti fa, tutta un *fuego*. O voi due avete fatto una cazzata, oppure ha finito gli assorbenti.»

Robin Tucker gridò dall'ufficio. «Ho sentito Hatcher?» chiese, iniziando a parlare prima di dare loro il tempo di varcare la soglia. «Dov'eravate finiti voi due?»

Rogan puntò con il pollice oltre la sua spalla. «A lavorare al caso Whitmire.» Controllò lo schermo del cellulare. «Non ci hanno chiamati.»

«Cazzo. Vi stavo dando altri cinque minuti, speravo che sareste arrivati a una svolta importante da soli! Ditemi almeno che sapete chi è questo o questa Casey Heinz e che ruolo ha nella storia.»

«Preferisce il maschile» rispose Ellie. «Abbiamo parlato con lui ieri sera, e adesso abbiamo due ragazzini che lo accusano. Attendibilità discutibile, ma lo troveremo.»

«E per caso sapete anche chi è Earl Gundley?»

«È quel coglione di investigatore privato che ha assunto Bill Whitmire.»

«Stando a quello che mi ha raccontato il signor Whitmire,» li informò Tucker «questo Gundley ha fatto il poliziotto per ventidue anni, ha risolto un trilione di casi di omicidio e, sempre a sentire lui, potrebbe aver fatto fuori Bin Laden.»

«La famiglia ha anche deciso di offrire una ricompensa in cambio di informazioni senza consultarci» aggiunse Rogan. «Siamo abbastanza sicuri che sia per questo che i due ragazzi hanno inventato una storia su Casey.»

«"Inventato", eh? Allora forse Earl Gundley è veramente il detective del secolo, dopotutto. Perché a quanto pare ha Casey Heinz in custodia e, al momento, sta perquisendo la sua stanza al rifugio per senzatetto. Vi suggerisco di rimettervi in pari il prima possibile.»

32

Casey aveva l'aria molto più felice mentre faceva la verticale a Union Square Park. Adesso, fiancheggiato da due energumeni in completo nero coordinato, stava chino in avanti su una sedia di plastica nella lobby di Promises e nascondeva la testa fra gli avambracci incrociati. Ellie capì che stava piangendo dal tremito delle spalle.

Sollevò subito il viso quando sentì la porta aprirsi.

«Che sta succedendo qui?» domandò Ellie.

Uno degli energumeni si alzò dalla sedia. Doveva essere alto almeno un metro e novanta.

«La signorina Heinz è venuta con noi spontaneamente. Ha acconsentito alla perquisizione della sua stanza.»

La signora Ri attraversò di corsa il corridoio per raggiungerli. «Grazie a Dio. La polizia vera. Stavo per chiamarvi. Questa gente ha fermato Casey. Gli ho chiesto di andarsene, ma Casey mi ha detto di farli entrare nella sua stanza. Ho provato lo stesso a impedirglielo, ma è stato inutile.»

«È vero, Casey? Hai detto alla signora Ri di far entrare queste persone nella tua camera?»

Lui annuì, ma rimase in silenzio.

«Ma li avete visti?» esclamò la signora Ri, sventolando rabbiosa una mano. «È ovvio che l'hanno obbligato.»

Le macchie d'erba sui vestiti di Casey e i segni sul suo viso avevano già insospettito Ellie.

«Se hanno fatto qualcosa...»

Il tizio in piedi la interruppe. «Da che parte sta lei, signora? Non abbiamo obbligato nessuno a fare niente.»

Rogan aveva già lasciato la lobby e puntava verso le stanze dei residenti. Quando arrivarono alla terza porta sulla destra trovarono altri uomini in completo scuro, uno giovane ed enorme – gemello delle due torri all'ingresso – e l'altro altrettanto affascinante, ma con i capelli grigi e un corpo di dimensioni umane.

L'anziano li batté sul tempo con le presentazioni. «Detective, sono Earl Gundley.» La stretta di mano ferma e sicura gli si confaceva.

«Avremmo apprezzato una telefonata» disse Rogan.

Lui sorrise. Non era difficile immaginare perché avesse successo come fornitore di servizi di sicurezza. «Avrei detto lo stesso al vostro posto.»

«Casey Heinz sembra terrorizzato» osservò Ellie. «Cosa gli avete fatto per convincerlo a lasciarvi entrare?»

«A *lui?*» Si scambiò un'occhiata divertita con il collega più giovane. «I tempi cambiano, direi, ma anch'io so essere progressista. Non gli abbiamo fatto niente che non avrei fatto quando ero in polizia. E anche se ora come ora il NYPD ha scelto di adottare un nuovo approccio più morbido, del tipo "grazie e per favore", è questo il bello del privato. Niente azioni governative significa niente violazioni costituzionali, e di conseguenza niente mozioni per escludere le prove. Molto più rapido di un mandato di perquisizione.»

«Peccato che adesso ci siamo noi» obiettò Ellie. «Quindi ecco la sua azione governativa. Dovete andarvene, lei e i suoi giganti. Terremo noi in custodia Casey Heinz, e saremo noi a decidere se continuare la perquisizione con le adeguate basi legali.»

«Non c'è nient'altro da perquisire.» Gundley indicò una scatola di cartone piena di bustine di plastica per la raccolta prove identiche a quelle della polizia. «Come potete vedere sono state tutte adeguatamente etichettate. La catena di custodia inizia ora. Sospetto che vi interessi soprattutto questa.»

Ellie lo vide estrarre due buste dalla scatola. Gliene porse una, tenendo l'altra contro la giacca del completo.

All'interno c'era una chiave attaccata a un portachiavi a forma di unicorno. Gundley sembrava molto soddisfatto di sé quando le passò la seconda. «Non so a chi appartengano, ma sono quasi certo che non siano sue.»

La seconda busta conteneva un paio di slip neri di pizzo. Sulla vita si intravedeva una minuscola etichetta di La Perla. Ellie ne aveva vista una pila identica nel cassetto della biancheria di Julia Whitmire.

La detective seguì Gundley nella lobby. Voleva assicurarsi che lui e i suoi scagnozzi se ne fossero andati prima di decidere il passo successivo insieme a Rogan.

Gli occhi di Casey individuarono subito le buste nella sua mano destra. Un guizzo di comprensione gli balenò sul viso.

«Sono in arresto? Perché voglio parlare con un avvocato.»

33

Mentre aprivano le manette di Casey Heinz prima di farlo entrare nella cella di detenzione, Ellie sentì una voce che li chiamava. «Detective? Ehi? Rogan? Hatcher?»

Ellie riconobbe il ragazzo che lavorava part-time alla reception del commissariato. Aveva i capelli biondi e uno spazio fra i denti davanti. Lo chiamavano "Doogie", e lei aveva dimenticato il suo vero nome da troppo tempo per poterglielo chiedere senza fare una figuraccia. Per quella sera, era il fortunato prescelto per dare loro la notizia: «Il capo vuole vedervi il *prima possibile*».

Come se avessero bisogno di un altro promemoria della crescente pressione politica e mediatica, quando arrivarono nell'ufficio di Tucker scoprirono che aveva già convocato l'assistente procuratore distrettuale. Max si alzò in piedi al loro ingresso, scegliendo di appoggiarsi alla finestra per lasciar loro le due sedie di fronte alla scrivania. Questa volta Max aveva almeno incontrato il suo sguardo, ma senza sorridere.

Rogan li aggiornò sui fatti delle ultime ore. A quanto avevano scoperto, Promises faceva sottoscrivere a ogni suo assistito un contratto in base al quale ognuno di loro rinunciava, in buona sostanza, alla privacy. Dopo aver convinto la signora Ri a permettergli di "ricontrollare" la stanza perquisita dall'investigatore privato, Ellie era riuscita a strapparle una perquisizione vera e propria. La Scientifica si era messa in cerca di prove materiali, ma non avevano trovato nulla che non fosse già stato inventariato dalla squadra di Gundley. Casey aveva richiesto un avvocato, quindi un interrogatorio era impensabile, e al momento si trovava in una cella di detenzione al piano di sotto. Gli elementi più rilevanti a suo carico erano la copia mancante delle chiavi di casa dei Whitmire e una paio di slip di Julia.

«Casey potrà sempre sostenere che sia stato Gundley a piazzarglieli in camera» disse Ellie. «Mi è bastata un'occhiata per capire che non è tipo da farsi particolari scrupoli.»

«Non ne abbiamo comunque le prove» ribatté Tucker. «Ho fatto un paio di telefonate. E Gundley aveva una buona reputazione.»

«Vorresti sostenere che un detective che va in pensione con una buona reputazione non può essere messo in discussione per nessun motivo? Nemmeno se c'è in gioco il portafogli di Bill Whitmire?»

«Hai visto anche tu l'espressione di Casey quando ha visto le prove. Le ha riconosciute» intervenne Rogan.

«Sfortunatamente dobbiamo prendere una decisione, compagni.» Ellie provò una fitta di malinconia. Quel "compagni" era un'espressione che Max aveva preso da lei. «Se lo lasciamo andare, Casey scomparirà. Se lo accusiamo, non possiamo permetterci passi falsi.»

Erano tutti consapevoli che non era così che sarebbero dovute andare le cose. A volte nelle indagini arrivava il momento felice in cui ogni pezzo andava al suo posto: una prova che assicurava di poter costruire un caso e dare al procuratore distrettuale ciò che gli serviva per vincere.

C'era ancora molto che non sapevano di Julia Whitmire. Perché la ragazza, impulsiva e anticonformista, si era all'improvviso data una regolata? Aveva iniziato a frequentare qualcuno? Chi? E perché non lo aveva detto a Ramona?

Poteva essere Casey? E perché aveva minacciato la madre della sua migliore amica?

Per mettere insieme le risposte a tutte quelle domande, però, c'era bisogno di tempo, e a loro non ne restava molto. Potevano trattenere Casey soltanto per ventiquattro ore senza un valido motivo.

«Non riusciremo mai ad accusarlo fondatamente di omicidio in un giorno» disse Rogan.

Max tamburellò con le dita sulla parete alle sue spalle. «Facciamo così. Abbiamo le chiavi di casa Whitmire, gli slip e le precedenti dichiarazioni di Casey, che aveva sostenuto di conoscere a malapena Julia. Se mettiamo tutto insieme, penso di poter convincere un giudice ad accettare un'accusa per furto: uso non autorizzato delle chiavi, sottrazione della biancheria intima... dovremmo farcela.»

Rogan annuì. «Così almeno non avremo la stampa tra i piedi.» Un'accusa di furto, a differenza di una per omicidio, non avrebbe attirato l'attenzione dei giornalisti.

«Ma il ragazzo non ha legami» osservò Tucker. «Uscirebbe su cauzione nel giro di un paio d'ore e salirebbe sul primo pullman per chissà dove!»

Max aveva già la risposta pronta. «In un'udienza a porte chiuse, farò in modo che il giudice venga a conoscenza della connessione fra l'accusa di furto e l'indagine su Julia Whitmire. Se siamo fortunati, riusciremo a ottenere un arresto senza possibilità di rilascio su cauzione, e anche a tenere a bada i giornalisti.»

«Non sono certa che sia una fortuna» commentò Ellie. «Tu ottieni un fermo senza possibilità di rilascio su cauzione e a noi resta una manciata di giorni per riunire una giuria per una messa in stato d'accusa, giusto?»

«Sei giorni, altrimenti l'imputato viene rilasciato.»

Avrebbero avuto sei giorni per sostenere e argomentare un'accusa di omicidio. Se avessero raggiunto dei risultati, si sarebbe andati al processo. Non si poteva fare marcia indietro. L'ufficio del procuratore distrettuale non aveva l'abitudine di archiviare i casi di omicidio.

Le tempistiche dell'indagine erano fuori dal loro controllo.

34

Ellie salì sui sedili posteriori della BMW a due porte del collega, lasciando a Max il posto davanti. Le offerte di Rogan di un passaggio a casa erano parte della loro routine quotidiana. Così come i successivi rifiuti di Ellie. Il suo appartamento era a un quarto d'ora a piedi dal commissariato.

Per una volta, però, aveva deciso di approfittarne. Aveva anche accettato la proposta di Max di andare da lei. Non avevano ancora avuto occasione di parlare a quattr'occhi dopo la discussione in tribunale. Il breve viaggio in macchina con Rogan avrebbe ritardato l'inevitabile confronto che li attendeva.

Confronto che iniziò nell'istante stesso in cui misero piede in ascensore. «Stavo ripensando a quello che ci siamo detti oggi» esordì lui.

«Non adesso, okay? Vediamo prima se Jess è in casa.» Max in realtà avrebbe voluto che lei passasse la notte a casa sua, ma Ellie aveva finito la riserva di biancheria che teneva da lui.

Parte di lei sperava di trovare Jess sul divano, impegnato a improvvisare una cena a base di cereali e barrette al burro d'arachidi, ma quando aprì la porta trovò l'appartamento vuoto e silenzioso. Sapeva di non poter continuare a rimandare, così fu lei a sollevare l'argomento, mentre si toglieva le scarpe e le lanciava in un angolo della stanza.

«Mi dispiace se ti ho preso alla sprovvista. Ero veramente convinta che la pensassi come me sui bambini.»

«E su quali basi, Ellie? Non ne abbiamo mai parlato.»

«Ma mi conosci, forse meglio di chiunque altro. Conosci il mio lavoro, la mia vita, e sai come sono fatta. Come potrei conciliare un bambino con tutto questo?»

«Se ne parla, si trova una soluzione insieme.»

«Solo se si vuole. E io non voglio. Non l'ho mai voluto.»

«È assurdo, Ellie. Non hai nemmeno trent'anni. C'è tutto il tempo...»

«Non è una questione di tempo. È come se mi mancasse un pezzo, okay? Non mi sciolgo quando vedo un neonato. Non cambio voce quando parlo con i bambini. Non li odio, ma non ne sento nemmeno il bisogno. Mi conosco bene, non credo di poter essere una madre.»

«Ti conosci bene adesso, ed è una delle milioni di cose che amo di te. Ma con il tempo si cambia. E se stiamo insieme forse le nostre vite saranno abbastanza diverse da consentire la presenza dei figli.»

«No. La vita non cambierà. Non la mia, almeno.»

«Non riesco a credere che non ti sia mai venuto in mente di dirmelo.»

«Nemmeno tu me l'hai mai chiesto! Cosa avrei dovuto fare? Annunciare al primo appuntamento che il mio utero era off-limits?»

«È proprio da te, Ellie. Invece di avere una discussione sensata preferisci uscirtene con una battuta sarcastica.»

Da lì la situazione precipitò.

Durante il suo secondo giro di pianto in camera da letto, le cadde lo sguardo sulla sveglia sul comodino. Andavano avanti da un'ora. Ormai non parlavano più della prospettiva di avere figli. E nemmeno di chi fosse responsabile di non aver rivelato la propria opinione sull'argomento. Stavano litigando sul litigio causato dal litigio.

Stavano esaurendo le energie. Ellie sapeva cosa sarebbe successo. Era una di quelle nottate in cui avrebbero continuato a parlare finché le loro voci non si fossero affievolite. Non sarebbe migliorato niente. Non si sarebbe risolto niente. E l'indomani sarebbero stati entrambi distrutti e assonnati per tutto il giorno.

Dovevano smetterla. Almeno per il momento.

«Max, non posso continuare.»

«Non è giusto, Ellie. Non puoi mollare soltanto perché le cose si fanno difficili.»

«Non sto mollando.»

«Hai appena detto di non poter continuare. E non è la prima volta. Mi spingi via, mi allontani. Dici che non sei tagliata per le relazioni. Cerchi di sabotare la nostra felicità.»

Ellie gli prese la mano e la strinse fra le sue. «No, non intendevo questo. È solo che non posso continuare a discutere. Non stasera. Sono esausta. Voglio andare a dormire. E vorrei andare a dormire con te, okay?»

Lo sguardo di Max si ammorbidì, ma non era pronto a smettere di parlare. «Ti amo, Ellie, ma non so come aiutarti quando fai così. Fai male a me, ma soprattutto a te stessa. Ti aggrappi a questa caricatura della tua identità. Sei forte. Ti è tutto chiaro. Nulla ti sorprende né potrà mai farlo. E questo atteggiamento ti mette nei guai. Non è tutto bianco o nero.»

Lei lo amava e si fidava di lui. Inoltre sapeva che Max aveva ragione quando diceva che aveva la tendenza a dare giudizi affrettati. Eppure, nel profondo, una parte di Ellie stava gridando che si stava sbagliando. Che era supponente da parte sua insinuare che non sapesse qualcosa di tanto fondamentale su se stessa come desiderare o meno di mettere al mondo una vita. E, maledizione, c'era una parte di lei che voleva urlarglielo in faccia e farla finita in quel momento. Ma non voleva perderlo per un bambino che nessuno dei due era ancora pronto ad avere. Forse un giorno sarebbero arrivati a quel punto, ma non ora.

Si spostò per rannicchiarsi ai piedi del letto, fra le sue ginocchia.

«Odio litigare con te» disse Ellie, alzando lo sguardo. «Mi dispiace che sia venuto fuori in questo modo. Mi sei mancato.»

Lui si chinò a baciarla, dolcemente all'inizio, ma lei ricambiò con più passione. Erano stati separati per cinque notti, ed entrambi sapevano come trovare temporaneamente pace.

Dopo, Ellie rimase sdraiata sulla schiena, mentre l'aria le rinfrescava la pelle umida. Lui si girò sul fianco per avvicinarsi e le scostò i capelli dal viso con le punte delle dita.

«Sono quasi tornati come prima» disse, baciandole la spalla.

La sera dopo il loro primo appuntamento era andata da sola a casa di un serial killer, pronta a scambiare la sua vita per un'altra, e quel pazzo le aveva tagliato di netto i capelli e l'aveva quasi uccisa. L'episodio le era valso una medaglia, ma sapeva perché Max aveva deciso di menzionarlo. *E questo atteggiamento ti mette nei guai. Non è tutto bianco o nero.*

Si girò per guardarlo negli occhi. «Ti amo, Max.»

Lui la baciò sulle labbra. «Troveremo il modo. Se continuiamo a credere in noi, andrà tutto bene.»

Ellie sorrise e lo baciò di nuovo, poi chiuse gli occhi. Doveva dormire. Ma quando capì che lui si era addormentato, sentì una lacrima scorrerle sulla guancia e perdersi nel cuscino.

Era sicura che Max fosse diverso. Pensava che fosse quello giusto. Ma era diventato l'ennesimo uomo convinto che, con un po' di pazienza, lei sarebbe cambiata.

Fu svegliata da un suono stridulo. Era riuscita a dormire almeno un minuto? La mano scattò automaticamente verso il comodino, in cerca del cellulare che vibrava spostandosi sulla superficie di legno.

Non riconobbe il numero.

«Hatcher.»

«Detective Hatcher, sono Ramona Langston.»

Doveva smetterla di lasciare il numero di telefono ai testimoni. Max si girò e le posò un braccio sulle gambe.

«Ciao, Ramona.»

La ragazza sembrava senza fiato. «Vi sbagliate su Casey.»

Ellie guardò la sveglia. Erano passate da poco le sette. Non ne poteva più dei Whitmire, ma avevano perso una figlia ed erano giustificati. Di certo, però, non aveva voglia di dover gestire anche i rapporti con la famiglia Langston. Papà George, l'avvocato maniaco del controllo che non aveva idea di come rimediare al caos in cui erano piombate all'improvviso le loro vite. L'evasiva Adrienne, che si rifiutava di credere al legame di Julia con i commenti spregevoli pubblicati sul suo blog. E adesso Ramona, che la privava degli ultimi, preziosi minuti di sonno prima di dover tornare alla realtà.

Inspirò a fondo e parlò in tono fermo e deciso. «Sarà l'ufficio del procuratore distrettuale a decidere...» Trascurò di menzionare che l'assistente procuratore distrettuale che avrebbe preso la decisione era nel suo letto.

«Vi sbagliate su tutto! Ha detto che è stata Julia a postare quella merda sul blog di mia madre, no? Perché non va a guardarlo ora? Legga i commenti.»

Ellie avrebbe voluto troncare la conversazione, invece andò in salotto e trovò il computer a terra vicino al divano. Aprì il sito e scorse la pagina fino agli ultimi commenti.

Ramona continuava a blaterare nel telefono. «Non penso che mia madre lo abbia visto. È andata a correre e ha di nuovo lasciato il cellulare a casa. Chiunque ci sia dietro, non si è fermato. Il che significa che non può essere stata Julia, e nemmeno Casey. La stanno minacciando ancora e sanno chi è.»

Ellie fissò lo schermo del computer.

Autore Anonimo, eh? Certo, come no. So chi sei, Adrienne. Smettila di scrivere cazzate o morirai.

Stando alla marca temporale, il commento era stato pubblicato quella mattina, soltanto venti minuti prima.

«È ancora in linea, detective? Si sbagliava. E si sbaglia anche su Casey. Penso che chiunque stia minacciando mia madre abbia ucciso Julia. Dovete fare qualcosa, dovete aiutarla!»

«Arrivo subito.»

Max era comparso alle sue spalle e aveva letto l'ultimo commento. «Fantastico. Così anche se decidiamo che Casey è il nostro killer, quel post è un appiglio perfetto per la difesa. E comunque dobbiamo scoprire chi è l'autore di quelle minacce, perché di certo non può essere né Casey né Julia.»

Ellie era ancora convinta che Julia Whitmire si fosse suicidata, ma doveva ammettere che non c'era una spiegazione semplice per il legame fra il computer di Julia e i commenti intimidatori sul sito di Adrienne.

E poi, all'improvviso, Ellie capì.

35

Ramona aveva chiamato la polizia perché era la cosa giusta da fare. La polizia aiutava le persone. In più, erano gli agenti che l'avevano interrogata sulla morte di Julia. La conoscevano, quindi preferiva parlare con loro che con gli sconosciuti che avrebbero mandato se avesse chiamato il 911.

La detective Hatcher l'aveva raggiunta quasi subito. Aveva i documenti con la localizzazione dei computer usati per pubblicare le minacce sul blog di sua madre. Era persino arrivata al punto, esagerato, di aprire una cartina di Manhattan sul tavolino del salotto.

«Le minacce precedenti a quella di oggi venivano tutte da posti diversi. La prima è stata pubblicata dal computer di Julia, collegato alla rete di casa sua. I commenti successivi sono stati postati in diversi luoghi pubblici di Manhattan... soprattutto in centro, come la Equinox di Union Square e un Apple Store, ma un paio anche nell'Upper West Side... qui, tra la 72nd Street e Broadway.» Cerchiò i punti corrispondenti sulla mappa con un evidenziatore.

«Okay» disse Ramona, non sapendo che altro aggiungere.

«Adesso veniamo al commento di stamattina» continuò la detective. «Siamo riusciti a contattare la compagnia di hosting del blog di Adrienne. L'ultimo post è stato pubblicato da un computer nella lobby di un hotel fra la 72nd Street e la Madison.»

Segnò un altro punto sulla mappa, nell'Upper East Side.

«L'albergo è a soli otto isolati da qui. Hai detto che la tua matrigna è andata a correre, giusto?»

«La smetta di chiamarla "matrigna", è mia *madre.* E non potete pensare sul serio che c'entri qualcosa con tutto questo.»

«Ci hai detto che secondo te era impossibile che Julia facesse qualcosa per ferire tua... madre. E se invece avesse creduto di aiutarla? Hai detto che erano molto legate. Se tua madre avesse chiesto a Julia di scrivere il post mentre tu e la tua famiglia eravate a East Hampton...»

«Mia madre non lo farebbe mai! Vi avevo detto che negli ultimi tempi Julia sembrava distratta, era sempre impegnata e non mi diceva che cosa faceva e con chi. Forse è stato il tizio con cui stava scopando. Potrebbe aver usato il suo computer.» Ramona non sapeva nemmeno più se la detective la stesse ascoltando, ma non riusciva a frenare le parole che le sfuggivano di bocca. «E continua a postare. Dovete scoprire chi è, dovete aiutare mia madre e lasciar andare Casey. Ve lo ripeto... queste minacce devono essere la chiave per risolvere l'omicidio di Julia. E se se la prendessero anche con mia mamma?»

Ramona era così impegnata a gridare che non aveva sentito la porta d'ingresso dell'appartamento che si apriva. Sapeva soltanto che Adrienne – la sua matrigna, sua madre, la donna che si era presa la responsabilità di crescerla quando era appena una bambina – era in piedi nell'ingresso, ancora ansimante per la corsa mattutina.

«Che succede? Cosa sta dicendo a mia figlia?» Ramona capì di avere l'aria spaventata, perché sua madre sembrava avere paura per lei, non per se stessa.

Si fiondò da lei e la abbracciò, stringendole la vita. «Ho provato a chiamarti. Esci sempre senza cellulare! Che senso ha averlo se non te lo porti mai?»

«Stai bene, tesoro?»

Ramona la strinse più forte. «Sono preoccupata per te, mamma. È il blog. Oggi è comparsa un'altra minaccia. E stavolta il tizio ha usato il tuo nome. Chiunque sia, sa chi sei.»

La ragazza vide un diverso tipo di paura disegnarsi sul viso di sua madre. Poi Adrienne si chinò a baciarla sulla fronte e le diede una pacca sulla schiena. «Vai nella tua stanza. Voglio parlare con la detective, da sola.»

«Vuole spiegarmi che diamine sta succedendo?» chiese la donna. «Torno a casa e trovo mia figlia terrorizzata in salotto alle prese con la polizia. Le sembra normale?»

«Ramona ha paura perché ha letto i commenti che lei sta fingendo di ignorare. Ne è stato postato un altro stamattina, e il commentatore ha usato il suo nome. Mi dispiace se pensa che sia stata io a spaventarla, ma sua figlia ha paura e basta. Ha paura per lei. E mi ha chiamata per chiedermi aiuto.»

Nelle altre occasioni in cui l'aveva vista, Adrienne Langston le era sembrata composta e imperturbabile, ma in quel momento le pareva sinceramente preoccupata.

Ellie indicò la mappa sul tavolino e le illustrò le informazioni ottenute da Social Circle.

«Come vede, il commento di oggi è stato pubblicato da una postazione diversa rispetto ai precedenti.»

«Non capisco, detective. Non state indagando sulla morte di Julia? Perché vi preoccupate di questa storia?»

«Abbiamo in custodia un sospettato, è un amico di Ramona, Casey Heinz. Tuttavia, dal momento che Julia è legata ad almeno uno dei post pubblicati sul suo sito, l'avvocato che difenderà l'accusato per la sua morte vorrà sicuramente prenderli in considerazione.»

«Ma vi ho già detto che Julia non avrebbe mai fatto una cosa del genere.»

«Non sembra preoccupata che ci sia qualcuno che la

minaccia, signora Langston. Non mi ha nemmeno chiesto i dettagli dell'ultimo commento.» Ellie aveva sempre trovato bizzarro che Adrienne non avesse cancellato le intimidazioni postate sul suo blog. Certo, aveva detto di voler portare alta la bandiera delle vittime, ma non aveva mai accennato al fatto che il suo blog aveva subito un'impennata pazzesca da quando erano cominciate le minacce. Senza contare il pettegolezzo che le aveva riferito Katherine Whitmire, secondo cui Adrienne si sarebbe aggiudicata un cospicuo contratto per un libro. In più, fin dall'inizio, la donna era stata sicurissima che Julia non fosse l'autrice dei post anonimi, il che sembrava suggerire che conoscesse l'identità del commentatore.

«Come ho già detto, non ho intenzione di farmi condizionare da uno squilibrato che ha deciso di sprecare il suo tempo scrivendo cose senza senso. Ma se entro in casa mia e sorprendo una detective a torchiare mia figlia, allora sì che mi preoccupo!» Si asciugò una lacrima che stava iniziando a formarsi all'angolo dell'occhio destro. «Mi dispiace, non dovrei urlare, ma ho paura. Non per me, ma per Ramona. La sua migliore amica è appena morta, e non sappiamo nemmeno se qualcuno l'ha uccisa. E se se la prendessero con lei?»

«Non c'è motivo di credere che Ramona sia in pericolo. È lei che viene minacciata.»

«Sono soltanto un mucchio di idiozie.»

«Ma sua figlia ha ragione, adesso non sono più parole senza senso. Chiunque ci sia dietro, sembra che conosca la sua identità. Ha usato il suo nome.» Ellie lesse il commento dallo schermo del suo cellulare. «"Autore Anonimo, eh? Certo, come no. So chi sei, Adrienne. Smettila di scrivere cazzate o morirai." Non sono soltanto parole. È una minaccia esplicita. Ci è stato detto, signora Langston, che grazie al blog ha ottenuto un contratto per un libro. È vero?»

«E questo cosa c'entra?»

«Le ho fatto una domanda.»

«Mi ha fatto una marea di domande, detective. Ha mai pensato che non ha il diritto di sapere tutto quello che riguarda la mia famiglia?»

«Se è vero che ha un contratto per un libro, le intimidazioni sul suo blog potrebbero essere un'ottima pubblicità. È per questo che non le cancella?»

Adrienne scosse la testa. «Se proprio vuole saperlo, detective, sì. Ho un contratto, e me lo sono meritato. L'ho firmato prima che iniziassero a postare commenti minatori. Se lo ritiene opportuno, può chiedere conferma a Janet Martin, della Waterton Press. Ma adesso mi faccia ricapitolare: prima viene qui e non sa se la morte di Julia sia un suicidio o un omicidio. Ora dice di avere in custodia un amico di Ramona, che sarebbe "sospettato", qualunque cosa significhi. E mi fa domande su stupide minacce che sarebbero state fatte da Julia, ma sono continuate dopo la sua morte. Sta rovinando tutto. Il mio sito era anonimo per una ragione. Anche il libro verrà pubblicato sotto pseudonimo. Volevo scrivere della mia esperienza per aiutare gli altri, ma non ho mai voluto che Ramona lo sapesse.» Sbuffò, frustrata dalle lacrime che cominciavano a pizzicarle gli occhi. «Non voglio che sappia cose che potrebbero turbarla. Sotto molti punti di vista, Ramona è ancora una bambina. Per lei è tutto terrificante. La morte di Julia la spaventa, e la spaventa anche la sua presenza qui.»

Mentre usciva dall'appartamento, Ellie notò Ramona che la guardava dal corridoio. Le sue labbra si mossero, prima piano e poi sempre più febbrilmente. La detective impiegò diversi tentativi per decifrare quanto le stava dicendo: «Dovete fare qualcosa. Aiutatela. Aiutate Casey».

Fuori dal condominio dei Langston, Ellie continuò a ripercorrere l'incontro. Ripensò alla sicurezza, quasi all'arroganza, delle parole di Adrienne: *me lo sono meritato*. Era convinta di aver finalmente capito chi fosse responsabile delle minacce sul blog, ma la sua teoria crollava se Adrienne aveva firmato il contratto per il libro prima che iniziassero. Stava giusto per chiamare l'editore per chiedere conferma quando il suo cellulare si mise a squillare.

«Hatcher.»

«Detective, sono Janet Martin della Waterton Press. Potrebbe spiegarmi, se non le dispiace, perché il NYPD sta cercando di mettere a tacere una vittima di abuso?»

Ellie si allontanò a bordo della sua vettura, senza notare l'uomo all'angolo con lo sguardo fisso sul ventunesimo piano. Era partito da Buffalo e aveva raggiunto il Port Authority Bus Terminal alle sei e mezza di quella mattina, il suo unico bagaglio era una sacca sportiva.

36

La sede della Waterton Press era nel Flatiron Building, l'edificio triangolare che segna il punto di intersezione fra la Broadway e la 5th Avenue. Quando era stato eretto, nel 1902, lo consideravano un grattacielo, ma ormai era sovrastato dai palazzi vicini. Gli uffici della Waterton erano soltanto a metà della modesta altezza dell'edificio, ma Ellie si ritrovò ad ammirare il Madison Square Park dalle finestre della responsabile editoriale, sul vertice settentrionale del triangolo.

«Janet Martin» si presentò la donna, alzandosi dalla scrivania per stringerle la mano con sorprendente fermezza. «Grazie per essere venuta subito. Cavolo, lei è la detective più bella che abbia mai visto.»

Ellie non apprezzava commenti di quel genere perché, più che un complimento, le sembravano un insulto alle sue colleghe. Ma quel giorno doveva far colpo su Janet Martin, quindi stette al gioco. «Le rivelo un piccolo segreto. Ci hanno accordato un aumento di stipendio per le spese estetiche. Qualche colpo di sole, un po' di botox... Fa tutto parte del piano di rinnovamento della polizia promosso dal sindaco.»

«Simpatica oltre che bellissima!»

«La ringrazio. E mi dispiace se siamo partite con il piede sbagliato. So che Adrienne tiene molto al proprio anonimato, ma non ho fatto niente per dissuaderla dal raccontare la sua storia.» Ellie si era già giustificata al telefono, ma pensava che un altro pizzico di ossequiosità non avrebbe guastato.

Con un singolo sventolio della mano, Martin le assicurò che era acqua passata.

«Avrei dovuto capire che Adrienne stava esagerando, come al solito. Non ho mai incontrato un'autrice altrettanto spaventata dal successo. A proposito, scommetto che lei avrebbe un sacco di storie da raccontare su come si arrestano i cattivi e si salvano i buoni, un'intrepida detective su tacchi Jimmy Choo. Ha mai pensato di scrivere un libro?»

«Un paio di Jimmy Choo corrisponderebbe al mio budget per le calzature dei prossimi dieci anni, e le uniche cose che ho il tempo di scrivere sono i verbali» rispose Ellie, prendendo posto su una sedia di fronte alla scrivania.

«Lei è adorabile. Non dovrebbe scriverlo davvero. E chi lo fa, di questi tempi? Alla gente interessano i personaggi. Persino i nomi da reality riescono a scalare la classifica del "New York Times"! Con la sua ironia, potrei vendere i diritti televisivi già domani.»

«La ringrazio molto, ma al momento l'unico libro a cui sono interessata è quello di Adrienne.»

«Ecco, lei è una vera scrittrice, ha fatto tutto da sola. Che carina. Ha una storia fantastica. E adesso si sta difendendo da quello stalker...»

«Era proprio di questo che volevo parlarle, in realtà. Ha firmato il contratto con Adrienne prima o dopo l'inizio delle minacce?»

«Prima. Mia nipote, anche lei vittima di abusi, seguiva il blog e me l'ha segnalato come possibile progetto per un libro. Ho firmato l'accordo con Adrienne tre settimane fa. A dirla tutta, ho pagato più di quanto sperassi, ma ogni tanto capitano gli autori riluttanti. Non che le servano i soldi, peraltro.»

«Ma è vero che le minacce possono essere d'aiuto in termini di pubblicità?»

«In effetti ho fatto alzare la prima tiratura. L'unico problema adesso è che questo stronzo ha spaventato a morte Adrienne. Mi ha chiamato oggi per restituire l'anticipo. Vuole rescindere il contratto. Le ho offerto persino più soldi, ma, come ho detto, non ne ha bisogno.»

«E immagino che non abbia teorie sull'identità dello stronzo.»

«Chissà perché questi sciroccati lo fanno... E nel caso stia sospettando di me, le suggerisco di dare un'occhiata al nostro catalogo. Il libro di Adrienne, pur con la sua tiratura elevata, difficilmente potrebbe diventare il titolo di punta della casa editrice. L'ho comprato perché penso che possa essere d'aiuto a molte donne.»

«A essere onesta, uno dei miei colleghi ha ipotizzato che potrebbe essere la stessa Adrienne a scrivere quei commenti.» Sempre meglio attribuire le idee sgradevoli a un collega inesistente.

«Scommetterei fino al mio ultimo centesimo che non è così. Lavoro in questo settore da trentadue anni e ho incontrato tanti autori ossessionati dalla privacy. Abbiamo pubblicato sotto pseudonimo e fatto a meno di tour promozionali e interviste.»

«Ma così non si danneggia il libro?» chiese Ellie.

«Sta scherzando? Rende solo più interessante la storia dell'autore. Il mistero diventa la chiave del marketing. Chi è? Chi sono le persone di cui parla? Noi informiamo il lettore che abbiamo cambiato i nomi, le date, le città e alcuni dettagli per mantenere l'anonimato dell'autore. Ma non ho mai incontrato nessuno come Adrienne. È molto ansiosa. Ho perso il conto delle volte in cui ha minacciato di tirarsi fuori. Quando le ho detto del fact-checking ho pensato che sarebbe esplosa.»

«Fact-checking?»

«Non lo sa? Adesso ci costringono a indagare sui nostri autori. Possiamo dire ai lettori che abbiamo cambiato alcuni dettagli per proteggere l'anonimato, ma dobbiamo essere certi che il nucleo della storia sia vero. Quando ha scoperto che stavamo facendo delle verifiche, Adrienne ha insistito per aggiungere una clausola di riservatezza al contratto. L'unico motivo per cui gliene sto parlando è che lei è già al corrente del libro. Quella donna mi farà impazzire.»

«Mi ha detto che non vuole commistioni fra passato e presente.»

«Mah. Da quanto ho letto finora posso soltanto provare pena per il marito. Non mi fraintenda, in parte è anche per questo che la sua storia è tanto vendibile. Madre e moglie dell'Upper East Side, tutta scuole private e alta società. La gente adora bersi quelle stronzate da WASP. Ma, se chiede a me, direi che per il marito tutta questa situazione è davvero un po' troppo.»

Ellie doveva ammetterlo: quella donna aveva un buon istinto. Ma se aveva ragione su Adrienne, allora lei si sbagliava. Chiunque la stesse minacciando era ancora a piede libero.

37

Era giovedì – erano passati tre giorni dal ritrovamento del cadavere di Julia Whitmire e quasi due dall'arresto di Casey Heinz – ed Ellie fu l'ultima ad arrivare nella sala riunioni dell'ufficio del procuratore distrettuale.

«Avete visto l'articolo di copertina del "New York" di questa settimana?» Lanciò sul tavolo una copia della rivista, fresca di edicola, per farla vedere a Rogan e Max.

Il titolo era *Scuole private: aspettative letali?*, e l'articolo era completato dai primi piani di Julia Whitmire e di un ragazzo di nome Jason Moffit, entrambi sorridenti e pieni di vita.

Max scorse l'articolo. «Scrivono che il NYPD sta continuando a indagare sulla morte di Julia Whitmire, ma che secondo persone informate dei fatti si tratta quasi sicuramente di un suicidio.»

«Non guardare me» disse lei. «Io non passo informazioni alla stampa. Comunque non ero l'unica a pensarla così quando abbiamo trovato il corpo. E l'articolo in realtà non parla di Julia. Stanno usando la sua morte e quella dell'altro ragazzo per overdose da eroina per denunciare le pressioni che subiscono gli studenti della Casden. Probabilmente, proprio in questo momento, la preside starà facendo a pezzi il giornale.»

Donovan controllò l'orologio. «Folger mi ha mandato

un'email per avvisare che sarebbe arrivato con qualche minuto di ritardo. Ha trovato traffico.»

Stavano aspettando Chad Folger, l'avvocato difensore di Casey Heinz. Un incontro fra i detective e l'avvocato della difesa non era un evento all'ordine del giorno, ma in quel caso la normalità non era mai stata rispettata. Prima la classificazione come suicidio. Poi il coinvolgimento di un detective privato. Infine la ricompensa.

«Folger è un pezzo grosso» commentò Rogan. «Come fa a permetterselo un minorenne senzatetto?»

«Folger lo rappresenta *pro bono*. La direttrice del...»

«Chung Mei Ri» suggerì Ellie.

Rogan la indicò. «Eccola lì, la nostra Rain Man.»

«La signora Ri ha contattato uno dei maggiori gruppi di sostegno nazionali alla comunità LGBT. Folger è iscritto, ha un fratello gay o qualcosa del genere. Comunque, sostiene di avere informazioni importanti. Voleva vederci il prima possibile. In questo caso si muove tutto così in fretta che ho insistito perché partecipaste anche voi due.»

Sentirono un colpo alla porta, prima che si aprisse. Un uomo ben vestito sulla quarantina entrò nella sala riunioni. Ellie ricordava di averlo visto di recente in televisione, nel processo per frode contro una delle aziende più grandi del paese. Aveva vinto la difesa.

«Buongiorno, scusate il ritardo. Voi dovete essere i detective Ellie Hatcher e J.J. Rogan. Casey mi ha detto che vi siete comportati bene con lui, date le circostanze.»

Rogan inarcò le sopracciglia con aria scettica. «Non si può dire che siamo abituati ai complimenti da parte degli imputati.»

Chad Folger sorrise. «Forse "complimenti" è eccessivo, ma ha apprezzato la vostra correttezza. È già un bel passo avanti, rispetto a quello che sento di solito.» Strinse la mano di Max, che si presentò.

Una volta seduti, Folger saltò subito di nuovo in piedi e iniziò a camminare a grandi passi nella stanza. «Allora, prima di tutto vorrei ringraziarvi per aver acconsentito a questo incontro. Voglio mettere in chiaro che Casey non intende accusare di illecito o abuso di ufficio né voi due né il NYPD.»

«Perché ci siamo "comportati bene"» commentò Rogan con un sorrisetto.

«Esattamente. Ma Earl Gundley è un'altra storia. E i gorilla che assume come assistenti di sicurezza sono anche peggio di lui.» Infilò una mano nella ventiquattrore, ne estrasse un fascicolo sul punto di esplodere e lo gettò sul tavolo, dove atterrò con un tonfo sordo. «Questi sono i reclami contro Gundley quando era ancora in polizia.»

«Ci hanno detto che godeva di una buona reputazione» osservò Max.

«È vero, le accuse contro di lui sono sempre state ritirate, ma sappiamo tutti che, a volte, quando c'è fumo c'è anche fuoco.»

«Soltanto a volte» sottolineò Max.

«E per questo ho anche tre scatole piene di reclami contro la società privata di Gundley. Uso eccessivo della forza. Effrazione. Una donna il cui marito ha ingaggiato Gundley per documentare la sua infedeltà sostiene che quei tizi si siano intrufolati nel suo bagno per fotografare lei e il personal trainer che se la spassavano nella doccia. Dicono di essere assistenti di sicurezza, ma sono soltanto degli energumeni violenti.»

Ellie non osava immaginare la difesa che un avvocato di talento come Folger avrebbe imbastito sul fatto che qualcuno aveva minacciato Adrienne Langston – proseguendo un'attività iniziata da Julia – il giorno prima, mentre il suo assistito era in custodia.

«Con tutto il rispetto, signor Folger, nemmeno io ho

apprezzato il coinvolgimento di Gundley» intervenne Ellie. «Ma rimane il fatto che Casey aveva la chiave di casa di Julia Whitmire e un paio di suoi slip.»

«È stata Julia a dargli la chiave due mesi fa, nel caso in cui Casey avesse avuto bisogno di un posto dove stare. È stato un atto di generosità da parte della ragazza, ma lui non intendeva approfittarne. Si era dimenticato di averla.»

«Un dettaglio grosso da dimenticare...» osservò Max.

«Voi, però, non gli avete chiesto se aveva una copia delle chiavi. Gli avete domandato quante volte era rimasto solo con lei, e non vi ha mentito. A quanto mi ha detto, l'ultima volta erano finiti a letto insieme e Julia gli ha infilato gli slip nella tasca della giacca perché li trovasse una volta a casa.»

Ellie non ricordava di aver mai sentito un avvocato della difesa confermare un dettaglio tanto incriminante.

E a quanto pareva nemmeno Max. «Chad, sicuro di aver capito da che parte stai?»

«Ho passato sei ore con Casey ieri, e penso di aver capito. È davvero innamorato di una delle amiche di Julia.»

«Ramona Langston» completò Ellie.

«Esatto. Gli basta pronunciare il suo nome per illuminarsi. Ma non tutte le ragazze sarebbero disposte a frequentare qualcuno nella situazione di Casey. E poi arriva questa ragazza bellissima e audace, Julia, e ci prova pesantemente. È successo una sola volta, ed è finita lì. Casey non voleva che Ramona lo scoprisse.»

«E ha preferito farsi arrestare?» chiese Ellie. «Non ha detto una parola nemmeno quando si è accorto di cosa avevamo scoperto.»

«Era terrorizzato. Gli scagnozzi di Gundley erano del tutto fuori controllo. Lo hanno prelevato in mezzo alla strada, poi lo hanno minacciato e picchiato. E quello è stato soltanto l'inizio. Ciò che gli hanno fatto può essere definito a buon diritto tortura psicologica.»

«Oh, andiamo» lo interruppe Ellie. «Tortura?»

«Non è una parola che uso con leggerezza, detective. Quelle canaglie andrebbero arrestate. Tanto per cominciare, hanno agguantato il petto di Casey. Quando si sono accorti che si era appiattito il seno con una benda elastica, due di loro gli hanno infilato le mani sotto la maglietta e hanno abbassato la benda. Poi sono passati a toccargli il cavallo dei pantaloni, deridendolo per l'evidente assenza di genitali maschili. Uno di loro ha detto, cito: "Sembra proprio che tu sia confusa, tesoro. Forse posso aiutarti a chiarirti le idee". Casey avrebbe confessato qualsiasi cosa a quel punto, ma quei due probabilmente sapevano che le sue dichiarazioni non sarebbero state in linea con la scena del crimine. Quindi si sono limitati a estorcergli il consenso a perquisire la sua stanza al rifugio.»

Ellie pensò alle macchie d'erba sui pantaloni di Casey. Poteva essersi sporcato quando Gundley e i suoi si erano presentati al parco per prelevarlo. Oppure erano una prova della condotta descritta da Folger.

Max batté le nocche sul tavolo. «Altro?»

«Fare pressioni per un cliente prima che la sua accusa venga formalizzata è démodé, lo so, ma non per me. Ve lo assicuro: Casey non ha ucciso Julia Whitmire. Siate onesti, volete dirmi che lo avreste arrestato se vi avesse detto della chiave e degli slip martedì sera? Posso chiedere a degli psichiatri di testimoniare che Casey è particolarmente sensibile alla coercizione. I traumi che ha sofferto in passato a causa della sua condizione lo rendono suscettibile al tipo di abuso minacciato da quegli uomini. Inoltre, è in cura per un disturbo bipolare, che può ridurre la resistenza allo stress.»

«Casey era al parco ad allenarsi e a fare verticali un paio di giorni fa» osservò Max. «E i detective gli hanno parlato a lungo. Non sembrava né depresso né sovreccitato.»

«Le persone affette da disturbo bipolare possono avere un umore "normale" per ampi intervalli di tempo. Oppure possono soffrire di stati misti in cui mania e depressione si manifestano contemporaneamente. Sui moduli di ammissione al carcere vedrete che il mio cliente aveva con sé due forti antipsicotici prescritti dal dottor David Bolt.»

Mentre appuntava il nome del medico, Ellie si ricordò di averlo già sentito. Certo, Bolt era l'esperto che difendeva la somministrazione di psicotropi ai minori nel dibattito alla NYU che aveva guardato online.

«Se ho ben capito, si tratta di un uso sperimentale dei farmaci in questione. Ironia della sorte, è stato proprio il vostro testimone principale, Brandon Sykes, a suggerire a Casey dei trial clinici. Sto ancora raccogliendo informazioni sulla diagnosi del mio assistito, ma sono certo che questo possa aiutarvi a capire perché vi è sembrato tanto rassegnato all'arresto. Su Brandon Sykes e Vonda Smith ho appena iniziato a scavare, ma posso già anticiparti, Max, che non li vorrai davanti a una giuria. Vonda è una tossica che flirta con gli anziani e poi li deruba una volta entrata a casa loro.»

Ellie lanciò un'occhiata preoccupata a Max. La descrizione dell'avvocato collimava con quanto avevano appreso da Chung Mei Ri.

«Inoltre, tornando al trial clinico in cui Brandon ha coinvolto Casey, pare che Brandon abbia simulato la sua diagnosi. Pensate: sta assumendo un antipsicotico sperimentale per una malattia mentale che non ha, soltanto per le poche centinaia di dollari a settimana che gli pagano i ricercatori. Non pensate che sarebbe disposto a mentire su Casey per accaparrarsi 100.000 dollari?»

Finalmente Folger si sedette e posò il palmo di entrambe le mani sul tavolo. «Sentite, in circostanze normali aspetterei il processo, ma se ci pensate bene vi renderete conto che è meglio lasciar perdere questo casino prima di fare ulteriori passi avanti. In caso contrario consiglierò a Casey di esercitare il suo diritto a testimoniare di fronte al gran giurì. Voi forse pensate di poter controllare cosa succede in quella stanza, ma vi garantisco che ci sarà qualcuno che vorrà sentire tutta la storia. I giurati convocheranno i loro testimoni. Che vi piaccia o no, faranno a Gundley domande scomode. Vorranno incontrare Vonda e Brandon. Vorranno sapere di più su Julia, il che significa tirare dentro i suoi genitori e quegli zombie della Casden. Abbiamo un articolo della rivista "New York" che sostiene si tratti di suicidio. E comunque, anche se il gran giurì dovesse decidersi per l'accusa, ci sarebbe ancora il processo. Al momento, né l'ufficio del procuratore né il NYPD sono implicati nel trattamento indegno del mio cliente, ma se decideste di schierarvi con Gundley non mi resterebbe altra scelta. Diventereste responsabili per associazione.»

Ellie capiva perché i clienti di Folger erano pronti a sborsare fior di quattrini per essere rappresentati da lui. In tribunale non si riduceva tutto alle abilità in fatto di oratoria. Folger aveva compreso alla perfezione i risvolti politici della vicenda. Sapeva che i Whitmire e la Casden stavano già facendo pressioni sull'ufficio del procuratore distrettuale in due direzioni opposte. E adesso c'era la prospettiva delle prime pagine dei giornali che mettevano a confronto i ricchi e potenti della città con un minorenne abusato e senza casa.

Se era preoccupato, Max non lo diede a vedere. «Ho bisogno di tempo per pensarci.»

«Fammi sapere cosa decidi. Hai fino a lunedì per ricorrere al gran giurì prima che Casey venga rilasciato.»

38

Ellie aveva avuto a che fare, nella sua vita, con psichiatri solo attraverso il suo lavoro in polizia. Esperti chiamati a processo a valutare gli imputati che si appellavano all'infermità mentale. Professionisti che partecipavano alle udienze e definivano se gli accusati avevano superato il limite che da "leggermente fuori di testa" li avrebbe portati a essere "un pericolo per se stessi e per gli altri". Medici da cui era stata costretta ad andare dai suoi superiori, in teoria per il suo bene, in vari momenti della sua carriera (dopo che la polizia di Wichita aveva finalmente arrestato il serial killer che suo padre aveva inseguito per tutta la vita, dopo che aveva ucciso un uomo a Gerard's Point, dopo aver visto il suo tenente sparare due pallottole nel collo e nello stomaco a un ex amico).

A giudicare dall'aspetto del suo studio nell'Upper West Side, il dottor David Bolt era molto diverso dagli strizzacervelli a cui era abituata. Dal terrazzo del suo ufficio si godeva di una vista mozzafiato su Central Park. Al posto del solito mobilio da ufficio di falso mogano, lui ostentava un arredo semplice e minimalista. Iris bianchi nei vasi agli angoli della sala d'aspetto e un profumo di zenzero appena accennato nell'aria.

Non sembrava un posto per pazzi. Le ricordava la spa in cui il suo ex fidanzato banchiere cercava di convincerla ad andare di tanto in tanto. Secondo lui, le ore passate lì dentro le avrebbero insegnato i valori del "riposo e del relax". Doveva imparare a "coccolarsi". Ma quando Ellie voleva coccolarsi pensava più a una bottiglia di Johnnie Walker Black e a un *binge watching* del *Trono di Spade.* Al contrario, essere rinchiusa in una stanza buia a farsi massaggiare come un pezzo di manzo Kobe con il sottofondo di cinguettii registrati non era tanto diverso, per lei, da una tortura.

Quanto allo psichiatra, doveva avere più o meno cinquant'anni. Se si fosse basata solo sull'ufficio, lo avrebbe immaginato più elegante, ma grazie al video aveva già avuto modo di farsi un'idea sul suo aspetto. Indossava un maglione di lana grigia, una camicia bianca e dei pantaloni neri. Aveva capelli castani piuttosto lunghi e un sorriso aperto e sincero.

Quando gli spiegarono la ragione della loro visita, scribacchiò degli appunti su un Post-it e incrociò le braccia sul petto come un arbitro che osserva la moviola.

«Ah, porca miseria. Sono fuori dall'università da ventisei anni, sapete? Ed è solo la terza volta che mi trovo in un casino come questo.»

«Quale casino, esattamente?» Ellie notò che anche Rogan aveva incrociato le braccia. A volte si chiedeva se gli uomini avessero imparato a imitare i rispettivi linguaggi del corpo nelle caverne.

«Vede? Non sono tagliato per queste cose. Venite qui a chiedermi di una persona di nome Casey Heinz. Non sono autorizzato a dirvi se lo conosco, ma immagino che possiate dedurre la risposta dal fatto che ho definito questa situazione un casino. Il marito di mia sorella fa il poliziotto a Detroit. Comunque, il punto è che voglio darvi una mano.»

«Quindi stiamo dalla stessa parte» disse Ellie.

«Tuttavia non posso parlare dei clienti con cui mi vedo,

sia che si tratti di privati sia di partecipanti a un trial clinico. Se lo facessi, verrei radiato dall'albo, per non parlare dei problemi con la FDA per l'approvazione della ricerca.»

«Casey Heinz ci ha detto di essere in cura da lei» fece Ellie. «Così facendo ha rinunciato al rapporto confidenziale.»

«Non proprio» rispose Bolt. «Un paziente può rivelare l'esistenza di una relazione medico-paziente, ma questo non consente allo psichiatra di poter rivelare i dettagli delle loro sedute. O almeno, così mi è stato insegnato e continuamente ripetuto: le regole non sono mai cambiate. Per non parlare del fatto che la polizia spesso bluffa su cosa sa davvero dei pazienti. Non è il vostro caso, ne sono sicuro, ma alcuni miei colleghi sono caduti vittima di questi scherzetti.»

«Quindi immagino che dovremo farci dare un mandato dal procuratore distrettuale.»

«In tal caso sarò felice di aiutarvi.»

«Naturalmente.»

In genere il sarcasmo di Ellie diretto a personaggi dello status socioeconomico di Bolt innescavano una serie di telefonate indignate e di conseguenti ramanzine sul giusto comportamento da adottare in pubblico. Ma il dottore scoppiò a ridere. «*Wow*, a quanto pare rientro proprio nella categoria di stronzi di cui si lamenta sempre mio cognato. Sentite, detective, non posso rivelarvi dettagli sui singoli pazienti, ma posso parlarvi del mio lavoro in generale.»

Indicò loro le sedie di fronte alla sua scrivania.

«L'Equivan è un nuovo farmaco per il trattamento del disturbo bipolare, anche noto come "disturbo maniaco depressivo". Sono oggetto di controversie sia la diagnosi sia il trattamento di questo disturbo nei giovani pazienti. Per alcuni "sono solo bambini", e certi comportamenti, quindi, non sarebbero dei campanelli d'allarme. Per esempio, sostengono che, a differenza che negli adulti, i cambiamenti repentini non possono essere considerati clinicamente anormali nei soggetti più giovani. Allo stesso modo, ritengono che i sentimenti di sconforto e disperazione possono essere segnali di pericolo negli adulti, ma non devono essere considerati preoccupanti nell'adolescenza.»

«Abbiamo parlato di recente con un professore convinto che i suoi studenti facciano abuso di farmaci» disse Rogan.

«Facile a dirsi, finché non si ha un bambino che rischia di perdersi.» Ellie ricordava la passione di Bolt nel dibattito alla NYU, quando aveva parlato della sofferenza e della frustrazione dei suoi giovani pazienti. «Detto ciò, molti dei farmaci sul mercato sono in fase sperimentale, e il loro uso nei giovani è molto controverso. Il che ci porta alla mia ricerca. L'idea di fondo dell'Equivan è usare il principio attivo di un antidepressivo, che può essere rischioso nel caso di un paziente affetto da disturbo bipolare, ma in combinazione con uno stabilizzatore dell'umore che si è dimostrato più efficace di un antipsicotico.»

«Non la seguiamo, doc.»

«In parole povere, stiamo cercando di prendere il meglio da tutto. Teniamo il buono e contrastiamo il cattivo. L'Equivan non è altro che la combinazione di due farmaci già in commercio. Equilibrium è lo stabilizzatore dell'umore, Flovan è l'antidepressivo: da cui il nome, Equivan. Lo stiamo testando in particolare su soggetti fra i dieci e i vent'anni. Questo ci permette non solo di misurare la sua efficacia, ma anche di determinare se i suoi effetti varino in base all'età. È importante appurare questo punto perché un farmaco che funziona a meraviglia su un ventenne potrebbe avere effetti deleteri su un bambino di dieci anni. Per partecipare al trial clinico, i soggetti devono essere affetti da disturbo bipolare di tipo 1, la forma classica di psicosi maniaco-depressiva secondo il *DSM-IV*, cioè il...»

Bolt stava per spiegare l'acronimo, ma Ellie gli fece cenno di continuare. Dato il grado di incidenza di malattie mentali negli imputati criminali, tutti in polizia sapevano che quella sigla indicava il *Manuale diagnostico e statistico dei disturbi mentali*.

«Inoltre, i soggetti non possono essere già in cura per depressione o altri disturbi psichici, e devono accettare le condizioni di un protocollo di ricerca sui farmaci, compresa una clausola per cui a ogni partecipante sarà assegnato, in modo casuale, il farmaco vero o un placebo.»

«Aspetti, quindi non tutti assumono l'Equivan?»

«Esatto. Il gruppo di controllo è una procedura standard in ogni studio clinico degno di rispetto. Se somministrassimo il farmaco a tutti, non avremmo modo di stabilire se i miglioramenti nell'umore e nella stabilità dello stesso sono dovuti alla terapia e non ad altri fattori come, per esempio, cambiamenti meteorologici, migliori condizioni lavorative o semplici coincidenze. Quindi un quarto dei nostri soggetti prende il Flovan, un quarto l'Equilibrium, un quarto l'Equivan e il resto un placebo.»

«Ipotizziamo che la combinazione sia efficace» intervenne Rogan. «Ciò significa che lei sta privando alcuni soggetti di una cura, il tutto nel nome della scienza. Mi perdoni, doc, ma suona un po' cinico.»

«Non è facile, detective, ma è il metodo scientifico. Ed è per questo che chi partecipa agli studi clinici deve sottoscrivere liberatorie e rigorosi accordi di riservatezza. Se vi fa sentire meglio, al momento non sappiamo ancora se li stiamo privando di un trattamento efficace. Ognuno di loro, poi, fa terapia ambulatoriale con me, un servizio per cui molte persone di questa città pagano profumatamente, se posso dirlo. Il punto, però, è che non sappiamo se il farmaco garantisca un beneficio. L'Equivan potrebbe essere inefficace o addirittura peggiorare le cose.»

«Ci è parso di capire che i soggetti vengono pagati per partecipare» disse Ellie. I ragazzini della Casden sborsavano una fortuna per stordirsi, mentre le case farmaceutiche pagavano per rendere dipendente il resto della popolazione.

«Non è così insolito. Si tratta poi di un modesto risarcimento per il tempo e i trasporti.»

Forse un centinaio di dollari era una sciocchezza per uno psichiatra dell'Upper West Side, ma per un senzatetto di sedici anni come Brandon Sykes equivalevano a un'intera giornata di elemosina condita con un bel po' di fortuna. «E si potrebbe simulare un disturbo maniaco-depressivo?»

«In teoria sì, e in passato è successo. Ma i criteri del DSM sono pensati proprio per escludere diagnosi false.»

«Capito. Adesso, sempre restando sulle informazioni generali... È vero che una persona affetta da disturbo bipolare potrebbe essere più sensibile alla coercizione?»

«Senza dubbio. Se in stato depressivo, potrebbe non essere abbastanza forte da resistere alla pressione. Non gli interessano le possibili conseguenze negative perché si sente comunque senza speranze, e in più non ha l'energia mentale per contrastare la coercizione.»

«E se fosse in fase maniacale?»

«La risposta è, in questo caso, meno intuitiva. Si potrebbe pensare che la mania inneschi una reazione. Ma durante un episodio maniacale il soggetto smette di pensare alle conseguenze delle sue azioni. Inizia magari lasciando cadere un dollaro nel piattino di un senzatetto. Si sente così bene per aver aiutato un'altra persona che gli allunga un biglietto da venti. E un attimo dopo ve lo ritrovate in banca a chiudere il conto per distribuire i soldi in strada. Nella situazione che descrive, un soggetto maniacale potrebbe acconsentire a una richiesta e poi perdere completamente il controllo.»

«E cosa mi dice della sua credibilità? Pensa che un soggetto maniaco-depressivo potrebbe essere più incline a mentire, se fosse convinto di poterne trarre un vantaggio?» Stava pensando a Brandon Sykes.

«Stiamo sempre parlando in generale, ma direi di sì, per le stesse ragioni già esposte.»

«E l'omicidio?»

«Come, prego?»

«Un soggetto affetto da psicosi maniaco-depressiva potrebbe diventare violento e arrivare a uccidere una persona, magari durante un litigio di lieve entità?»

«È successo in passato. Gli episodi maniacali possono essere incontrollabili.»

«Quindi, se abbiamo un accusato di omicidio che potrebbe avere tendenze maniaco-depressive, avremmo bisogno di sapere se stava assumendo dei farmaci per curare la sua condizione, dico bene?»

«Be', lo scopo di questi trattamenti è aiutare le persone. Speriamo che, con l'uso continuato, possano restare "normali" per periodi prolungati. Non siamo in grado di curare il disturbo, ma cerchiamo di ridurre la frequenza, la durata e la gravità delle oscillazioni fra i due poli.»

Ellie sorrise. Era convinta che la proposta del dottor Bolt di parlare in termini generali si sarebbe rivelata una perdita di tempo. Si appuntò quell'ultima frase sul taccuino, parola per parola. Lo psichiatra aveva appena dato loro quello di cui avevano bisogno per costringerlo a consegnare le cartelle cliniche di Casey Heinz e Brandon Sykes.

39

Max si abbandonò contro lo schienale della sedia e si lasciò sfuggire un gemito. «Cazzo... Prima i dati del traffico internet di Social Circle e adesso le cartelle cliniche della sperimentazione di un farmaco? La richiesta di questi documenti potrebbe equivalere all'ingresso in un nuovo girone infernale fatto apposta per gli avvocati.»

Ellie gli strinse la spalla, finché non sentì calare la tensione. «Scusa, bello, è solo che prendere i cattivi è, tipo, difficilissimo.»

«E va bene, la smetto di lamentarmi. Questa volta però è davvero complicato.» Fissò la tastiera di fronte a loro. Sullo schermo campeggiavano le prime righe della richiesta di mandato per le cartelle cliniche. Max lavorava su un computer alla bozza dell'affidavit a sostegno del mandato, mentre Rogan lo aiutava cercando informazioni utili su un altro portatile. «Okay, abbiamo verificato tutto quello che avete saputo dal dottor Bolt. Ora ditemi qualcosa su di lui: dove ha studiato, le sue credenziali... Insomma, informazioni di questo genere.»

Rogan aprì una copia del curriculum di Bolt e non riuscì a trattenere un fischio. «Incarichi universitari alla NYU e ad Harvard. Ha lavorato in ospedali come il New York-Presbyterian, il Columbia Medical Center, e lo Sloan-Kettering. Vincitore di tutte le borse di studio possibili e immaginabili, sia private sia dell'Istituto Nazionale per la Sanità. Una sfilza di premi. Due libri. Specializzazione al Mount Sinai. Specializzazione in medicina ad Harvard, laurea a Yale e... Ah, ma tu guarda! Ex allievo della Casden. Vi basta?»

Max martellava sulla tastiera. «Ottimo. Voglio soltanto dare l'impressione che abbiamo fatto i compiti. Qualcosa sui due farmaci che compongono l'Equivan?»

Rogan cercò Equilibrium e Flovan e tentò di pronunciarne gli ingredienti. Ellie rise dei suoi tentativi e, alla fine, il detective si arrese e girò lo schermo verso Max.

«Okay, e le aziende produttrici?»

Ellie riconobbe i nomi di due grandi case farmaceutiche. «Davvero il giudice ha bisogno di tutte queste informazioni?»

«Speriamo di no, mi preoccupa soltanto che possa decidere di coinvolgere le case farmaceutiche, nel qual caso ci ritroveremmo in stallo per mesi. E abbiamo solo quattro giorni per prendere una decisione su Casey.»

«Alle case farmaceutiche importerebbe così tanto delle cartelle di due pazienti?»

«Se sono loro a finanziare la ricerca potrebbero esserci in gioco interessi di privacy: informazioni commerciali riservate, segreti industriali e così via.»

Rogan stava ancora navigando in cerca di elementi con cui infarcire la richiesta di mandato. «Basandomi sulla storia di Bolt, direi che le probabilità di un finanziamento privato sono molto alte.» Spinse di nuovo il portatile verso Max ed Ellie.

«*Il patto di sangue fra gli psichiatri e le grandi case farmaceutiche.*»

Era un post pubblicato due anni prima sul sito Healthcare Is a Right, curarsi è un diritto. L'autore si proponeva di dimostrare, documenti alla mano, la relazione "incestuosa" fra le case farmaceutiche e il settore psichiatrico. L'American Psychiatric Association aveva iniziato a rifiutare i finanziamenti delle case farmaceutiche alle sue convention per evitare conflitti di interesse. La decisione faceva seguito a un'inchiesta del «New York Times» che aveva attirato l'attenzione dei lettori sul giro di benefit (e si parlava di milioni di dollari) destinato agli stessi medici responsabili delle prescrizioni che alimentava il business in espansione degli psicofarmaci.

In fondo all'articolo c'era una lista dei venti rappresentanti del "patto di sangue" tra psichiatria e "big pharma". Il numero dodici era il dottor David Bolt, grazie ai fondi di ricerca ricevuti dai produttori di farmaci negli ultimi anni.

«Questo è interessante» disse Rogan, tornando al corpo centrale dell'articolo. «Qui dice che sulla scia di questa recente polemica le maggiori scuole di medicina del paese hanno chiesto al personale docente di comunicare al consiglio di facoltà eventuali compensi provenienti da fonti private. Sembra che Bolt abbia rinunciato ai suoi incarichi alla NYU e ad Harvard per non doversi attenere al nuovo regolamento. A quanto pare le sue ricerche sono in gran parte sostenute dalle case farmaceutiche.»

Ellie non aveva mai avuto occasione di riflettere sui finanziamenti per la ricerca sui farmaci. «È ridicolo che siano le aziende a controllare la sperimentazione dei propri prodotti!»

«Oggigiorno chi altri sarebbe disposto a pagare?» commentò Max. «Un blog sostiene che David Bolt sia l'equivalente medico di un criminale di guerra, ma la rivista "New York" lo cita fra i migliori psichiatri infantili della città.»

«Però non è da trascurare il fatto che la ricerca di Bolt venga finanziata dalle aziende che producono Equilibrium e Flovan. Secondo Bolt l'Equivan metterebbe insieme il meglio dei due farmaci. Quindi è nell'interesse di entrambe le aziende che i test vadano bene. Più prescrizioni significano più farmaci venduti.»

Max era troppo impegnato a rileggere quanto aveva scritto per continuare a seguirla. «Per ora limitiamoci alle cartelle cliniche di Casey e Brandon, okay?»

Ellie era convinta che sotto ci fosse molto di più, ma sapeva anche che i quattro giorni che avevano ancora per prendere una decisione sulla colpevolezza di Casey Heinz erano troppo pochi per un'indagine sulle pratiche di ricerca di una casa farmaceutica. Per non parlare del fatto che i protocolli di ricerca e sperimentazione sui farmaci erano fuori dalla giurisdizione del NYPD. Si sarebbe dovuta accontentare di una telefonata alla Food and Drug Administration. Forse avrebbero riconosciuto anche loro i segnali di pericolo.

«La richiesta della cartella di Casey è abbastanza solida» osservò Max. «È sospettato dell'omicidio di Julia. Il suo avvocato ci ha detto che partecipa a questo studio e lo psichiatra ha affermato che il suo disturbo potrebbe essere rilevante sia in relazione all'omicidio sia al suo atteggiamento la sera dell'arresto.»

Rogan si fregò le mani, soddisfatto. «Bene, allora. Diamoci da fare.»

«Però avete richiesto anche la documentazione di Brandon Sykes.»

«Ed è tutto qui.» Ellie si allungò per raggiungere la tastiera e visualizzò i paragrafi rilevanti dell'affidavit. «Se Brandon ha mentito per entrare nello studio dobbiamo saperlo prima di chiamarlo a testimoniare. Se invece soffre davvero di psicosi maniaco-depressiva, stando a quanto dice Bolt, è più probabile che ci abbia mentito. È rilevante in entrambi i casi.»

«A parte il piccolo problema che la cartella clinica non ci dirà se ha mentito per poter partecipare allo studio. Non sappiamo nemmeno per certo che ne faccia parte. Il giudice potrebbe considerarlo un soggetto secondario in questa vicenda. E, in ogni caso, se ritenesse che siamo stati approssimativi su Sykes potrebbe negarci la richiesta anche dei documenti di Casey. Non possiamo permetterci di rischiare.»

«Che scelta abbiamo?»

«Per sicurezza possiamo prima provare a parlare con Brandon Sykes. Sentiamo cosa dice, così almeno non faccio la figura dell'idiota se il giudice mi chiede qualcosa.»

Ellie guardò l'orologio. «Sono già le sette. A meno che Bolt non prenda appuntamenti fino a mezzanotte, non possiamo sperare di parlare con Brandon, andare dal giudice e tornare allo studio medico entro stasera. E noi abbiamo solo quattro giorni a disposizione, non possiamo permetterci di perdere tempo.»

«Lo so, ma se vado da un giudice adesso e mi faccio sbattere fuori perché non mi sono preparato alla perfezione sarà anche peggio. Andate a cercare Brandon.»

40

Chung Mei Ri non era felice di rivederli.

Quando gli scagnozzi di Gundley avevano fatto irruzione da Promises con Casey per perquisire la sua stanza, la signora Ri si era dimostrata estremamente cortese con i detective, nonostante il dispiacere per il ragazzo. Aveva offerto loro un caffè, scherzando sul fatto che lavoravano addirittura più di lei. Aveva detto che si sbagliavano su Casey. Aveva insistito che si trattava di un malinteso e che presto si sarebbero accorti dell'errore. Aveva mantenuto lo stesso tono calmo e affettuoso durante tutto l'incontro.

Nel frattempo, però, qualcosa era cambiato al Promises Center for Young Adults. Stesso accogliente ingresso di vetro, stessa ragazza con la cresta fucsia alla reception, la stessa signora Ri che entra nella lobby con il suo tailleur severo e le calze nere. Ma la direttrice ora aveva smesso di sorridere. Il tono calmo era stato rimpiazzato da un sibilo furioso.

«Ho provato a dirvelo. Vi ho detto che Casey è innocente, che non farebbe male a una mosca.» Con la rabbia il suo accento diventava più evidente. «Vi ho raccontato anche di Brandon Sykes e di Vonda Smith. E non mi piace parlare male delle persone che cerchiamo di aiutare. Va contro tutti i nostri valori, ma l'ho fatto. L'ho fatto perché sapeste di non potervi fidare di loro.»

«Stiamo ancora indagando sul caso, signora Ri. L'ufficio del procuratore ha quattro giorni prima di convocare un gran giurì. Siamo qui per raccogliere informazioni su Brandon.»

«Grazie a voi non c'è nessun Brandon. E nemmeno Vonda, o Casey, se è per questo.»

«Non sono sicura di aver capito, signora Ri.»

«Come vi è saltato in mente di dargli tutti quei soldi?»

«Non gli abbiamo dato niente. I genitori di Julia Whitmire...»

Sventolò una mano, irritata. «Voi, i genitori. Non fa alcuna differenza, lavorate insieme. Cosa pensavate? L'ho mandata via perché causava troppi problemi. E oggi lui è tornato a prendersi tutte le sue cose.»

Ellie aveva serie difficoltà a seguirla. «Brandon se n'è andato perché Vonda non poteva restare?»

«Non so se è questo il motivo. Ma che idea è dare 10.000 dollari a due ragazzini drogati? Dice che non ha più bisogno di stare qui.»

«Chi lo ha detto? Brandon?»

«Sì, lui. Hanno incassato la cifra. Se ne sono andati, detective. Ha detto che erano diretti a ovest. Finché non si saranno iniettati tutti i loro soldi o saranno morti, immagino. Spero che siate contenti.»

41

Quattro giorni dopo...

«Siete d'accordo?»

«Sì» disse Rogan. «Senza dubbio. Assolutamente. *Ja. Oui.* Ci stiamo.»

Max aveva fatto la stessa domanda già tre volte. Ellie intervenne per impedire al suo partner di continuare la sua lista. «Quello che Rogan sta cercando di dirti, Max, è che nessun assistente procuratore distrettuale ha mai mostrato tanto interesse per la nostra opinione su un'accusa.»

«È anche la prima volta che due detective si danno tanto da fare per rilasciare un sospettato.»

«Questo caso è nato male» osservò Rogan. «Il casino con Casey è tutta colpa di quell'imbecille di Bill Whitmire. Meglio se inizi a boicottare i suoi dischi, ragazza.»

«Ne prendo nota» disse Ellie. Bill Whitmire aveva sabotato la loro indagine. Era stato lui a offrire una somma esorbitante come ricompensa. Era stato lui ad assumere Earl Gundley, l'investigatore privato la cui squadra aveva preso in custodia Casey. Non erano ancora sicuri di cosa avessero fatto Gundley e i suoi, ma l'investigatore aveva ammesso che forse il loro approccio era stato un tantino "aggressivo".

Era un disastro.

Il momento critico era arrivato quando Casey si era sottoposto volontariamente alla macchina della verità durante il fine settimana, e aveva superato il test.

Certo, i risultati non erano ammissibili come prova e diversi esperti avrebbero potuto sostenere che un bugiardo esperto non avrebbe avuto problemi a falsare gli esiti.

Ma poi, la sera prima, avevano incontrato i Whitmire per informarli sullo stato di avanzamento delle indagini. Max aveva spiegato che, nonostante pensasse di poter ottenere un'accusa di omicidio per Casey di fronte al gran giurì, una volta in aula non sarebbe mai riuscito a provare la sua colpevolezza al di là di ogni ragionevole dubbio. Casey aveva la chiave dell'appartamento, ma non c'erano prove che l'avesse usata quella notte. Vonda Smith e Brandon Sykes erano spariti e non c'era garanzia che tornassero prima del processo. E in più, come se non bastasse, non mancavano le false piste che un avvocato difensore esperto come Chad Folger avrebbe usato in tribunale: la possibilità (o probabilità, dal punto di vista di Ellie) che Julia si fosse effettivamente suicidata, il disturbo bipolare di Casey e il suo uso di un farmaco sperimentale, e infine le prove che Julia avesse minacciato la madre della sua amica, forse con un complice ancora non identificato che aveva continuato a molestare la donna. Senza contare, aggiunse Max, il risultato del poligrafo.

Quando Max aveva accennato alla macchina della verità, Ellie aveva intuito subito che qualcosa non andava.

Bill Whitmire sembrava enorme sul minuscolo divano del salotto di casa sua, i piedi incrociati alle caviglie come un bambino. Si era guardato le mani, piantate sulle ginocchia, e non aveva alzato lo sguardo finché, finalmente, non si era deciso a parlare. «Stavo solo cercando di essere utile.»

«Prego, signore?» aveva chiesto Max.

«Stavo solo cercando di essere utile.»

Ellie non era riuscita a tenere a freno la lingua. «Anche

quando ha pagato Vonda e Brandon prima del processo, nonostante le avessimo raccomandato di non farlo?»

Annuì. «Mi dispiace. Io... Dio santo, mi state dicendo che potrei essermi sbagliato?»

Ellie avrebbe voluto mettersi a urlare. Ancora non aveva capito del tutto il guaio che aveva fatto.

«Ero sicuro che fosse stata lei. La squinternata che pensa di essere un ragazzo e che ha le chiavi di casa nostra. Due suoi amici ci hanno detto che era stata lei. Ero sicuro. Cazzo, ho mandato tutto a puttane. Ho detto a Gundley di fare ciò che doveva. Le mie parole sono state: "Fai tutto quello che ritieni necessario".»

Ed Ellie aveva capito. «Lo ha pagato, vero?» chiese. «Non soltanto per la linea dedicata o perché trovasse Casey. Gli ha pagato un extra per chiudere la questione. Cosa si aspettava che sarebbe successo?»

A quel punto Whitmire era scoppiato a piangere. Si era scusato. Si era voltato verso sua moglie in cerca di un qualche segno di perdono, ma l'aveva trovata girata di spalle. Ellie aveva avuto un conato di vomito soltanto a guardarlo, così inconsapevole dei danni che aveva causato con il suo tentativo di farsi giustizia da solo.

«Quindi siete d'accordo?» chiese Max ancora una volta, con la penna a pochi centimetri da una richiesta di archiviazione.

Rogan si lasciò sfuggire un grido di frustrazione. «Firmala e basta, amico!»

Fu un momento di sollievo, anche se Ellie non si sentiva per niente soddisfatta. Per quanto fosse furiosa con Bill Whitmire, era ancora più arrabbiata con se stessa. L'istinto le diceva che Casey era innocente, ma si era lasciata trascinare. E lui era rimasto quasi sei giorni in custodia.

Ellie si era sbagliata su tante cose, fin dall'inizio del caso. Non era al suo meglio. Si muoveva in punta di piedi intorno a Rogan, persino intorno a Max. E adesso tutti loro stavano in parte rimediando, lasciando cadere le accuse contro un ragazzino innocente.

Ma Ellie sapeva una cosa. Anche se Julia non era stata uccisa, aveva lasciato il mondo avvolto in una coltre di segreti che non aveva avuto la possibilità di rivelare. Un altro errore che Ellie aveva intenzione di correggere.

42

Ellie era rannicchiata nello spazio fra il suo divano e il baule che fungeva da tavolino. Quando sentì la chiave girare nella toppa, stava stringendo una penna nella mano destra, mentre con la sinistra intingeva un pezzo di pane *naan* nella salsa *saag paneer*. D'istinto lasciò cadere la penna e controllò l'alito soffiando sulla mano. Lei e Max si erano scambiati le chiavi più o meno tre mesi prima, ma sentiva ancora un tuffo al cuore quando lui entrava all'improvviso.

«Cazzo... c'è puzza di pannolini sporchi e capelli bruciati. Come fai a mangiare quella roba?»

Era Jess, non Max. Meglio così. Stava cercando di tornare alla normalità con il fidanzato, ma forse era eccessivo impuzzolentire l'intero appartamento (per non parlare del suo alito) con il curry. Suo fratello, invece, non aveva alcun diritto di lamentarsi.

Ignorò Jess che fingeva di trattenere il fiato, tossire e infine svenire sul divano dietro di lei.

«Ti dispiace?» fece lui, allungandosi per prendere il telecomando.

«Se mi disturbasse il rumore della tv non ti avrei scelto come coinquilino.»

Con un certo fastidio, riconobbe le due donne che stavano litigando sullo schermo. Anche se non guardava mai i reality show, conosceva quelle celebrità di serie D, i prodotti che pubblicizzavano e i dettagli delle loro disastrate vite amorose.

«Sto iniziando a pensare di installare il parental control, giuro.»

«Quando ti si è intasato il lavandino del bagno ci hai messo un mese per chiamare l'idraulico. Se sei riuscita a lavarti i denti nella vasca per tutto quel tempo, non ti ci vedo a fare un simile sforzo solo per privarmi delle mie casalinghe.» Ellie notò che il volume era più basso del solito. «Come fai a lavorare e mangiare contemporaneamente?»

«Sto soltanto prendendo qualche appunto.»

«Ripeto: come fai a lavorare e mangiare contemporaneamente? Fai una pausa. Ti stai ammazzando di lavoro.»

«Non più. Abbiamo lasciato andare Casey Heinz oggi.»

«Ma sapevi dall'inizio che era innocente! A cosa serve farsi tanto il culo?»

«Perché quando c'è di mezzo un omicidio non si possono rilasciare i sospettati sulla base di una sensazione. Pensavo che a questo punto avremmo avuto delle risposte.»

«Le avrete.»

«Non va sempre così, Jess. Lo sappiamo entrambi.»

«Ma io conosco te. Ce la farai.»

Ellie prese in considerazione l'idea di obiettare, ma poi decise di ringraziarlo e rimettersi a ricapitolare il caso.

Iniziò disegnando le linee che collegavano i diversi soggetti coinvolti nella vicenda. Le minacce di Julia Whitmire a Adrienne. L'amica di Julia, Ramona. L'amico di Ramona, Casey, che partecipava allo studio del dottor David Bolt. L'Adderall, senza prescrizione, nella borsa di Julia. La Casden School, ex scuola di Bolt, dove l'abuso di farmaci dilagava incontrollato. Il testimone scomparso Brandon Sykes, anche lui coinvolto nello studio di David Bolt.

Il nome dello psichiatra stava venendo fuori un po' troppo spesso.

Spostò il piatto di lato per fare spazio al computer. Cercò il nome di David Bolt su Google. Scartò i primi risultati relativi a un avvocato del Sud, un grafico freelance e un giocatore di hockey, pensando a quanto sarebbe stato più facile se in America avessero avuto tutti cognomi complicatissimi come Rumpelstiltskin.

Per fortuna buona parte dei risultati riguardavano l'uomo a cui era interessata. Il sito del suo studio medico. Varie celebrazioni dei suoi successi professionali. L'annuncio della Fase I dei trial clinici per l'Equivan, con una menzione speciale alla decisione di Bolt di rinunciare ai suoi incarichi accademici pur di non rivelare gli introiti ricevuti dalle case farmaceutiche che finanziavano la sua ricerca. Blog dei consumatori che protestavano contro i finanziamenti alle sperimentazioni da parte delle due aziende produttrici dei farmaci che formavano l'Equivan.

Si fermò di colpo. Sullo schermo c'era la fotografia di una rimpatriata degli ex allievi di Yale a venticinque anni dalla laurea. Una foto di gruppo della confraternita Delta Kappa Epsilon. Nella seconda fila, il terzo uomo da sinistra era il dottor David Bolt. Accanto a lui c'era George Langston. Il padre di Ramona.

Si sforzò di controllarsi. Era dall'inizio del caso che reagiva alle emozioni invece che ai fatti. Si disse che poteva esserci una spiegazione razionale. Per un certo segmento della popolazione esistevano solo dieci scuole superiori accettabili, e non più di tre college. Non era poi tanto strano che Bolt fosse andato all'università con George Langston, o avesse frequentato il suo stesso liceo. La Casden e Yale erano un abbinamento sicuro come burro e marmellata.

Ma quei due non avevano soltanto frequentato la stessa università. Erano anche nella stessa confraternita. E nella foto Bolt teneva il braccio attorno al collo di George Langston. Dovevano essere molto amici.

Provò a cercare i due nomi insieme.

Un risultato. Un articolo del «New York Post» intitolato *Suicidio con azione legale.* Cliccò sul link. Era un breve articolo risalente a marzo.

I genitori del liceale di Manhattan morto di overdose il mese scorso hanno intentato un'azione legale contro la combinazione sperimentale di due importanti psicofarmaci. Nel testo della denuncia, depositata ieri presso il tribunale distrettuale del distretto meridionale di New York, Wallace e Janet Moffit sostengono che il farmaco Equivan – combinazione sperimentale dell'antidepressivo Flovan e dello stabilizzatore dell'umore Equilibrium – abbia indotto nel figlio la grave depressione che lo ha portato a togliersi la vita. Chiedono venti milioni di dollari di danni.

Jason Moffit, diciassette anni, studente della prestigiosa Casden School, è stato trovato morto a Central Park il 14 febbraio per un'overdose di eroina. Il legale del dottor David Bolt, acclamato ricercatore responsabile del trial clinico, si è rifiutato di rilasciare dichiarazioni, così come l'avvocato dei Moffit, George Langston.

43

«Mamma, cos'hai intenzione di fare?»

Il viso di sua madre era cereo.

«Non sono più soltanto parole. Sa chi sei, ti ha trovata. Ti sta seguendo. Dobbiamo fare qualcosa!»

Ramona sapeva che il mondo dei suoi amici non era reale. O meglio, lo era per loro, ma non per la gente normale. La gente normale non aveva chef, autisti e tutor privati per prepararsi agli esami. Le madri normali non avevano linee di credito da Tiffany. I padri normali non ridavano indietro le mogli ogni dieci anni per prendere un nuovo modello, come le macchine.

Ramona sapeva anche di non essere ricca come i suoi amici, i cui genitori erano a loro volta stati dei ragazzini ricchi. Per molti di loro il denaro si tramandava da generazioni. Lei non sarebbe nemmeno entrata alla Casden se non fosse stato per un amico di famiglia.

Eppure Ramona era sempre stata grata per quello che avevano. Era stata sua madre a insegnarglielo. Non veniva da una famiglia benestante, questo era certo. Era stata cresciuta a Chico, in California, da una mamma single che faceva la cameriera ed era morta prima che Ramona potesse conoscerla. Del nonno non si era mai saputo niente. Adrienne faceva la baby-sitter, quando si era messa con suo padre.

Forse riconoscere la sua fortuna la aiutava a restare ancorata al mondo reale. E, a ripensarci, era stato proprio quel desiderio di relazionarsi con un mondo diverso a legare lei e Julia.

Julia e Ramona, per molti versi, non si assomigliavano per niente. Julia era alta, magra e slanciata, con fluenti capelli biondi e una bellezza classica. Il genere di ragazza che attrae gli uomini. Aveva anche un lato oscuro con cui Ramona fortunatamente non si era trovata ad avere troppo a che fare.

Ma Julia era anche la sua unica amica di quell'ambiente che non disapprovava la sua tendenza ad attaccare bottone con gli sconosciuti. Erano entrambe convinte di poter imparare almeno una cosa interessante sulla natura umana da ogni persona che incontravano. Era così che avevano conosciuto Casey, Brandon e Vonda. Brandon reggeva un cartello che diceva che avevano bisogno di soldi per un biglietto del pullman per il Missouri.

«Davvero volete tornare in Missouri?» gli aveva chiesto Julia.

Brandon aveva dato per scontato che la ragazza lo stesse prendendo in giro e aveva reagito dandole della ricca viziata. Julia, invece, si era seduta sul marciapiede vicino a loro e aveva detto che era veramente interessata. Avevano trascorso le successive quattro ore nello stesso posto a parlare.

Ma niente di quello che Ramona aveva imparato nelle sue esplorazioni delle vite altrui l'aveva preparata a ciò che stava accadendo adesso nella sua, di vita. La piccola bolla di privilegio da cui era stata tanto desiderosa di fuggire si stava sgonfiando. Julia era morta. Brandon e Vonda avevano mentito su una persona di cui si dichiaravano amici. E ora temeva che potesse succedere qualcosa a sua madre.

«Mamma!» gridò. «Dobbiamo chiamare la polizia.»

Sua madre la fissava, ma era chiaro che la sua mente era altrove. Aveva le labbra socchiuse, ma non emetteva alcun suono. Ai suoi piedi, sulle travi di legno lucidate del pavimento, c'era il pacco che Nelson le aveva consegnato quando erano rientrate nella lobby, strapiene dopo una cena da Fishtail, uno dei loro posti preferiti per mangiare insieme quando George lavorava fino a tardi.

Il coperchio si era spostato quando sua madre lo aveva lasciato cadere a terra.

Vermi. Centinaia di vermi che strisciavano rapidi fuggendo dal loro alloggio temporaneo.

Parte Quarta

Adrienne

44

Il giorno dopo, Ellie e Rogan stazionavano sulla scalinata d'ingresso di un anonimo condominio su Anderson Avenue, a High Bridge.

«Uno studente della Casden viveva qui?» chiese Rogan.

Mentre Julia e Ramona erano cresciute in palazzi e attici nelle strade più eleganti di Manhattan, Jason Moffit abitava con i genitori in un appartamento ad affitto bloccato nel South Bronx, a pochi isolati dallo Yankee Stadium.

«Secondo l'articolo della rivista "New York Post" aveva una borsa di studio. La Casden ammette qualche studente con borsa di studio per garantire al suo interno una certa diversità di classe sociale o razza: non sia mai che li accusino di avere dei pregiudizi.»

«Sì, certo...»

«A quanto pare i risultati di Jason erano davvero eccezionali. Il ragazzo era un genio negli scacchi e i genitori tenevano particolarmente alla sua istruzione. Una vera storia di successo.»

«Ed è finito con un'overdose di eroina a Central Park?»

«Nel biglietto d'addio ha scritto che era stanco di cercare di stare al passo con i suoi compagni. Era passato dall'essere il più bravo della sua scuola precedente, nel Bronx, bullizzato dagli altri perché si portava i libri a casa, al ragazzino povero della Casden, preso in giro perché non poteva permettersi i ristoranti e i negozi che frequentavano i suoi compagni.»

«Cazzo» commentò Rogan mentre suonava il citofono dei Moffit. «La vita può essere uno schifo a volte.»

Janet Moffit li aspettava sulla soglia dell'appartamento. Quando entrarono, lo trovarono ingombro di scatole. Rettangoli scoloriti sulle pareti segnavano i punti in cui c'erano state fotografie e quadri.

«Attenzione a non inciampare. Per fortuna abbiamo ancora il divano, possiamo accomodarci. Avete detto che si tratta di Jason? Devo chiamare mio marito? È di turno al Madison Square Garden, è addetto alla sicurezza, ma può tornare se è importante.»

«Vogliamo solo rivolgerle qualche domanda» disse Ellie. «Ci risulta che siete in causa con David Bolt, è corretto?»

«Sì, o meglio, lo eravamo. Non avrei mai pensato che avremmo fatto causa a qualcuno in vita nostra.»

«Perché usa il passato?» chiese Rogan. Secondo l'articolo l'azione legale era stata depositata a marzo.

«Abbiamo patteggiato. Io e Wallace stiamo ancora cercando di capire cosa fare con i soldi. Il primo passo è andarsene da questa casa. Qui ci sono troppi ricordi di nostro figlio.»

Rogan annuì, comprensivo. «E dove andate?»

«Ci spostiamo a nord, a Mount Vernon. Per la prima volta avrò un giardino. Wallace è originario della Georgia, ma io e Jason abbiamo sempre vissuto in appartamento. È una bella prospettiva.»

Pur non essendo il più ricco dei sobborghi di New York, Mount Vernon era un bel passo avanti rispetto a High Bridge. Un addetto alla sicurezza non si sarebbe certo potuto permettere una casa con giardino in quella parte della città. Il patteggiamento doveva essere stato sostanzioso.

«Da quanto tempo suo figlio soffriva di un disturbo maniaco-depressivo?» chiese Ellie.

«No, vede, è questo il punto. Non ha mai avuto niente, almeno per quanto potevamo saperne noi. Attraversava momenti difficili, come tutti i ragazzi, ma non era "pazzo". Non aveva un "disturbo mentale".»

«Allora perché ha partecipato allo studio?»

Lei scosse la testa. Probabilmente non sarebbe mai riuscita a trovare una risposta a quella domanda.

«E il vostro avvocato era George Langston?»

«Sì, è venuto subito da noi. Ha detto che aveva difeso le case farmaceutiche per anni e sapeva come operavano. Si è offerto di rappresentarci *pro bono*. Sua figlia, Ramona, va anche lei alla Casden. Jason ci diceva sempre che era molto gentile con lui. È persino venuta fin qui una volta, per vedere il parco dove giocava a scacchi nel fine settimana.»

«Il signor Langston vi ha informati che conosce personalmente il medico contro cui avete sporto denuncia?»

«Sapevamo che nel suo vecchio studio legale aveva seguito delle cause che avevano a che fare con le case farmaceutiche. È questo che intende?»

«Pensiamo si tratti di un rapporto più personale, signora Moffit. Il suo avvocato è un caro amico del dottor Bolt, lo psichiatra a capo della ricerca.»

«Non ne so niente. Ci ha detto che conosceva a menadito il modo di operare delle case farmaceutiche, per questo motivo è riuscito a negoziare il patteggiamento in tempi tanto brevi.»

«Qual era la motivazione della denuncia? Che vostro figlio non avrebbe dovuto assumere il farmaco, dal momento che non soffriva di alcun disturbo?»

«Non sono sicura di poter dire altro, detective. La nostra azione legale ha una clausola di riservatezza. Sono stati molto chiari al riguardo.»

«Dev'essere stata una bella cifra, se vi state trasferendo. E si è concluso tutto così in fretta. Il vostro avvocato si è preso almeno il tempo di esaminare la documentazione?»

«Abbiamo pensato che fosse meglio accordarci subito, non volevamo che la cosa si trascinasse. Con tutto il rispetto, detective, credo di averne abbastanza di parlare di quello che è successo a mio figlio.»

Ellie si era ritrovata coinvolta in quel caso contro la sua volontà, ma adesso che si era appassionata non avrebbe mollato finché non avesse trovato una risposta a tutte le domande.

Mentre scendevano le scale, immaginò Janet Moffit al telefono con il suo fidato avvocato, George Langston. Avevano sprecato quasi una settimana per rilasciare Casey Heinz, e ora le sembrava di avere di nuovo i minuti contati.

45

Ramona entrò con Adrienne al commissariato del diciannovesimo distretto di polizia tenendole la mano. Si sentiva una bambina, ma quel gesto la rassicurava. Stava aiutando sua madre, e sua madre glielo stava permettendo, e anche questo era rassicurante.

Così come il fatto di rivolgersi alla polizia.

Avevano rimesso i vermi nel contenitore. Ramona reggeva la scatola, mentre Adrienne si era avvolta le mani in due buste di plastica e li aveva buttati dentro. Entrambe avevano tenuto il viso girato dall'altra parte per non vomitare.

Una volta finito, avevano chiuso la scatola con il nastro adesivo e l'avevano infilata in un sacco della spazzatura. Poi l'avevano piazzata in terrazzo. Quella mattina la madre di Ramona si era decisa a sporgere denuncia.

Ci volle un'eternità per spiegare i fatti all'agente. Il blog, le minacce e infine la schifosa, vecchia scatola di scarpe della Adidas piena di vermi che si nutrivano di un pezzo di pollo marcio.

Il poliziotto diede un'occhiata al contenuto della scatola e la richiuse di scatto. Aveva provato a far finta di niente, ma anche lui era rimasto disgustato. «Ha idea di chi potrebbe essere stato, signora?»

«No, abbiamo già parlato con il portiere. Ha trovato il pacco ieri pomeriggio, di fronte all'ingresso. Le telecamere di sicurezza non coprono quell'area. O almeno così mi ha detto. Potete far analizzare le impronte digitali?»

«Compileremo un rapporto e lo inoltreremo ai detective. Sarete contattate.»

Ramona si accorse che non le stava prendendo sul serio.

«Non vi servono anche le nostre impronte?»

«Come, scusi?»

«Se dovete analizzare le impronte sulla scatola vi serviranno le nostre per escluderle.» Alzò le mani. «L'abbiamo toccata entrambe.»

Uscirono dal commissariato pulendosi le dita sporche con dei fazzoletti di carta, ma Ramona non era ancora soddisfatta. «Forse dovremmo contattare i detective che lavorano al caso di Julia. Almeno loro hanno il quadro completo.»

«L'ultima volta che sono stati a casa nostra mi hanno praticamente accusata di essermi inventata tutto per farmi pubblicità.»

Ramona avrebbe voluto chiamarli, anche solo per informarli della faccenda, per urlargli in faccia una volta per tutte che si erano sbagliati su Julia e sui suoi messaggi minatori alla madre. Ma Adrienne aveva ragione. Non potevano fidarsi di loro: non ne avevano fatta una giusta. Casey aveva passato cinque giorni in carcere perché non avevano voluto ascoltare nessuno.

Forse era meglio ricominciare da zero con gli agenti del commissariato di quartiere.

«Sono preoccupata per te, mamma.»

«Lo so. Non volevo spaventarti o agitarmi, ma anch'io sono preoccupata. Però andrà tutto bene. Grazie per essere venuta con me. Mi mancherai questo fine settimana.»

«Sei sicura di non voler restare a casa?» Sua madre aveva pianificato di passare il weekend alla casa al mare per lavorare al libro, anche se Ramona era dell'idea che la recente escalation di minacce richiedesse un cambio di programma.

«Andrà tutto bene, tesoro, stare via per qualche giorno mi aiuterà a distrarmi. Perché non vieni anche tu?»

Dopo che Ramona aveva sentito i detective mettere sotto torchio sua madre a proposito del contratto per il libro, avevano finalmente parlato del blog. Adrienne le aveva raccontato le terribili esperienze della sua infanzia. Di come la madre non le avesse creduto, di come lei avesse cercato comunque di perdonarla, col tempo. Aveva iniziato a tenere un diario due anni prima. Aveva aperto il blog per svago, ma poi era stata contattata da un editore.

Adrienne avrebbe scritto quel libro, ma l'unica cosa che davvero le importava era proteggere Ramona. Le aveva assicurato che il libro sarebbe uscito sotto pseudonimo, nessuno avrebbe dovuto sapere che era lei l'autrice. Ma a Ramona non importava, l'aveva abbracciata e le aveva detto: «Se fosse per me, lo direi a tutti. Sono orgogliosa di te». E da allora era tornato tutto come sempre. Niente più segreti. Se lo erano promesso.

«Ho il gruppo di studio» riprese Ramona, cercando ancora una volta di convincere sua madre a restare in città. «Non puoi scrivere da casa?»

«Al mare lavoro meglio e, a dirla tutta, più mi allontano dalla scena del crimine dei vermi, meglio è. Dovremmo far sostituire le assi del pavimento. Fidati, starò bene.»

«Me lo prometti?»

«Promesso.»

Ma non era come promettersi che non ci sarebbero stati problemi tra di loro. Ora dovevano solo sperare che non succedesse nulla di grave, non c'era promessa che potesse proteggere Adrienne dai pericoli. Ma il fatto che le rispondesse così era rassicurante per Ramona, proprio come la sensazione della mano della madre fra le sue.

46

La lobby del Park Manhattan era il tipico ingresso di una torre uffici di Midtown. Una distesa di marmo e vetro. Opere d'arte alle pareti, sicuramente costose ma piuttosto generiche. Servizio di sicurezza d'ordinanza post 11 settembre al front desk, con annessa richiesta di identificazione e distribuzione di pass elettronici per gli ospiti prima di consentirne l'accesso.

Quel giorno, in quella torre uffici, una delle guardie di sicurezza aveva chiamato Margene Waters, ex segretaria di George Langston (ex partner dello studio legale Mascal & Blank), per invitarla a scendere e firmare la consegna di una composizione floreale.

«Come fai a essere sicuro che parlerà con noi?» domandò Ellie.

«Non lo sono» rispose Rogan. «Alla peggio riferirà a Langston che le abbiamo chiesto di lui e della causa farsa contro il suo caro amico Bolt. Ma sono pronto a scommettere che a quest'ora i Moffit avranno già vuotato il sacco. Per come la vedo io, le segretarie si comportano in due modi con i loro capi: leali fino alla morte con quelli che le trattano bene oppure, in caso contrario, impazienti che il karma faccia il suo corso. Hai visto George Langston. Ti sembra il tipo che regala fiori per il Secretary's Day?»

L'addetto alla sicurezza fece un cenno nella loro direzione quando la donna che cercavano uscì dall'ascensore. Margene era sulla quarantina e indossava un tubino blu scuro. Le scarpe decisamente vistose e dal tacco vertiginoso che portava erano l'unico indizio del fatto che non fosse una degli avvocati degli studi più esclusivi.

Quando le comunicarono di volerle fare delle domande su George Langston, la segretaria lanciò uno sguardo verso l'ascensore, come se stesse già pianificando la fuga.

«Se preferisce, possiamo andare da un'altra parte» propose Rogan, sfoderando il sorriso che Ellie gli aveva già visto fare centinaia di volte. «Scommetto che conosce un posto dove si beve un caffè migliore della polvere istantanea che avete di sopra. Offriamo noi. Abbiamo bisogno di qualche informazione.»

«Siete poliziotti veri, giusto?» Aveva un pesante accento di Long Island. «Non investigatori privati?»

«Perché un privato dovrebbe farle domande su George Langston?»

«Metà dei partner che sono stati cacciati l'anno scorso hanno querelato lo studio oppure sono stati querelati per aver soffiato dei clienti. Sembra di essere nel *Signore delle mosche.* E noi dello staff sappiamo che verremmo licenziati in meno di un minuto se dessimo una mano a qualcuno della vecchia guardia.»

Adesso Ellie sorrideva come Rogan. Finalmente avevano trovato una chiacchierona! Le assicurarono di non essere interessati ai meccanismi interni dello studio legale e si diressero verso uno Starbucks sulla 6th Avenue.

Margene non aspettò nemmeno che le rivolgessero la prima domanda. «Sto morendo di curiosità. Cosa mai possono volere due detective da George?» Enfatizzò il nome, come se già quello bastasse a rappresentare alla perfezione la medietà che contraddistingueva l'avvocato Langston.

Rogan si attenne al piano di procedere per gradi. «È

successo qualcosa di brutto a un'amica di sua figlia. Ci sarebbe di grande aiuto capire meglio le sue dinamiche famigliari, capisce, per dare un contesto alle informazioni.»

«Ma Ramona sta bene, vero? Non pensate che abbia fatto qualcosa?»

«Oh, no, niente del genere» la rassicurò il detective.

«Grazie al cielo. Quella ragazza è un tesoro! Difficile credere che sia figlia di George. Non che lui sia una cattiva persona, ma... Lo avete conosciuto?» Loro annuirono. «Bene, allora capite cosa voglio dire... Cioè, alcune delle altre ragazze trovano adorabili i suoi modi all'antica, ma io non so bene come facciano. È così, così... represso. Forse il fatto che Ramona sia tanto rilassata prova che la natura è più forte dell'educazione. Oppure è merito di Adrienne. George è più che fortunato ad averla trovata.»

Ellie iniziava a chiedersi come facesse quella donna ad andare avanti senza prendere fiato tra una frase e l'altra. «Penso che lei sappia che Ramona è stata adottata, e che Adrienne è arrivata in un secondo momento, giusto?»

«Certo, non è un segreto. Io non c'ero quando è successo, ma la gente parla. Erano in tanti a non riuscire a credere che George stesse sposando una donna come Adrienne. Voglio dire, è stupenda. E poi è così gentile. Quindi da un lato si chiedevano tutti come diamine avesse fatto a conquistarla. Dall'altro, però, si vedeva che George era sempre sulle spine quando in mezzo a colleghi e partner c'era anche Adrienne, come se temesse che potesse metterlo in imbarazzo. Non mi fraintendete, è molto innamorato di lei, ma è sensibile alle differenze di classe, sapete?»

Non lo sapevano, ma stavano per scoprirlo.

«Completi di lino in estate, papillon... Vuole essere preso sul serio. Ma...» abbassò la voce a poco più di un sussurro «sapete che suo padre era il custode di un condominio? Non viene da una famiglia ricca. Sarebbe una cosa di cui andare orgogliosi, e invece lui... Comunque, almeno ha sposato una donna meravigliosa e ha cresciuto una figlia fantastica. Deve pur voler dire qualcosa.»

«E che mi dice degli amici?» domandò Rogan.

«Stessa cosa. Sempre a puntare in alto sulla scala sociale. Se devo essere onesta, penso sia proprio questo il motivo per cui lo hanno cacciato. I partner non lo rispettavano e aveva difficoltà a procurarsi clienti. Non era bravo a relazionarsi con le persone. La gente si accorge subito se non sei a tuo agio.»

«Non è amico di un pezzo grosso della psichiatria?» buttò lì Ellie, come se non fosse sicura dell'informazione.

«Oh, David Bolt. Sì, si conoscono dai tempi delle medie. È stato David a raccontarmi – e sono certa che lui non abbia gradito – che il padre di George era il custode del condominio dove abitava la sua famiglia. È così che sono diventati amici. Anzi, quasi fratelli. Sapete come sono i maschi, creano legami più sinceri delle ragazze, anche se detesto ammetterlo. È grazie a David se Ramona è entrata in quella scuola esclusiva. Ho abbozzato io la lettera per la preside. Vi dirò di più, penso che George sarebbe stato cacciato prima se David non gli avesse passato del lavoro ogni tanto.»

«Che genere di lavoro?» chiese Rogan.

«Be', questioni legate alle case farmaceutiche, in genere contenziosi. A volte lavori per l'ufficio brevetti. Uno era legato al progetto del NYU Medical Center. Si trattava sempre di cose piuttosto piccole, mai abbastanza importanti da far brillare la carriera di George. E nemmeno sufficienti a salvarlo, a quanto pare.»

Margene aveva quasi finito il suo caffè shakerato con la panna e stava iniziando a guardare l'orologio. La ringraziarono per le informazioni e si annotarono il suo numero nel caso in cui avessero avuto bisogno di ricontattarla.

«Non volevo farlo sembrare una cattiva persona» disse.

«Quando comincio a parlare non la smetto più, e per qualche ragione è sempre più facile concentrarsi sui difetti, ma George in fondo è una brava persona.»

I suoi sensi di colpa post-gossip dovevano essere davvero forti, perché quando uscirono in strada tirò fuori il cellulare dalla borsa. «La settimana in cui mi ha chiesto di preparare la bozza della lettera di raccomandazione del dottor Bolt per Ramona ho dovuto lavorare dodici ore al giorno a causa di un accordo che era saltato. Per ringraziarmi mi ha regalato un weekend in campagna. Con tanto di autista all'andata e al ritorno. Avevano dei piccoli lama laggiù, carinissimi. Guardate, non sono dolci?»

Ellie guardò lo schermo soltanto per essere gentile. Margene, la ragazza di Long Island, pensava di aver passato il fine settimana con i lama. Gli animali nella foto, però, erano alpaca. E sullo sfondo si intravedeva un familiare fienile rosso con il tetto verde.

A giudicare dall'espressione di Rogan, anche lui aveva fatto due più due. Si ricordava bene di aver visto quegli animali sulla pagina Facebook di Julia Whitmire: aveva pensato addirittura che fossero capre.

«Oh, ma sono stupendi!» esclamò Ellie. «È stato molto carino da parte sua. È casa dei Langston?» Se la famiglia di Ramona aveva degli alpaca nella residenza di campagna, questo poteva spiegare senz'altro anche la presenza di Julia laggiù.

Margene annuì. «A Pound Ridge. Niente di eccezionale, sembra quasi una baita, ma hanno ettari di terreno, ed è molto rilassante.»

Il cellulare di Ellie squillò. Lasciò Rogan a occuparsi dei saluti e si allontanò di qualche passo per rispondere.

«Hatcher.»

«Sono il detective Sean Doherty, del diciannovesimo distretto. Ho ricevuto una denuncia per stalking, stavo per archiviarla come una causa persa, ma ho trovato il nome della vittima in un tuo verbale su un caso di omicidio di lunedì scorso. La tua vittima, Julia Whitmire, ha postato un commento minatorio sul blog di Adrienne Langston?»

«Esatto. Mi stai dicendo che Adrienne Langston si è finalmente decisa a sporgere denuncia per i commenti?»

«Non soltanto per quelli. Abbiamo una scatola piena di vermi, per gentile concessione della collezione personale di prove della signora Langston.»

«Come hai detto, scusa?»

«Il portiere le ha consegnato un pacco sorpresa: una vecchia scatola da scarpe piena di questi mostriciattoli schifosi. Un nostro collega ha avuto il coraggio di frugare dentro. A quanto pare c'era mezzo pollo marcio in fondo. Mi sa che fanno sul serio, che dici?»

«Se i vermi sono veri, possiamo presumere di sì, non credi?»

«Non prendertela, dai. Non ce n'è mica bisogno. Volevo solo chiederti se devo passarlo a te.»

Non prendertela... Ellie odiava quell'espressione. Lei se la prendeva eccome. Quando teneva a una cosa di certo non era una che mollava.

Forse però era stata un po' stronza. «Sì, se ci inoltri il rapporto, ce ne occupiamo noi. Potresti mandare la scatola degli orrori al laboratorio per farla analizzare?»

«Già fatto.»

«Che efficienza!»

«Vorrei dirti che è stato per senso del dovere, ma in realtà non vedevamo l'ora di liberarci di quello schifo.»

Chiuse la telefonata proprio mentre Rogan apriva le portiere della macchina. «Secondo te ho assolutamente bisogno di sapere perché parlavi di vermi?»

«Devo passare al laboratorio. E dobbiamo tornare da Adrienne Langston.»

47

«Grazie, Nelson. Fallo salire.»

Ramona lasciò aperta la porta dell'appartamento, come faceva sempre dopo aver detto al portiere di far salire i suoi ospiti, ma poi ci ripensò e uscì in corridoio. Era impaziente di vedere Casey.

In realtà lui le aveva telefonato la sera prima, appena uscito di prigione, ma Ramona doveva restare con sua madre. Insomma, c'era quell'orrenda scatola e doveva aiutarla a pulire e a fare i bagagli per Long Island. Quando poi aveva finito, il coprifuoco di Promises era già scattato, così Casey non era potuto uscire.

Quindi adesso il minimo che potesse fare era aspettarlo in corridoio.

La sua reazione quando lo vide uscire dall'ascensore la sorprese. Era stata la settimana peggiore della sua vita: Julia era morta, sua madre era perseguitata da uno stalker e la polizia aveva accusato Casey di aver fatto una cosa di cui non sarebbe mai stato capace. Eppure, non appena lo vide, si ritrovò a sorridere per la prima volta da quando aveva saputo della morte della sua amica. Un sorriso ampio, di quelli che attraversano tutto il corpo. Un attimo dopo lo stringeva forte. Non si erano mai abbracciati prima: a volte si erano salutati con una pacca sulla spalla o un bacio sulla guancia, ma nient'altro. Ora erano aggrappati l'uno all'altra.

Con sua sorpresa, si ritrovò con il viso affondato nell'incavo del suo collo. Si ritrasse di scatto. Sperava che lui non si fosse accorto del senso di colpa che aveva dettato il suo allontanamento.

«Sono così felice che si siano resi conto di aver sbagliato» disse, accompagnandolo nell'appartamento. «Va tutto bene da Promises?»

«Quando sei entusiasta di tornare in un rifugio per senzatetto è segno che hai avuto una settimana di merda.»

«Magari puoi restare qui da me per qualche giorno. Lo chiedo a mio padre...»

Casey agitò una mano. «Non l'ho detto per chiederti ospitalità. La signora Ri sta cercando di farmi concentrare sul lato positivo della vicenda. Il mio avvocato pensa che potrei sporgere denuncia contro il padre di Julia e quei tizi dell'agenzia investigativa, ma non so se voglio farlo. La madre di Julia si sente così in colpa che è arrivata a offrirmi di stare a casa loro. In più il gruppo di sostegno che mi ha trovato l'avvocato ha promesso di darmi una mano a trovare lavoro. Mi hanno chiesto se mi interessa frequentare l'università. Ho la sensazione di poterne tirar fuori qualcosa di positivo.»

«È fantastico, Casey.»

«Non parliamo della Columbia, ovviamente, ma del Community College. Ma non importa, vediamo come va. Non voglio farmi troppe illusioni.»

«Forse te lo meriti, con quello che hai passato.»

Notò il desiderio nei suoi occhi, e distolse lo sguardo. Altro senso di colpa.

Furono interrotti dal telefono. Era Nelson. I detective Hatcher e Rogan erano tornati per parlare con sua madre.

«Falli salire» disse. «A proposito della settimana scorsa, penso che un paio di detective ti debbano delle scuse.»

Ellie era abituata alle persone sfrontate, ne incontrava tante con il suo lavoro. Ma le ragazzine di sedici anni erano capaci di un tipo di sfrontatezza che le dava particolarmente sui nervi.

«Mia madre è andata al mare per lavorare al suo libro e per nascondersi dal malato di mente che la perseguita. Per fortuna c'è Casey con me... adesso che è finalmente uscito di prigione.»

Rogan, però, non era dell'umore di ascoltare la ramanzina. «Hai finito di sfogarti, Ramona?»

«No, non proprio. Vi avevo detto che Julia non avrebbe mai minacciato mia madre. Vi avevo detto che Casey era innocente. E vi avevo detto che ero preoccupata per mia madre. Vi ho praticamente implorati di ascoltarmi. Mi fidavo di voi.»

Ellie avrebbe voluto considerarla una mocciosa viziata, ma la sua ultima frase – quella secondo cui avevano tradito la sua fiducia – toccava un punto troppo sensibile per ignorarla. «È per questo che tua madre ha sporto denuncia al diciannovesimo distretto invece di rivolgersi a noi?»

Ramona si guardò i piedi. «Eravamo convinte che non ci avreste ascoltate. Abbiamo pensato che qualcun altro avrebbe preso sul serio la cosa.»

«La stiamo prendendo sul serio. Ho parlato con il laboratorio e ho chiesto di accelerare le analisi sulla scatola. Ma hai ragione: abbiamo commesso degli errori negli ultimi giorni.»

Ramona stava per ribattere, ma Casey intervenne. «No, va tutto bene, hanno fatto quello che ritenevano giusto date le circostanze.»

«Ma è soltanto perché...»

«Lo so. Fidatevi, non ho bisogno che qualcuno mi ricordi cosa mi hanno fatto quegli stronzi. Per non parlare di Brandon e Vonda.»

Ellie sbuffò quando sentì i nomi. «Se riusciamo a trovare quei due idioti li scorto in prigione personalmente.»

«Non penso che ritorneranno. Sapete che stamattina Brandon ha avuto la faccia tosta di mandarmi un'email di scuse?»

La notizia riaccese la furia di Ramona. «Certo. Perché si può rimediare al tentativo di incastrarti per omicidio chiedendo scusa. "*Ooops*, non l'ho fatto apposta."»

«Ha detto che è stata un'idea di Vonda, e non ho difficoltà a crederlo. In più Vonda lo ha piantato in asso in Idaho, se n'è andata nel cuore della notte con tutti i soldi dei Whitmire. Adesso Brandon è a Portland, senza un centesimo e senza la signora Ri.»

«E non pensi che riusciresti a convincerli a tornare, in qualche modo?» domandò Ramona.

Ellie scosse la testa. C'era già un mandato d'arresto per Brandon e Vonda, accusati di ostruzione alla giustizia e di truffa nei confronti dei Whitmire, ma probabilmente non sarebbero mai stati estradati a New York.

«Quell'idiota pensava di poter essere riaccettato da Promises» disse Casey. «Era tutto un: "Non ci credo che ho mandato tutto a puttane. Ce la stavamo cavando, fra Promises e gente come Julia e Ramona che ci dava una mano". Bel modo di dimostrare la sua gratitudine. Mettere la polizia su una falsa pista quando avrebbe dovuto scoprire cos'è successo davvero a Julia.»

«Ci dispiace per come sono andate le cose, ma ora siamo qui per aiutare tua madre, Ramona. È quello che vogliamo tutti, no?» Era evidente che la ragazza aveva ancora molta rabbia da sfogare, ma alla fine si trattenne e annuì. «Tua madre è sola a East Hampton?»

«Sì, mio padre lavora.»

«Va spesso laggiù da sola?»

Ramona si strinse nelle spalle. «Non spessissimo, ma mio

padre lavora tanto per avviare il nuovo studio, quindi capita che non ci sia. E negli ultimi tempi mia madre sembrava voler stare un po' per conto suo. Un atteggiamento che non capivo, finché non ho scoperto il blog e quanto è importante per lei. Aveva bisogno di spazio per poter scrivere.»

Ellie non ci aveva pensato quando aveva parlato degli alpaca con l'ex segretaria di George, ma i Langston non le sembravano abbastanza ricchi da possedere tutte quelle proprietà. «Per caso avete anche una casa di campagna?» domandò.

Ramona scosse la testa. «Soltanto l'appartamento e la casa al mare. Oh, sì, mio padre ha una fattoria a Pound Ridge, l'ha comprata con degli amici appena finita l'università, ma è più un investimento.»

«È un ranch a tutti gli effetti, quindi?»

«Sì, con il bestiame, ci sono addirittura gli alpaca. Hanno assunto dei tizi del posto per occuparsene, ma penso che a mio padre piaccia l'idea di essere un cowboy della domenica.»

«E tu? Hai anche tu la passione della campagna?»

«Per niente. Mia madre dice che quel posto non mi piacerebbe. Non c'è niente da fare e la casa non si può nemmeno definire tale, è più una caverna in cui mio padre e i suoi amici vanno a giocare a poker una volta all'anno e fingono di avere ancora vent'anni. Lei ci è andata un paio di volte, io mai.»

«*Mai*?»

Scosse la testa.

«Ti capisco.» La fotografia di Julia in campagna iniziava ad assumere un nuovo significato. Forse le segretarie del suo vecchio studio legale non erano le uniche ragazze affascinate da George. «Sembrano molto meglio gli Hamptons. Spero almeno che tuo padre sia riuscito a liberarsi per raggiungere tua madre la settimana scorsa.»

«Sì, almeno in parte. È tornato in città sabato sera.»

Rogan rivolse un rapido cenno di assenso a Ellie. Avevano quasi finito.

«Ti dispiace se uso il bagno, prima di andare?»

Mentre l'ascensore si chiudeva, Ellie studiò Casey e Ramona, fianco a fianco sulla soglia dell'appartamento. Casey aveva stampata in faccia la stessa espressione adorante che assumeva ogni volta che parlava di lei. E, al contrario di quanto le avevano detto Brandon e Vonda, Ramona non pareva ignara delle sue attenzioni. Si era avvicinata leggermente a lui e sembrava a proprio agio con la mano di Casey sulla schiena.

Ellie si ritrovò a desiderare, per loro, che il mondo fosse meno complicato.

«Te la sei presa comoda in bagno» disse Rogan. «C'è mancato poco che consigliassi a Casey di denunciare quel cazzone di Bill Whitmire. Il tutto mentre tu violavi il Quarto Emendamento, giusto?»

«Non gli ho mica fatto a pezzi la camera da letto.» Come la maggior parte dei poliziotti, conoscevano la sottile differenza fra una piccola scorciatoia e gli errori che portavano all'esclusione delle prove al processo. «Ho la lista di tutti i numeri delle chiamate in arrivo. Hanno l'identificatore di chiamata. Molto più veloce della compagnia telefonica.»

«Cazzo, spero che tu sappia leggere la tua calligrafia, perché a me sembrano soltanto scarabocchi.»

«Scusi, ho sbagliato numero.» Continuava a chiamare, mentre Rogan guidava. «Era Duane Reade.»

«Scusi, ho sbagliato numero.» Chiuse l'ennesima telefonata. «Il parrucchiere.»

«Scusi, ho sbagliato numero. Un posto che si chiama "Marea". Ti dice qualcosa?» Le suonava familiare.

«Ristorante» disse Rogan. «Central Park South.»

«Ah, giusto.» Probabilmente sarebbe bastata una sola cena lì per prosciugare il suo budget mensile per il cibo da asporto. «Sì, buongiorno. Mi scusi. Con chi parlo? Studio legale?... Sì, sa dirmi perché George Langston è stato contattato da questo numero lo scorso giovedì?»

Rogan scosse la testa. Sapevano entrambi che nessuna receptionist avrebbe risposto a quella domanda.

«D'accordo, bene, immagino che il signor Wiles si occupi di negligenza medica o farmaceutica?» Non sarebbe stato strano che un avvocato chiamasse Langston a casa.

«Esclusivamente? Va bene, grazie mille.»

Non era il farmacista, il parrucchiere né un ristorante alla moda.

E nemmeno un avversario in un caso in corso.

«Ufficio del signor Micheal Wiles, legale e avvocato.» Imitò lo squittio volutamente cortese della segretaria.

«Legale e avvocato? Non è ridondante?»

«Senza dubbio, ma il bello viene adesso. Questo specifico legale e avvocato si occupa solo e unicamente di diritto di famiglia. Sospettavamo che nella vita di Julia ci fosse un uomo adulto. Ora scopriamo che George Langston ha un ranch privato... e forse anche un avvocato divorzista.»

«Sono tutti d'accordo sull'audacia sessuale di Julia. Cos'ha detto il professore sul fatto di desiderare uomini fuori dalla propria portata? Cosa può esserci di più proibito del padre abbastanza attraente ma rigido e "inarrivabile" della tua migliore amica? Spiegherebbe perché Julia non avesse raccontato a Ramona della sua nuova fiamma.»

«E spiegherebbe anche le minacce sul sito di Adrienne.»

«Ma soltanto la prima, no? Magari George aveva scoperto il blog di Adrienne e ne aveva parlato a Julia. In un attacco di gelosia, la ragazza posta un commento di sera tardi per darle fastidio. Ma chi lo sta facendo adesso?»

«Forse il nostro George, tanto sensibile alle differenze di classe, non vuole che la moglie scriva del suo passato: la brutta storia famigliare, l'abuso, il fatto che prima di essere la signora Langston era una baby-sitter. Magari è stato lui a postare la prima minaccia, con il computer di Julia. In fondo non era negli Hamptons quel fine settimana.»

Rogan le puntò contro un indice. «*Aha!* Allora anche tu inizi a pensare che ci sia sotto qualcosa.»

«Forse» ammise lei a malincuore. Il suo cellulare cominciò a squillare. «Hatcher.»

Micheal Ma era di gran lunga l'analista più simpatico del NYPD. Gli piacevano i nickname e i biscotti. Tre anni prima, alla vigilia di Natale, Ellie aveva spacciato una dozzina di *nutter butter* della Bouchon Bakery come sua specialità fatta in casa per convincere Mike a restare fino a tardi a confrontare un'impronta trovata su una pistola rubata con quella del sospettato. Prima o poi avrebbe scoperto che anche lui poteva accaparrarsi dei *nutter butter* fatti in casa per venticinque dollari al Time Warner Center. Ma fino ad allora, Mike era il suo punto di riferimento quando aveva bisogno di risultati in tempi rapidi.

«Ho trovato sette impronte sulla scatola. Cinque appartenevano alla vostra vittima e a sua figlia. E due sono dello stesso tizio: James Grisco, nato il 13 marzo 1972.»

«Possibile che sia il portiere che ha consegnato loro la scatola?»

«In un condominio di Park Avenue? Non credo assumano ex detenuti come portieri.»

«Grisco ha una condanna sulla fedina?»

«Per omicidio, ha scontato quindici anni. È uscito un paio di mesi fa.»

«Fantastico. Altro?»

«Io mi fermo alle impronte. Scoprite voi cosa significa. E ricordati i biscotti!»

«Certo, aspettali al più tardi per questo venerdì.» Chiuse la telefonata prima che Mike potesse protestare per l'attesa. «Se George Langston è davvero "l'ammiratore segreto" di Adrienne, potremmo aver trovato il tizio che ci aiuterà a dimostrarlo.»

48

Robin Tucker aveva la testa rovesciata all'indietro e stringeva una fiala di collirio su un occhio. «LASIK del cazzo. È colpa tua se mi sono fatta convincere, Rogan. E tu, Hatcher? Lenti a contatto?»

«A volte, ma posso farne a meno.»

«Una ragione in più per odiarvi entrambi. Adesso, quante altre volte avete intenzione di cambiare idea su questo caso?»

«Non puoi prendertela con noi per l'intoppo di Casey Heinz» ribatté Hatcher. «È stata colpa di Bill Whitmire. Noi avevamo detto subito che quell'Earl Gundley avrebbe creato solo problemi.»

Ellie era stata attenta a non sottolinearlo, ma il gemito che sfuggì dalla gola di Tucker era segno che ricordava di aver preso le parti dell'ex poliziotto.

«Bello grosso come intoppo. Comunque, ripetetemi cosa abbiamo su George Langston.»

Ellie offrì a Tucker un rapido aggiornamento sulla proprietà di Langston a Pound Ridge e la fotografia di Julia. «Sospettavamo fin dall'inizio che Julia stesse frequentando una persona di cui non voleva dire niente ai suoi amici, nemmeno a Ramona. E sappiamo della sua passione per gli uomini "inarrivabili". E più grandi di lei. Se l'uomo in questione era George Langston, spiegherebbe perché Julia non ne ha mai parlato con Ramona, e anche i commenti minatori sul blog di Adrienne.»

«E cosa sapete di George Langston?»

«Un avvocato specializzato in diritto di famiglia ha telefonato a casa dei Langston due giorni fa, quindi magari George sta prendendo in considerazione l'idea di divorziare. Inoltre, aveva più di un motivo per uccidere Julia: forse lei minacciava di dire a Adrienne o a Ramona della loro relazione, oppure aveva scoperto che c'era qualcosa di losco nel suo rapporto professionale con i genitori di Jason Moffit. Pare proprio che si sia ingraziato i Moffit per convincerli a chiudere con un patteggiamento rapido la causa contro David Bolt. Lui li mette a tacere, e Bolt continua le sue attività come se nulla fosse.»

«Sono un sacco di se e di ma» osservò Tucker. «E perché Langston avrebbe accettato un caso con un così evidente conflitto di interessi? Rischia di essere radiato dall'albo.»

«Abbiamo visto fare di peggio per amicizia. O forse Bolt lo ha pagato. Da quando è stato estromesso dallo studio legale, i guadagni di Langston sono diminuiti, ma non ci sono stati cambiamenti nel suo stile di vita: Ramona frequenta la stessa scuola, vivono nello stesso appartamento di lusso, non hanno venduto la casa agli Hamptons.»

«Quindi vogliamo prenderci ancora un paio di giorni per seguire queste piste» continuò Rogan. «Non chiediamo altre persone, bastiamo noi due.»

«Voi due ci sapete proprio fare, non c'è che dire. "Bastiamo noi due. Ancora un paio di giorni." Ma vi ricordo che state facendo casino dall'inizio di questa storia. Adesso siete convinti di avere finalmente una teoria, ma intanto le minacce a Adrienne Langston non si sono fermate, anzi. Come rientra nel quadro questo James Grisco?»

«Non abbiamo moltissime informazioni sul suo conto, per ora» rispose Ellie. «Una condanna per guida in stato di ebbrezza e per furto nei primi anni Novanta, poi arrestato per omicidio nel 1995 a Buffalo, all'età di ventitré anni. La vittima era un quarantanovenne bianco, un agente assicurativo di nome Wayne Cooper. Secondo l'accusa, Grisco gli ha teso un agguato per pugnalarlo a morte. Ha accettato l'ergastolo per evitare la pena di morte, ma è uscito quattro mesi fa dopo aver testimoniato contro un compagno di cella.»

«Abbiamo contatti con il suo agente di sorveglianza?»

«L'ho chiamato questa mattina» disse Rogan. «Non aveva idea che Grisco fosse in città. A quanto ne sa lui, si sta comportando bene. Ha una nuova patente di guida secondo cui si trova a Buffalo, ma le sue impronte digitali sono su una scatola consegnata a mano qui a Manhattan. Se non troviamo di meglio, la nostra ipotesi è che Grisco si trovasse in zona e Langston gli abbia passato qualche centinaio di dollari per lasciare il pacco all'ingresso del condominio.»

«Sarebbe il caso di approfondire.»

Annuirono entrambi, non sapendo cos'altro fare. Le domande senza risposta erano ancora tante.

«E se George Langston è il vostro uomo, perché ha mandato una scatola piena di vermi a sua moglie?»

«Le minacce sono cominciate dopo che Adrienne ha firmato il contratto per il libro» spiegò Ellie. «Magari lei ha deciso di aprirsi e non avere più segreti, ma lui non è d'accordo. Dobbiamo sapere come la pensa sul blog e sul libro della moglie. Adesso che Adrienne è spaventata, speravamo che la paura potesse spingerla a confidarsi con noi.»

«Certo, e di sicuro vi apprezzerà ancora di più quando butterete lì con nonchalance l'idea che suo marito si scopasse la migliore amica della figlia.»

«Lo so» disse Ellie. «Dovremo leccarle il culo, ma se serve sono bravissima a cospargermi il capo di cenere.»

«Strano, non me n'ero accorta.» Tucker abbassò lo sguardo sui suoi appunti. «Va bene, allora, continuate. Parlate prima con Adrienne. Scopriamo cosa sa suo marito del libro e cosa ne pensa.»

«I Langston hanno una casa negli Hamptons e Adrienne è lì. Vuoi che rimandiamo a domani?» Erano già le quattro. Andare fin laggiù le sarebbe costato un bel po' in termini di straordinari.

«Avete finalmente un sospetto che abbia senso. Vi conosco, andate e portatemi un panino all'astice. Domani cercate di trovare questo James Grisco. Se può fornirvi il collegamento fra Langston e quella scatola potremmo essere arrivati quasi alla fine.»

49

All'uscita dall'ufficio di Tucker, Ellie trovò Max seduto alla sua scrivania.

«Ehi.»

«Hai un secondo?»

Non lo aveva, ma Rogan li aveva sentiti. «Devo passare a prendere una cosa nello spogliatoio, possiamo partire fra dieci minuti.»

Uscirono insieme sulla 21st Street, nessuno dei due parlò finché non superarono la folla di poliziotti in pausa sigaretta fuori dal commissariato.

«Scusa se sono piombato qui all'improvviso mentre stai lavorando.»

«Non devi scusarti.»

«Ho pensato tanto ieri sera.» Ellie aveva provato a telefonargli per chiedergli di andare da lei. E, per la prima volta da quando stavano insieme, lui non aveva risposto e non l'aveva richiamata. «Non ho chiuso occhio, sono esausto. Non posso permettermelo anche stanotte.»

«Okay, cosa posso fare?» La stava spaventando.

«Volevo vederti di persona. Dobbiamo parlare. Mi sono arrabbiato con te perché avevi preso una decisione che riguardava entrambi. E adesso ne ho presa una anch'io.»

Ellie sapeva che sarebbe andata così. Era passata una settimana da quando si erano resi conto di immaginare due futuri diversi. Avevano finto di aver superato la questione, ma non era vero. Come avrebbero potuto? «Per favore, Max, non farlo. Non così.»

«Ascoltami e basta, okay?»

Ellie sapeva che, in un modo o nell'altro, sarebbero arrivati a questo punto: era riuscita a rovinare tutto. La stava lasciando. Sul marciapiede. Al lavoro. Prima di un viaggio di tre ore in macchina con Rogan.

«Io... non possiamo parlarne dopo?»

«Non mi hai sentito? Sono andato via dall'ufficio perché non riuscivo a combinare niente. Devo dirtelo subito.»

«Per favore...» Odiava la sfumatura implorante nella sua voce.

«Ti amo, Ellie.»

«Ti amo anch'io.» A differenza che in quelle di Max, nelle sue parole non sembrava esserci nessun ma.

«Non possiamo continuare così. Un giorno alla volta. Senza sapere dove dormiremo o se ci vedremo. Stiamo insieme da un anno e non hai ancora conosciuto i miei genitori. E nemmeno i miei amici, se è per quello.»

«I tuoi amici li conosco!» protestò lei.

«No, hai incrociato per caso un paio dei miei colleghi. Non è lo stesso. Stiamo bene insieme, Ellie, e parliamo bene di lavoro, ma non è una vera relazione. Sono sicuro che abbiamo il potenziale per fare di più, ma devo sapere che la pensi allo stesso modo.»

«Ma certo che sì.» Era la relazione più vera che avesse mai avuto.

«Voglio che andiamo a vivere insieme.»

Non era quello che si aspettava. Le si formò un groppo in gola per il sollievo.

«Ma in pratica viviamo già insieme.»

Lui scosse la testa. «No, in pratica dormiamo insieme quasi tutte le notti. Non è lo stesso. Voglio che condividiamo una casa, una vita. Che facciamo piani tenendo conto dell'altro, che andiamo in vacanza insieme.»

«Perché, da quando abbiamo diritto alle ferie?»

Lui sorrise. «E va bene. Voglio pianificare una vacanza che magari riusciremo a fare fra cinque anni. Voglio far parte della tua vita, a prescindere da tutto.»

«Ne fai parte da sempre, da quando ci siamo conosciuti.»

«La smetti di obiettare a tutto quello che dico? Forse ho sbagliato a esprimermi, non volevo che suonasse come una lamentela. Il punto è che ti amo e voglio che stiamo insieme, e ci tenevo tanto a dirtelo che ho saltato una riunione per poter venire a parlarti subito. Dimmi di sì e me ne andrò via soddisfatto.»

Ovviamente, Ellie aveva già preso in considerazione l'ipotesi di vivere insieme e si era fatta tutte le domande del caso: dove avrebbero vissuto? Uno dei loro appartamenti era grande abbastanza per entrambi? E se ne avessero preso uno nuovo, come si sarebbero divisi le spese? Avrebbe lasciato davvero un appartamento ad affitto bloccato?

Max doveva aver fatto le stesse considerazioni. «Troveremo un posto più grande, mettendo insieme i nostri due affitti potremmo puntare addirittura a un trilocale. E nel frattempo Jess potrebbe subaffittare il tuo appartamento, per ogni eventualità.»

Jess era riuscito a mantenere il suo ultimo lavoro più a lungo di tutti i precedenti, ma non sarebbe stato in grado di sostenere un affitto. «Devo parlargli per capire se...»

«Sono dettagli, Ellie. Se mi dici di sì, troveremo il modo.» Le sistemò una ciocca di capelli dietro l'orecchio e le accarezzò una guancia. «Stai soltanto cercando un motivo per dire di no.»

Si sbagliava. Lei voleva dire di sì. Voleva disfare i bagagli con lui e litigare su come sistemare i mobili. Voleva svegliarsi con lui tutte le mattine.

E non era una questione di spazi, di metri quadrati o di affitto bloccato a impedirle di fare i salti di gioia per una proposta nella quale sperava da mesi. Per quanto lo volesse, infatti, Ellie non poteva ignorare la ragione per cui lui aveva scelto proprio quel momento per chiederglielo.

«Pensi davvero che sia il caso di andare a convivere, quando sappiamo che vogliamo cose diverse dalla vita? Renderà le cose ancora più difficili quando...»

«Non dobbiamo deciderlo adesso. Si tratta solo di fare un passo avanti, dopo penseremo alle altre scelte. Insieme.»

Vide Rogan di fronte al commissariato, che li osservava con le chiavi in mano.

«Ma te l'ho detto, quella scelta importante l'ho già fatta. Mi stai chiedendo di cambiare.»

Ellie aveva già convissuto con un fidanzato in passato. E anche lui avrebbe voluto cambiarla. Non capiva perché volesse continuare a lavorare in polizia quando lui le stava offrendo di mollare tutto per essere sua moglie. Quando si era resa conto di dover andare via, non aveva un posto in cui stare. Era rimasta bloccata con lui, a dormire nel suo letto, a convivere, finché una delle amiche di Jess non aveva deciso di trasferirsi a Nashville e lei si era accaparrata il suo appartamento.

«Lo so, tutte le persone con cui sei stata finora hanno cercato di cambiarti. Io non voglio che cambi, almeno non per me, per nessuno a parte che per te stessa. Ma ti conosco, Ellie. Forse non mi credi, ma penso che nel tempo le persone evolvano naturalmente, che esista la possibilità che qualche opinione che ora ritieni immutabile un giorno si modifichi. Non ti sto chiedendo di cambiare. Ti sto soltanto chiedendo di fare spazio a un minimo di flessibilità. Di non pensare che le tue decisioni di adesso siano già quelle definitive. Di fare spazio a un'altra persona nella tua vita. Di aprirti alla possibilità che la vita sia un continuo scoprirsi e conoscersi, e che lo si può fare meglio quando non si è da soli.»

Glielo aveva già sentito dire durante il litigio di qualche giorno prima. Non era tutto bianco o nero. Forse aveva ragione, ma in realtà alcune cose lo erano eccome.

Rogan era passato a fissarsi le scarpe, giocherellando con le chiavi.

«Cazzo, Rogan mi sta aspettando. Dobbiamo andare da Adrienne Langston.»

«Non puoi dirmi di sì, prima di andare?»

«Non così, Max. Voglio farlo, ma devo esserne sicura davvero. Voglio che sentiamo entrambi che è la cosa giusta.»

«Okay, capisco. L'offerta rimane valida.»

«Troveremo una soluzione, d'accordo? Te lo prometto. Ti amo.»

Lui annuì, ma non rispose. Ellie si voltò per allontanarsi.

50

Per la sesta volta nel giro di un paio di chilometri Rogan dovette accendere la sirena per superare l'ennesimo ingorgo sulla Highway 27.

«Perché i bianchi sono tanto fissati con gli Hamptons?»

Definire quel tratto una strada statale era a dir poco fuori luogo. Lo stato avrebbe fatto meglio a definirla Stallo 27. Parcheggio 27. Show di auto di lusso 27. Passato il Memorial Day, la strada a due corsie si trasformava in un ingorgo di Porsche, Range Rover e Jaguar piene di bella gente che passava il tempo fra spiaggia, ristoranti gourmet e boutique di alta moda. Almeno in quel periodo dell'anno le macchine si muovevano, anche se a passo d'uomo.

«E cosa ti prende?» aggiunse. «Stai guardando fuori dal finestrino dall'inizio del viaggio. C'entra qualcosa con la visita a sorpresa di Donovan?»

A Ellie non piaceva parlare di Max con altre persone. Lo considerava una specie di tradimento. «Staresti benissimo qui in mezzo, con la BMW nera e il tuo completo di Joseph Abboud.»

«Detesto infrangere i tuoi sogni, ma Abboud non è per niente elegante. Questo è di Valentino.»

«Visto che ho ragione? Adesso devi girare.» Avevano deciso di non avvertire Adrienne. A volte la reazione di un testimone diceva più delle sue parole. Erano curiosi di vedere la sua espressione quando le avessero mostrato la foto di Julia nella loro casa di campagna. E di guardarla negli occhi mentre le chiedevano spiegazioni sulla telefonata fatta a casa sua da un avvocato divorzista. Dovevano essere lì di persona per accennare alla possibilità che suo marito andasse a letto con una ragazza che aveva trattato come una figlia.

A volte il loro lavoro era spietato.

Ellie continuò a dare indicazioni. Superato il bivio per il Maidstone Golf Club, giunsero in vista del mare. «Eccoci, l'ultima svolta. Prendi a destra. La casa dei Langston dovrebbe essere sulla sinistra.»

Oltrepassata la curva, Ellie vide i lampeggianti di una volante della polizia di East Hampton alla sua destra. All'inizio notò soltanto quella vicino all'incrocio, ma poi intravide almeno un'altra macchina targata East Hampton, un veicolo della polizia della contea di Suffolk, altre due autocivetta e un'ambulanza.

«Tutto a posto, amico?» La domanda era in gergo, la battuta tipica che si scambiano due poliziotti quando si incontrano nel traffico. Chiamare un agente "amico" equivaleva a informarlo che eri in servizio.

Quanto a Ellie, era convinta che i distintivi funzionassero altrettanto bene, se non meglio, di quella specie di stupido linguaggio in codice, e mostrò il suo attraverso il finestrino.

«Un intruso in casa» spiegò l'agente. «Ha spaccato una finestra sul retro con un sasso per entrare. Per fortuna l'inquilina era armata. A quanto pare bastano sei proiettili per sottrarsi a un'aggressione.»

«Per caso è successo a casa Langston?» chiese Ellie, recitando l'indirizzo.

«Come fate a saperlo? La povera donna è terrorizzata, ma ha avuto fortuna. Sono arrivati i detective della Omicidi della contea di Suffolk. Hanno preso il portafoglio dell'intruso. Ho sentito che quel tizio si è fatto quindici anni in carcere per omicidio. Avrebbe dovuto scontare l'ergastolo, ma è uscito prima. Sarebbe dovuto restare dentro, direi. Buoni uno, cattivi zero.»

Ergastolo per omicidio. Quindici anni di carcere. Suonava fin troppo familiare. «E per caso il cattivo si chiama James Grisco?»

«Sì, è il nome che ho sentito. Dico sul serio, come fate a sapere tutto?»

Rogan era al terzo caffè da quando erano arrivati al commissariato di East Hampton. Erano le due del mattino, ed erano tutti esausti. «Mi sorprende che non abbia chiesto un avvocato.»

Stavano osservando Adrienne Langston e il detective della Omicidi della contea di Suffolk attraverso il doppio vetro della sala interrogatori.

«Non le serve un avvocato, se lo ha fatto per difendersi» disse Ellie.

«Così pensano i poveri. I ricchi di Manhattan chiamano un avvocato ogni volta che gli chiedi di mettere una firma su un foglio.»

«Per il momento mi sembra che se la stia cavando benissimo da sola.»

La detective Marci Howard non avrebbe voluto coinvolgerli, e aveva ampiamente sottolineato il fatto che la sparatoria fosse avvenuta su un territorio che ricadeva nella sua giurisdizione. Ma quando si era resa conto che conoscevano bene la situazione pregressa, aveva permesso loro di restare a guardare. Si era addirittura fermata in un paio di occasioni per dargli degli aggiornamenti con un accento che tradiva le sue origini del Sud.

Sembrava proprio che James Grisco fosse arrivato a casa

di Adrienne con il preciso intento di farle del male. Sul pavimento della cucina era stato rinvenuto un sasso circondato da vetri rotti. I segni di colluttazione partivano proprio da quella stanza, continuavano nella sala da pranzo e finivano nello studio adiacente, dove Adrienne aveva trovato la pistola nell'ultimo cassetto della scrivania del marito. Si trattava di una calibro .38 regolarmente registrata, che era stata acquistata quasi dodici anni addietro quando la prima moglie di George aveva notato una persona che osservava la loro casa. Adrienne aveva sparato tutti i sei proiettili del caricatore, riuscendo a colpire Grisco prima alla spalla e poi alla testa, uccidendolo. Accanto al corpo di lui avevano trovato un coltello.

Attraverso il vetro, osservarono Adrienne spiegare alla detective la lunga storia del blog, del contratto per il libro, i commenti minatori, il pacco consegnato al suo appartamento, e infine l'arrivo di Grisco a casa sua.

«Quando ha sporto denuncia alla polizia?»

«Subito dopo aver ricevuto il pacco a casa. Prima ero convinta che fossero soltanto parole e che la polizia non sarebbe riuscita a fare niente.»

«E non ha idea di chi sia questo James Grisco? O del motivo per cui avrebbe voluto farle del male?»

«No, non l'ho mai sentito nominare.»

Howard batté le nocche sulla superficie del tavolo. «Va bene. Sarà stanca, immagino. Cerchiamo di farla uscire di qui il prima possibile.»

Quando emerse dalla sala interrogatori, Howard sembrò sorpresa di trovarseli davanti. «Siete ancora qui?»

«Certo» rispose Ellie. «La sparatoria è vostra, lo sappiamo, ma pensiamo possa essere connessa al nostro caso di Manhattan.»

«La ragazzina?»

«Esatto.» Le avevano fornito una versione abbreviata dei

fatti, ma evidentemente aveva difficoltà a tenere insieme tutte le pedine.

«Be', sto per chiamare l'assistente procuratore distrettuale, ma penso che abbiamo quasi finito.»

«Tutto qui?»

«Cos'altro volete, detective? Ho un'onesta cittadina con una pistola legalmente registrata che si è difesa contro un condannato per omicidio le cui impronte digitali, a quanto mi dite, sono state ritrovate su una scatola piena di vermi consegnata nella sua residenza principale, e che ha guidato fin qui per fare irruzione nella sua seconda casa mentre era da sola. Ho menzionato il coltello ritrovato accanto al suo corpo, giusto? Vicino alla mano destra, per l'esattezza.»

«Pensiamo che Grisco potrebbe essere stato mandato qui dal marito di Adrienne, George Langston.»

«Lo so, me lo avete già detto. Ma voi state dietro a questa gente da quanto? Una settimana? E tutta la storia della ricerca medica, dello stalking online e della ragazzina nella vasca da bagno è successa a Manhattan. Per quanto ne so io, James Grisco è venuto qui una sola volta ed è rimasto ucciso. E sono sicura che le cose sono andate proprio come ha detto la vittima. Analizzeremo le impronte sul coltello. Chiederemo agli esperti di balistica di esaminare la traiettoria dei proiettili per escludere ogni sospetto. Ma, in mancanza di prove che dimostrino il contrario, ho intenzione di trattare la signora Langston come un'innocente cittadina. Anzi, arriverei addirittura a definirla un'eroina. È possibile che ci sia sotto dell'altro, naturalmente, ma a meno che non vogliate dirmi che pensate ci sia della premeditazione dietro la morte di Grisco, il resto lo considero parte della vostra indagine e non della mia.»

«Ma...»

Ellie sentì il braccio di Rogan sul suo braccio.

«Sembra che il suo partner abbia capito cosa intendo,

detective Hatcher. Altri miei colleghi si sarebbero messi di traverso, vi avrebbero chiesto di andarvene ore fa. Quello che sto cercando di dirvi io, invece, è che siete liberi di cercare risposte a eventuali domande su questioni legate agli eventi di New York. Non mi metterò in mezzo.»

Furono interrotti da una voce distorta dal panico.

«Mia moglie! Dov'è mia moglie? Adrienne Langston? Devo vederla! Adrienne? Adrienne? Sta bene?»

La detective Howard camminò verso la voce. «Lei è il signor Langston? D'accordo, signore, va tutto bene. Sua moglie è qui, penso sia ora di mandarla a casa.»

Lo accompagnò nella sala interrogatori e aprì la porta, ma George Langston non sembrò notare la loro presenza. Corse da sua moglie, cadde in ginocchio davanti a lei e la abbracciò.

Howard si fece sfuggire un sospiro. «Come dicevo, lascio a voi il resto. Se volete la mia opinione, però, quella non è la faccia di un uomo che ha spedito qui James Grisco a uccidere sua moglie. Sembra più spaventato di quanto lo era lei quindici minuti dopo aver ucciso un uomo.»

La coppia pareva incurante della loro presenza al di là del vetro. George abbracciava impacciato Adrienne, ancora seduta, riuscendo lo stesso a cullarla come una bambina. Fu la donna la prima a sciogliersi dall'abbraccio, asciugando le lacrime dal viso del marito.

La prima cosa che gli disse fu: «Dov'è Ramona?».

«Le ho detto che avevo un'emergenza al lavoro. Ho pensato che volessi parlargliene tu.» La strinse di nuovo.

Se George Langston si stava solo fingendo preoccupato per la moglie, era un attore straordinario.

«Guidate piano al ritorno» disse Howard. «A quest'ora per strada si incontrano soltanto ubriachi.»

Ellie guardò l'orologio. Erano quasi le tre del mattino e li aspettava un lungo viaggio per rientrare a casa.

«E ho un regalo per voi, prima che andiate via. Abbiamo trovato una Malibu del 2004 sulla strada fuori da casa dei Langston, intestata a Grisco, con lo stesso indirizzo indicato sulla sua patente. Niente di interessante, ma dentro c'erano le indicazioni per raggiungere la casa dei Langston. Se le seguite al contrario potete scoprire da dove è partito.»

«Voi non lo farete?»

Howard guardò Rogan. «Puoi spiegarle che vi sto facendo un favore?»

Rogan le rivolse un sorriso esausto. «E lo apprezza molto, fidati.»

«Va bene, fatemi sapere se scoprite qualcosa che può interessarmi. Altrimenti mi farò sentire io quando l'assistente procuratore distrettuale avrà preso una decisione. Non mi aspetto alcuna sorpresa, non ho problemi a dirlo.»

Il sole stava già sorgendo quando Ellie entrò finalmente in camera sua. Aveva sperato di trovare Max che la aspettava. E invece si addormentò da sola, dicendosi che forse avrebbe fatto meglio ad abituarsi alla solitudine.

51

Alle undici del mattino dopo stava ancora sbadigliando.

«Cazzo, Rogan, te lo giuro. Sto per scoppiare. Non ho altra scelta. Devo farlo.»

«È davvero disgustoso. Sei ufficialmente una persona disgustosa.»

«Cazzo, sei proprio ipocondriaco. Quando finisco mi lavo le mani.»

«Non vedo sapone. E anche se ci fosse non lo userei.»

Ellie fissò il water di James Grisco. Il bagno era lurido, come il resto dell'appartamento. Si sforzò di non pensare alle strisce gialle sotto i suoi piedi.

Rogan aveva ragione. C'era una saponetta sulla mensola della doccia, ma non aveva alcuna intenzione di toccarla. Trovò un flacone di sapone per i piatti in cucina e si asciugò le mani sui pantaloni.

«Te l'avevo detto che avrebbe fatto schifo.»

«Tu e il tuo Starbucks.» Era l'ultima volta che si scolava un caffè americano da mezzo litro prima di andare a perquisire l'alloggio di un ex detenuto.

Avevano trovato l'appartamento seguendo il suggerimento della detective Howard, ovvero ripercorrendo a ritroso le indicazioni che Grisco aveva lasciato nella macchina parcheggiata fuori casa dei Langston. Così erano approdati sulla 91st Avenue nel quartiere Jamaica, nel

Queens. Ellie era partita dal lato nord dell'isolato, Rogan da quello sud. La quarta porta a cui aveva bussato apparteneva a un simpatico vecchietto del tutto ignaro che il nuovo inquilino che abitava sopra il suo garage fosse appena uscito di prigione.

Il proprietario avrebbe dovuto seguire un corso sulla gestione degli immobili, perché confermò che Grisco aveva affittato quel sudicio appartamento ammobiliato soltanto sei giorni prima e che abitava da solo. Essendo morto l'unico inquilino, veniva meno la necessità di rispettare la privacy, il che significava che non avevano bisogno di un mandato per entrare.

I detective, però, scoprirono presto che c'era ben poco da perquisire. Il monolocale misurava meno di quaranta metri quadrati. Niente computer. Niente televisione. Solo pochi capi d'abbigliamento in una cassettiera traballante, senza dubbio tirati fuori dal borsone vuoto riposto nell'armadio. Latte, cereali e due pasti surgelati in cucina.

«Perché non può essere tutto più facile?» chiese Rogan, mentre frugava fra i vestiti di Grisco.

«Cosa pensavi di trovare? Una lettera indirizzata da Langston a Grisco con oggetto: "Uccidi mia moglie"?»

«Be', speravo in un computer, un cellulare... Insomma, il genere di cose in cui la gente nasconde i segreti. Aspetta, forse...» Infilò la mano in un calzino appallottolato e ne estrasse un rotolo di banconote. «Sono circa 1.500 dollari. Quanto ha detto che pagava Grisco per questo posto?»

«1.200 al mese.»

«A Buffalo per quel prezzo ti danno un palazzo...»

«Sarà anche una topaia, ma come faceva a pagarlo e avere altri 1.500 dollari in un calzino?» Non sapevano perché Grisco fosse a New York e adesso avevano scoperto che, pur senza apparenti fonti di guadagno, aveva pagato in contanti due mesi d'affitto più la cauzione.

Ellie si accovacciò accanto al letto, senza posare le mani sulla moquette sdrucita.

«Grisco era un lettore.» Usò una penna per far scivolare la pila da sotto il letto. «Due porno e un tascabile. Ehi, guarda, ha i tuoi stessi gusti.»

Riconobbe l'immagine sulla copertina del libro, il bagagliaio di una Lincoln Town Car: era una serie di romanzi di cui Rogan cantava spesso le lodi.

«I miei bisogni pornografici trovano ampia soddisfazione online, grazie.»

«Divertente. Mi riferivo a questo.» Sollevò il tascabile. Dalle pagine scivolarono due tessere. La prima era una MetroCard per autobus e metropolitana, l'altra era una di quelle carte per la raccolta punti che promettono un omaggio dopo un certo numero di acquisti. Ellie ne aveva il portafoglio pieno, ma non era mai riuscita a ottenere nemmeno uno sconto.

Stava per rimetterle a posto nel libro quando un dettaglio attirò la sua attenzione. Grisco stava per aggiudicarsi un caffè gratuito, ma non era stato il suo regolare consumo di caffeina a incuriosirla.

La tessera era di Monster Coffee. «Guarda qui.»

«Il caffè mostruoso! Non mi ci far ripensare, altrimenti mi sembra di risentire quel saporaccio...»

Ellie prese il cellulare e andò sul sito di Monster Coffee. Undici sedi sparse fra Brooklyn e Manhattan. Forse era soltanto una coincidenza, ma non le piaceva per niente che uno di quei locali si trovasse a due passi dalla Casden.

Si misero a perquisire i punti meno in vista dell'appartamento: cercarono sopra i pensili della cucina, dietro la cassettiera, dentro il serbatoio del water.

Rogan doveva essersi accorto della sua espressione delusa. «Forse troveremo qualcosa di interessante nell'estratto conto di George.» Avevano inviato una richiesta per gli estratti conto dei Langston, nella speranza di trovare dei pagamenti effettuati a favore di James Grisco.

Ma Ellie aveva la mente altrove. «Continuo a ripensare all'arrivo di Langston in commissariato la scorsa notte. Sembrava terrorizzato.»

«Se la nostra ipotesi è corretta, le cose non sono andate secondo i suoi piani e potrebbe aver avuto paura di farsi beccare.»

«No, sembrava sinceramente preoccupato per Adrienne. E ti dico di più. Stamattina ho cercato su Google l'avvocato che ha telefonato ai Langston. Abbiamo dato per scontato che George volesse divorziare, ma pare che Micheal Wiles, legale e avvocato, abbia settantotto anni e un ufficio sopra un ristorante cinese nel Lower East Side. Non mi sembra corrispondere al pescecane che un tizio come Langston ingaggerebbe per un divorzio. Ma c'è dell'altro: perché mandare Grisco negli Hamptons con un coltello se sapeva che Adrienne aveva accesso a una pistola carica?»

«Oh, cazzo... Non dirmi che stai cambiando di nuovo idea...»

«Abbiamo già commesso un errore con Casey. Non voglio saltare alle conclusioni sbagliate.»

«Ma con Casey non sei saltata a nessuna conclusione. Avevi detto fin dall'inizio che non ti quadrava. George, invece, è l'unico che ha un nesso con tutti.» Usò le dita per elencare i punti rilevanti. «Sappiamo che una delle minacce contro sua moglie è partita dal computer di Julia. Julia aveva un fidanzato misterioso. Julia era la migliore amica della figlia dei Langston. E non dimentichiamo la foto di lei nella loro casa di campagna.»

All'improvviso smise di parlare e alzò gli occhi verso il soffitto.

«Che c'è?» chiese Ellie, seguendo il suo sguardo. «Vedi qualcosa?»

«No, ma pensavo alla proprietà in campagna. Ramona ha detto che il padre l'ha comprata subito dopo l'università con un gruppo di amici. Quanto ci scommetti che uno degli amici in questione è David Bolt?»

«Ci siamo concentrati su George perché è sposato con Adrienne e conosceva Julia. Ma se Adrienne sa che George ha aiutato Bolt a insabbiare la denuncia dei Moffit...»

«Allora Bolt potrebbe avere più da perdere di George.»

«Cazzo... Ricordi che ieri Casey ha detto che Brandon gli ha scritto un'email di scuse? Stando a Brandon era stata Julia a metterlo in contatto con il dottor Bolt, il che significa che lei era al corrente della sperimentazione sul farmaco, anche se Ramona non ne sapeva niente. Forse Julia conosceva Bolt.»

«E potrebbe essere stato lui a passarle l'Adderall che le abbiamo trovato nella borsa.»

«Senza contare che David Bolt sembra molto più il tipo di Julia, rispetto a George...» aggiunse Ellie. «Ci ha provato con il suo professore di fisica, quindi posso immaginare l'attrazione per un personaggio come lui. Potrebbero essersi conosciuti dai Langston, o a un qualche evento per gli ex alunni della Casden.»

«Quindi torniamo al trial di Bolt. Proviamo a ipotizzare che Adrienne sappia cosa c'è sotto, questo fatto potrebbe avere conseguenze tanto gravi da convincerli non solo a spaventarla, ma a spedire Jimmy Grisco a ucciderla?»

«Dobbiamo parlare con Casey.»

52

Chung Mei Ri lasciò il suo ufficio per permettere ai detective di parlare in privato con Casey. Ellie sfoderò il suo sorriso più convincente mentre la direttrice le lanciava un'ultima occhiata di disapprovazione, prima di chiudere la porta.

«Mi dispiace» si scusò Casey. «Quella donna mi venera quasi.»

«Penso che tu possa risparmiarti il "quasi"» commentò Rogan. «Io, invece, ho il sospetto che stia *quasi* preparando un rituale vudù contro di noi.»

«Possiamo fare in fretta? Ramona mi ha detto cos'è successo ieri sera a Long Island. I suoi sono tornati in città, ma sta dando di matto.»

«Facciamo così» propose Ellie. «Parliamo un attimo e poi ti diamo un passaggio da lei quando abbiamo finito. Abbiamo delle domande sul trial clinico del dottor Bolt.»

«Okay.»

Ellie notò che nel rispondere Casey aveva abbassato lo sguardo, sembrava nervoso.

«Come vi dicevo, è stato Brandon a parlarmene. Immagino che lo abbia saputo da Julia. Andavamo dal dottor Bolt una volta alla settimana per la terapia. Parlavamo con lui e compilavamo dei questionari. Ma la cosa più importante erano i soldi. Cento dollari ogni volta.»

«Come faceva Julia a sapere dello studio?»

Lui scosse la testa. «Non lo so... Vedete, prima della mail in cui quello stronzo ha provato a scusarsi per aver cercato di incastrarmi, non sapevo nemmeno che fosse stata lei a dirlo a Brandon. Julia faceva di tutto per aiutare le persone. Probabilmente glielo aveva suggerito per permettergli di guadagnare qualcosa. Però non penso sapesse che ero coinvolto anch'io, perché non mi ha mai detto niente. Come mai me lo chiedete?»

«Mi dispiace, non possiamo rispondere. E tu non puoi dire a nessuno che te lo abbiamo chiesto. Nemmeno a Ramona, capito? Dobbiamo poterci fidare di te.»

«Okay.»

«Hai detto che Brandon ha finto i sintomi per poter entrare nello studio. Sai come?»

«Si è informato online sulla sindrome maniaco-depressiva e ha provato a rispondere al questionario come avrebbe fatto un bipolare. Alcune delle cose che diceva mi sembravano più da ossessivo-compulsivo. Mi sorprende che abbia funzionato.»

Ellie era d'accordo. Stando a Bolt, i test erano pensati per escludere gli imbroglioni.

«E tu? Hai bluffato anche tu?»

Casey fissò il tavolo a labbra strette, visibilmente nervoso.

«Va tutto bene, Casey, non vogliamo crearti altri problemi. Dobbiamo soltanto capire meglio come funziona questo studio.»

«Ho detto a Brandon che avrei finto, ma all'ultimo momento ho deciso di non farlo. È una vita che mi sento ripetere che non sono tutto a posto. Che il modo in cui penso a me stesso non solo non è normale, ma è anche segno di qualcosa che non va in me. E così mi è sembrata un'opportunità per avere una diagnosi seria da uno psichiatra stimato. Sono rimasto molto sorpreso quando mi ha detto che corrispondevo ai parametri per la ricerca.»

«Hai notato differenze tra come ti sentivi prima e durante la sperimentazione?»

«All'inizio sì, ma poi non so. Ho cominciato a sentirmi... svuotato. Vi faccio un esempio: quando è successo il casino con Gundley e i suoi scagnozzi, era come se non mi importasse di quello che succedeva. Come se fossi fuori dal mio corpo, o una cosa simile. Cioè, in un certo senso sto così da sempre, ma quella volta era diverso. Mi sentivo... *svuotato*, sì, è questa la parola migliore. Come se non provassi nulla.»

«Ed è stato un cambiamento recente?» Rogan si spiegò meglio. «Hai detto che all'inizio il farmaco ti aveva aiutato.»

«Non mi riferivo al farmaco. Penso fosse più la possibilità di parlare con uno psichiatra esperto. Mi avevano mandato da qualcuno in Iowa, ma non sono mai riuscito a spiegare come mi sentivo... come se dovessi essere diverso da come sono nato. Il dottor Bolt, durante le sedute, non mi giudicava. Stava davvero cercando di aiutarmi ad affrontare le mie insicurezze e il senso di colpa. Penso che abbia molti pazienti giovani. Parla tanto della necessità di distaccarsi dai propri genitori. Ti fa riflettere sulla loro personalità, sul modo in cui ti hanno trattato e poi però ti spinge ad andare oltre, lasciandoti tutto alle spalle.»

Il racconto si stava facendo un po' troppo sdolcinato per i gusti di Rogan. «Andiamo al punto: il farmaco potrebbe averti indotto una forma di depressione?»

«Sì, cioè, me lo sono chiesto. Non l'ho più preso, anche se ci avevano detto di non smettere di punto in bianco. Però mi manca parlare con il dottor Bolt, è un tipo sveglio. Vi racconto questa: mi ha fatto fare un esercizio in cui dovevo scrivere una lettera ai miei genitori. Ormai non ci parliamo più, ovviamente, perché mi hanno detto che sarei potuto tornare da loro solo quando fossi stato disposto a farmi chiamare di nuovo Cassandra. Ma il dottor Bolt mi ha chiesto di immaginare di potermi aprire con loro. Mi ha fatto scrivere tutto quello che non sono mai riuscito a dire. Anche se non imbuchi la lettera e nessuno la leggerà mai, mettere i sentimenti su carta è un processo terapeutico: la rabbia, la furia, scrivere, cancellare...»

Cos'aveva detto Adrienne del suo blog? Che scrivere dell'abuso era uno strumento per liberarsi dal passato?

Quando a Ellie era stato imposto un periodo di terapia obbligatoria dopo una sparatoria in cui era rimasta coinvolta, il terapeuta le aveva dato lo stesso consiglio. Nel suo caso, la lettera era indirizzata a una vittima dell'uomo a cui Ellie aveva sparato, uccidendolo. Se era una pratica tanto diffusa, allora la scrittura terapeutica in alcuni casi doveva funzionare sul serio e portare davvero a una sorta di "illuminazione". Lei, però, in tutta onestà, non era riuscita a coglierne il senso. Certo, aveva scritto e cancellato proprio come aveva detto Casey, aveva provato rabbia, indignazione, ma alla fine non era riuscita a voltare pagina. Continuava a svegliarsi nel cuore della notte pensando alla ragazza morta. E aveva ancora gli incubi su suo padre.

E poi Ellie si immaginò a scrivere la finta lettera. Il taccuino per appunti dello studio del terapista. Le parole cancellate.

E capì perché Julia Whitmire aveva scritto quella lettera ai suoi genitori.

«Pronto per una gita a nord?» chiese. Era ora di fare una chiacchierata con George Langston.

53

«Il ripostiglio?» Rogan si spostò dalla faccia il bastone di un mocio. «Non si poteva trovare di meglio?»

Non erano riusciti a contattare il fotografo che affittava l'ufficio di fianco allo studio del dottor David Bolt, quindi il ripostiglio per le scope era l'unico posto in cui potevano piazzarsi per controllare la situazione. Date le circostanze, non era il caso di allontanarsi.

«*Shhh.*» Ellie si premette le cuffie sulle orecchie. George Langston aveva impiegato un solo giorno a raggiungere un accordo con il procuratore distrettuale. Avrebbe vuotato il sacco sul suo ruolo nell'imbroglio della sperimentazione dell'Equivan. Avrebbe testimoniato contro Bolt. Avrebbe anche organizzato un incontro e indossato un microfono. In cambio aveva ottenuto la promessa di uno sconto di pena. L'accordo era pessimo, ma Langston era incazzato nero: quello che era iniziato come un favore a un amico si era trasformato in un agguato a sua moglie.

Ellie sentì la voce di George nelle cuffie. Rogan le fece un cenno per indicare che la sentiva anche lui.

«Sue è andata via?» chiese George. Sue era la segretaria.

«Sei stato tu a dire che non volevi essere visto da nessuno. Ho dovuto annullare tre appuntamenti. Che succede? Perché questo approccio alla James Bond?»

«Si tratta di mia moglie. Non dirmi che non hai ricevuto

i miei messaggi di ieri. Un uomo l'ha seguita a East Hampton e ha cercato di ucciderla.»

«E a quanto pare si è difesa molto bene. Adesso non dovresti essere con lei?»

«Questa storia ha superato il limite.»

«Cosa ti prende, George?»

«Dovevano essere soltanto commenti sul sito, un paio di frasi per spaventarla, per sistemare le cose... Era questo il nostro accordo!»

«E giuro che non c'è stato altro.»

Quella mattina George Langston era scoppiato a piangere durante l'interrogatorio. «Dovete capire,» aveva detto fra le lacrime «non sembrava tanto grave all'inizio.»

Era solo un'azione legale. Jason Moffit, un ragazzino un po' strano che partecipava a un trial clinico, si era suicidato. Si trattava di un caso, un'anomalia statistica. Ma Jason Moffit stava assumendo l'Equivan, e i genitori stavano sbandierando ai quattro venti che quel farmaco sperimentale aveva indotto il figlio a iniettarsi una dose di eroina sufficiente a fare fuori un gruppo di tossici.

Il genere di storia che avrebbe messo in allarme le case farmaceutiche e spinto i comitati di responsabilità a ordinare ai team di ricerca di ricominciare da capo. Ma ciò avrebbe portato a cercare un campione più ampio e a prolungare lo studio... Insomma, ci sarebbero stati anni di ritardo. Bolt giurava che interrompere la ricerca avrebbe danneggiato un'intera generazione di sperimentazione che aveva un disperato bisogno di migliori alternative terapeutiche.

Esaminando però la situazione da un punto di vista meno "altruistico", un'indagine avrebbe potuto distruggere la carriera di Bolt. Il fatto era che, per convincere i produttori di Equilibrium e Flovan a finanziare la ricerca, lo psichiatra aveva praticamente promesso un esito positivo della sperimentazione, arrivando a prevedere i probabili profitti una volta che i due farmaci fossero stati prescritti insieme. Era tutto nero su bianco. C'era persino una presentazione PowerPoint. Se qualcosa fosse andato storto, le case farmaceutiche lo avrebbero usato come capro espiatorio. Bolt rischiava di perdere tutto.

E così George aveva accettato di tirarlo fuori dai guai. Dopo che Bolt gli aveva assicurato che Moffit era stato un'anomalia statistica, l'amico lo aveva aiutato a chiudere in fretta la causa, con tanto di clausola di riservatezza e nessun rapporto alla Food and Drug Administration.

Nel frattempo, Bolt aveva fatto di tutto perché il suo studio producesse i risultati promessi. Aveva iniziato ad accettare ragazzi che non corrispondevano ai parametri del trial clinico. Nonostante il protocollo del "blind-test", li aveva inseriti tutti nel gruppo che assumeva attivamente il farmaco, esagerandone i sintomi clinici. Dal momento che nessuno di loro era mai stato bipolare, i "risultati" avrebbero mostrato un miglioramento nel corso dell'assunzione.

Ma poi Adrienne aveva letto il trafiletto sul «New York Post». I Moffit avevano parlato con un giornalista senza informarlo. «Come puoi fare causa a David?» gli aveva chiesto. «Lui e Anne sono due dei nostri migliori amici.» Ripercorrendo quella conversazione nella sala interrogatori, Langston era riuscito a stento a parlare. «Sono sempre stato un pessimo bugiardo. Ironico, non trovate? Così le ho raccontato tutto. Non volevo che pensasse che avrei tradito i nostri amici, quando stavo scendendo a compromessi impensabili soltanto per aiutare David.»

Adrienne, però, sembrava cambiata: stava sempre più spesso al computer e di notte si teneva a distanza da lui. Alla fine, anche George aveva sentito gli stessi pettegolezzi di Katherine Whitmire sul contratto per il libro di sua moglie. Aveva sbirciato fra le email di Adrienne e scoperto la verità: un anticipo da 600.000 dollari di cui lui non sapeva niente. Aveva sempre sospettato che sua moglie lo avesse sposato non tanto per amore, ma per motivi di status sociale e di sicurezza economica. Era per quello che lui aveva voluto sottoscrivere un contratto prematrimoniale e le aveva impedito di adottare legalmente Ramona: aveva bisogno di sapere che lei non poteva lasciarlo.

Adesso si era guadagnata un mezzo per essere autonoma, e lui la stava perdendo.

Se non ne avesse parlato con il suo migliore amico, forse, non sarebbe successo nulla. I contratti possono essere rescissi, le donne imparano a perdonare. Ma poi David Bolt aveva elaborato un piano: se Adrienne avesse avuto troppa paura di pubblicare il libro, sarebbe rimasta con George. E se fosse rimasta con lui, non ci sarebbero stati divorzi incasinati in cui lei avrebbe potuto minacciarli di confessare tutto ciò che sapeva sull'Equivan.

Come aveva detto George: «Dovevano essere soltanto commenti sul sito, un paio di frasi per spaventarla, per sistemare le cose». Ora, nell'ufficio di Bolt, George stava cercando di convincere l'uomo che era andato oltre le parole ad ammettere la vera entità del suo reato.

«Smettila di fingere, David. Avrei dovuto sapere che mentivi quando la polizia ha scoperto che uno dei post veniva dal computer di Julia. È un caso che la ragazzina che ti scopavi si sia uccisa?»

«Te l'ho detto: Julia era una ragazzina disturbata.»

«È cresciuta in casa mia, pensi che non lo sappia? Che razza di uomo, uno psichiatra per di più, va a letto con una minorenne tanto problematica?» Di colpo sentirono dei suoni soffocati nelle cuffie. «Cristo, David, che cazzo!»

«Hai un microfono? Mi stai registrando, stronzo?»

Ellie teneva una mano sulla maniglia del ripostiglio e l'altra sulla pistola. Era il momento.

«Non essere ridicolo.» La voce di George, di nuovo. «Che fai, vuoi perquisirmi?»

«Scusami, amico. È tutto un casino... Sono molto confuso. Non sarebbe dovuta andare così.»

Ellie lasciò andare la Glock. Avevano un attimo di tregua. Bolt probabilmente si era limitato a una ricerca sommaria, convinto che l'amico indossasse un microfono attaccato al petto con il nastro adesivo, come nei film. La trasmittente audio di Langston, invece, era nascosta in una penna a sfera, nel taschino della sua giacca.

«Non chiedermi di compatirti. Ho sbagliato io a chiederti di spaventare Adrienne, ma mandarle un sicario a casa... Hai cercato di fare del male alla madre di mia figlia! Non è accettabile. In nessun caso.»

«Te lo giuro su Nate e Charlotte, non c'entro niente con questa storia.»

«Oh, andiamo, David. Non ha senso. Vuoi davvero convincermi che il suicidio di Julia e un assassino che aggredisce mia moglie siano solo coincidenze?»

Ellie sentì il rumore di una porta scorrevole, seguito dal gemito di una sirena e da una serie di colpi di clacson che salivano dalla strada. Qualcuno aveva aperto la porta della terrazza. Bolt sospettava ancora che ci fosse un microfono? *Non uscite*, pregò. Il rumore del vento copriva quasi del tutto le loro parole. Lesse le labbra di Rogan, accanto a lei. *Idiota.*

Riuscirono a cogliere soltanto frammenti della conversazione. *Julia... non sapevo cosa... potevo dire... ricerca... da nessuna parte... i miei file... minacciato.*

Era difficile distinguere la voce di Bolt da quella di Langston. Avevano perso il filo della conversazione. Con il passare dei minuti, Ellie e Rogan iniziarono a scambiarsi occhiate preoccupate.

Le voci erano diventate più alte. *Bugiardo... famiglia... polizia... a galla.*

E poi riconobbero Langston gridare: «Cosa? No!». Udirono un fruscio: non era più il rumore del vento, ma il contatto fisico con il microfono, uno schianto.

Ellie si stava già muovendo, Rogan era dietro di lei. Gridò nella trasmittente: «Entrate nell'ufficio, adesso!».

Otto agenti emersero dalla rampa di scale in fondo al corridoio, ma lei e Rogan avevano molti metri di vantaggio.

La reception di Bolt era vuota. Corsero alla porta del suo ufficio e la trovarono chiusa a chiave.

Rogan la colpì forte con la spalla sinistra. Niente. Sentirono delle grida.

Un altro colpo ben assestato e la porta cedette.

Bolt aveva messo Langston con le spalle contro la ringhiera. George aveva soltanto un piede a contatto con il cemento, il peso cominciava a rovesciarsi all'indietro oltre il bordo della terrazza.

«David Bolt!» gridò Ellie. «Polizia!»

Lui staccò le mani dalla giacca dell'avvocato e le alzò. «Ehi, state calmi, stavamo solo litigando, tutto qui. Vero, George? Diglielo.»

Bolt guardò Langston con espressione speranzosa, convinto che il debole George Langston avrebbe fatto qualunque cosa pur di pararsi il culo.

«È finita, David. È finita.» Langston controllò che la penna fosse al suo posto nel taschino. «Avete sentito tutto?»

54

Quattro ore e diciassette minuti.

Alcuni sospettati vanno subito al punto. In genere si tratta di recidivi che, traditi troppe volte dal loro istinto, si decidono a seguire i consigli dei loro avvocati d'ufficio. Alcuni, invece, non imparano mai. Continuano a parlare nella speranza – prima o poi – di imbroccare la giusta versione dei fatti, la storia capace di rimandarli a casa.

Il dottor Bolt era durato quattro ore e diciassette minuti. Era riuscito a resistere alle domande di Ellie e Rogan dall'ammanettamento fino alla sala interrogatori del tredicesimo distretto. Aveva simulato confusione o sorpresa. Aveva avuto la forza di restare immobile, con espressione impassibile, mentre i minuti avanzavano inesorabili. Non aveva nemmeno fornito loro delle prove, a parte ammettere di aver incontrato Julia a un evento per gli ex allievi della Casden. Lei gli aveva chiesto aiuto per la bulimia e lui le aveva dato dei campioni di Adderall, ma solo dopo che la ragazza gli aveva assicurato che la sua prescrizione era appena scaduta e avrebbe poi continuato la terapia con il medico di base.

Passarono quattro ore e diciassette minuti prima che pronunciasse la formula magica: «Voglio un avvocato».

Avevano chiuso, allora e per sempre.

Max li stava aspettando in corridoio, fuori dalla sala interrogatori.

Un altro assistente procuratore distrettuale li avrebbe rimproverati per le loro tattiche di interrogatorio. È tipico dei procuratori. Se provi a ingraziarti il sospettato finisci per fallire. Adotta l'approccio aggressivo, dicono, e sarà come catturare le api con il miele. Ma Max notò l'espressione esausta di Ellie e pronunciò solo due parole: «Mi dispiace».

«Ci abbiamo provato. Strano, siamo riusciti a far crollare anche degli avvocati, ma a quanto pare studiare psicologia dà una marcia in più. Bolt non si smuove di un millimetro.»

«Ne so qualcosa, in certi casi si può solo avere tanta pazienza.»

Era una frecciatina, e a Ellie non era certo sfuggita. Erano passati due giorni da quando lui le aveva chiesto di andare a convivere, e lei non aveva ancora preso una decisione. Non aveva avuto tempo di pensare o parlare d'altro se non del caso.

Una volta seduti al tavolo con la squadra Omicidi, esaminarono le prove a carico del sospettato. Avevano solidi indizi del suo tentativo di coprire l'accusa dei Moffit sul ruolo dell'Equivan nell'overdose del figlio. Sul computer dello psichiatra avevano trovato la presentazione PowerPoint in cui Bolt assicurava alle case farmaceutiche che il trial clinico avrebbe avuto esito positivo. Ed era bastato un esame preliminare della documentazione relativa allo studio per confermare che aveva falsificato i risultati per rispettare il suo impegno.

Anche l'accusa di tentato omicidio sembrava fondata. Per quanto Bolt insistesse che l'incidente della terrazza non fosse stato altro che una scazzottata fra vecchi amici, Rogan ed Ellie potevano sostenere la testimonianza di Langston secondo cui, in realtà, il medico stesse cercando di buttarlo giù dal tredicesimo piano.

Quanto all'omicidio di Julia Whitmire, avevano ancora molto lavoro da fare.

«Forse il tecnico del suono può eliminare parte del rumore di sottofondo» disse Max.

La registrazione della conversazione diventava confusa a partire dal momento in cui erano usciti in terrazza. Stando a Langston, Bolt aveva confessato di aver ucciso Julia. La loro relazione era iniziata tre mesi prima. Bolt sosteneva che fosse stata Julia a fare il primo passo, ma non avrebbero scoperto com'erano andate davvero le cose. Non che questo importasse, data la sua età. Il fine settimana in cui Julia era morta, la moglie di Bolt aveva portato i figli a Londra per un weekend lungo, lasciando il marito libero di incontrare la sua nuova fiamma. Dopo un paio di Martini, leggermente brillo, lo psichiatra aveva usato il computer di Julia per postare la prima minaccia sul blog di Adrienne.

Non aveva sentito la ragazza rientrare in camera e, a quel punto, lei gli aveva chiesto cosa stesse facendo. Dalla sua espressione era chiaro che lo aveva visto scrivere il commento. Lui aveva provato a far passare la cosa come parte di una sua ricerca, ma Julia non se l'era bevuta.

Riascoltando la registrazione, Langston era riuscito a riempire i buchi. «Julia mi ha messo con le spalle al muro. Non sapevo cosa fare. Si era accorta che stavo mentendo. Era furiosa. Poi ha iniziato a chiedermi a proposito del trial. Così, dal nulla. Evidentemente aveva frugato tra i miei file. Mi ha minacciato di dire tutto. Di chiamare mia moglie. Non era premeditato. Ho reagito d'istinto.»

Ma poi Langston aveva chiesto a Bolt della lettera di addio. «Cos'hai fatto, David? Le hai detto che volevi farle provare un nuovo esercizio da sottoporre ai tuoi pazienti? Più premeditato di così!»

Era a quel punto che le voci si erano fatte più concitate. L'avvocato aveva dato del bugiardo a Bolt. Lo psichiatra aveva risposto che stava cercando di proteggere la sua famiglia. Langston aveva replicato che era coinvolta anche la polizia e la verità sarebbe venuta a galla. E poi Bolt aveva cercato di spingerlo giù dal terrazzo.

La testimonianza di Langston, sostenuta da una registrazione incompleta, non era sufficiente per un processo, ma quella storia era appena agli inizi. Come aveva detto Max, l'audio poteva essere ripulito. Avrebbero analizzato l'ufficio, la casa e la macchina di Bolt in cerca di prove fisiche che confermassero la sua relazione con Julia. Potevano usare l'abitudine della ragazza a impicciarsi degli affari altrui per suggerire che fosse al corrente degli illeciti di Bolt. Avrebbero confrontato le impronte digitali e il DNA di Bolt con i campioni rinvenuti nella camera di Julia.

Una settimana prima Ellie non ci avrebbe mai creduto, però Katherine Whitmire aveva ragione. Sua figlia era stata uccisa.

Non era un caso chiuso, ma alla fine avrebbero raccolto prove circostanziali sufficienti a dimostrare che il colpevole era Bolt.

Poi c'era l'aggressione di Grisco a Adrienne Langston. Se era stato Bolt ad assoldarlo, era colpevole di tentato omicidio. Avrebbero potuto persino ritenerlo responsabile della morte del sicario, dal momento che era stato lui a innescare la serie di eventi che l'aveva portato alla tomba.

Ma Bolt non aveva mai ammesso alcun legame con Grisco, nemmeno nella versione completa della conversazione fornita da George Langston.

Ellie fece ripartire il file audio, che nel frattempo aveva scaricato sul computer, e lo riascoltò per l'ennesima volta.

Prima la voce di Langston: «Ho sbagliato io a chiederti di spaventare Adrienne, ma mandarle un sicario a casa... Hai cercato di fare del male alla madre di mia figlia! Non è accettabile. In nessun caso».

Poi Bolt: «Te lo giuro su Nate e Charlotte, non c'entro niente con questa storia».

Schiacciò stop e ascoltò di nuovo.

«Puoi farlo andare altre cento volte, non cambierà niente» disse Rogan. «Non sarebbe la prima volta che un colpevole giura sulla vita dei figli.»

«Mi sentirei meglio se avessimo qualcosa, qualunque cosa, che colleghi Bolt a Grisco.»

Lo stagista noto come Doogie si stava avvicinando a loro con una pila di fascicoli tenuti insieme da una serie di elastici. «Sono appena arrivati per voi, detective. Dagli archivi del dipartimento di polizia di Buffalo.»

Ellie aveva richiesto i file del caso di omicidio di Grisco quando avevano ritrovato le sue impronte digitali sul pacco recapitato all'appartamento dei Langston. Liberò i fascicoli dagli elastici. Passò a Max quello che veniva dal tribunale e ripercorreva il caso di Grisco dalla citazione in giudizio in poi, mentre quelli della polizia li divise fra lei e Rogan.

«Cazzo, a Buffalo si usava ancora la triplice copia nel 1995?» esclamò Rogan. «Cosa cerchiamo esattamente?»

Ellie continuò a rovistare tra i fogli. «Più sappiamo di Grisco, meglio è. Perché è venuto a New York? Come ha conosciuto David Bolt? Forse è stato sottoposto a una terapia psichiatrica dopo il rilascio dal carcere.»

«Per ora niente» disse Max. «Pare che sia stato accusato di omicidio. Lo stato aveva richiesto la pena di morte, quando a New York era ancora possibile. Poi lui si è dichiarato colpevole e ha accettato l'ergastolo. Niente appello. Il fascicolo è piuttosto sottile. Qualunque cosa sia successa durante il patteggiamento non è documentata.»

«Per il momento vedo soltanto dichiarazioni dei redditi e test di laboratorio» commentò Rogan.

«Io ho il rapporto originale dell'incidente.» Ellie lo riassunse in poche parole. «Come ci ha detto l'agente di sorveglianza, la vittima era un agente assicurativo di quarantanove anni di nome Wayne Cooper. Pare che Grisco abbia aspettato Cooper fuori dal suo ufficio e lo abbia accoltellato nel parcheggio, due volte allo stomaco e una al petto. Nessun testimone, ma Grisco è scappato così in fretta da attirare l'attenzione di un altro automobilista che si è annotato il numero della sua targa.»

«Il fatto che gli abbia teso un agguato rende il reato premeditato» osservò Rogan.

Ellie passò a un altro fascicolo. «Perquisizione della macchina di Grisco, una Pontiac Firebird del 1988. Non sono state ritrovate armi, ma c'era del sangue sul sedile del passeggero.»

Rogan sollevò una pagina del suo fascicolo. «Ce l'ho. Il DNA corrispondeva a quello della vittima. Praticamente un caso chiuso.»

Ellie continuò a sfogliare i fascicoli in cerca di prove di una valutazione psichiatrica. Nel frattempo faceva i calcoli. Quasi diciassette anni trascorsi dall'omicidio, quindici anni dalla condanna. Allora David Bolt già esercitava e forse, all'inizio, accettava pazienti anche da fuori New York.

«Okay, ecco il rapporto del primo interrogatorio di Grisco. Gli hanno letto i suoi diritti. Iniziale smentita. Ha detto che il sangue sul sedile del passeggero era di un suo amico che si era tagliato cadendo sulla ghiaia a una festa. Hanno bluffato anche se i risultati del DNA non erano ancora arrivati. *Bla bla bla*. Okay, eccoci. Grisco ammette di essere stato nel parcheggio dell'ufficio. Dice di esserci andato per affrontare Cooper dopo aver scoperto che quel tizio aveva abusato della sua fidanzata. Cooper lo attacca per primo e Grisco sostiene di essersi soltanto difeso. Il detective non vede ferite che giustifichino le affermazioni di legittima difesa.»

«La fidanzata gli ha dato ragione?» chiese Rogan.

Ellie passò alla pagina successiva e lesse ad alta voce: «"Grisco si è rifiutato di fornire il nominativo della presunta vittima delle molestie di Cooper, cioè la sua fidanzata. Grisco sostiene di non volerla mettere nei guai. Quando gli ho fatto notare che non c'è niente di illegale nell'essere vittima di uno stupro, ha risposto che lei ha già sofferto abbastanza per le azioni di Cooper e che finalmente avrebbe potuto ricominciare da zero, adesso che era morto. Gli ho chiesto se è per questo (cioè per permettere alla sua fidanzata di ricominciare da zero) che ha ucciso Cooper. Al che ha risposto: 'Ti ho già detto che è stata legittima difesa'. Gli ho fatto notare che tutte le prove indicavano che Cooper fosse un uomo felicemente sposato, cioè senza propensioni alla violenza sessuale. E lui ha detto: 'Voglio parlare con un avvocato'. Fine dell'interrogatorio"».

«Cioè,» disse Rogan «Grisco si è reso conto che la sua storia suonava completamente inventata.»

Ellie andò avanti a sfogliare il rapporto, ma sembrava che l'indagine si fosse interrotta all'improvviso. Nessun riferimento al fatto che la polizia avesse cercato la presunta vittima di Cooper. Nessuna prova che Grisco fosse stato sottoposto a una valutazione psichiatrica. Niente che spiegasse perché, quindici anni dopo, quell'uomo fosse venuto a New York o come avesse conosciuto David Bolt.

Max fece scivolare il fascicolo di Grisco sul tavolo per passarglielo. «Accordo di patteggiamento per evitare la pena di morte. È uscito solo perché l'anno scorso ha visto il suo compagno di cella accoltellare un altro prigioniero e ha raggiunto un accordo con lo stato.»

«Continua a sembrarmi un'indagine troppo frettolosa» commentò Ellie. «Perché Grisco avrebbe ucciso Cooper, se non per vendicarsi? Sembra che la polizia di Buffalo non abbia trovato un motivo per cui Grisco se la sarebbe dovuta prendere con un agente assicurativo di mezza età. Al posto loro avremmo cercato un legame, avremmo almeno tentato di scoprire chi era la ragazza di Grisco. Magari non esisteva una ragazza: Grisco potrebbe aver mentito spudoratamente. In quel caso sarebbe un assassino a sangue freddo. Nessun argomento di difesa.»

Ellie aveva iniziato a risistemare i fascicoli quando notò una pila di lettere indirizzate a Rogan da parte di diverse banche. «Estratti conto al lavoro? Se Shannon e Danes lo scoprono non ti daranno pace.»

Lui cominciò ad aprire le buste mentre lei rimetteva a posto gli elastici. «Sono le risposte alla nostra richiesta sui documenti dei Langston.»

«Direi che non ne abbiamo più bisogno, peccato non avere ancora quelli di Bolt.»

Rogan stava scorrendo la pagina estratta da una busta. «Aspetta un attimo. Ti ricordi quando Grisco ha affittato quell'appartamento nel Queens?»

«Il proprietario ha detto che era andato a vederlo giovedì scorso e ha accettato di pagargli l'affitto il giorno stesso.» Era passata esattamente una settimana. Grisco poteva essere arrivato in città anche prima, ma per il momento l'appartamento nel Queens era l'unica sistemazione a cui erano risaliti.

«Tutto in contanti. Due mesi più cauzione, per un totale di 3.600 dollari. Qui vedo un prelievo di 9.900 dollari quella stessa mattina.»

Gli spostamenti di contanti uguali o superiori ai 10.000 dollari venivano segnalati al governo federale, il che rendeva ogni transazione di poco inferiore a quella cifra leggermente sospetta.

«È impossibile, Rogan. Abbiamo torchiato a dovere George Langston. Non può essere stato lui ad assoldare Grisco. Forse stanno pagando una cameriera in nero o una cosa del genere.»

«Ma il prelievo non è stato fatto sul conto cointestato dei Langston... È meglio se dai un'occhiata.»

Ellie guardò l'estratto conto, e poi lo passò a Max. Avevano visto tutti la stessa cosa ed erano arrivati alla stessa deduzione.

«Chiediamo i tabulati telefonici dei Langston» disse Ellie. «Cos'altro ci è sfuggito?»

Parte Quinta

James Grisco

55

Janet Martin guardava fuori dalla finestra del suo ufficio nel Flatiron, come se le risposte ai misteri della vita potessero trovarsi in Madison Square Park. «Spero che abbiate preso un abbaglio» disse la donna. «Adrienne potrebbe essere una star. La sopravvissuta che dà voce al trauma del passato, ma forte abbastanza da proteggersi nel presente. La sua storia aiuterebbe un sacco di donne.»

Ellie era già stata lì, ma solo per indagare sulle minacce apparse sul blog di Adrienne. Le scoperte delle ultime ventiquattro ore cambiavano tutto. Adesso avevano bisogno di sapere di più sui contenuti del libro.

Per fortuna, durante l'incontro con Ellie, Martin aveva accennato al fatto che la casa editrice conduceva un fact-checking su tutti i memoir. Ellie e Rogan erano tornati alla Waterton Press, nella speranza di scoprire il legame fra il blog di Adrienne Langston e gli eventi delle ultime due settimane.

«Sarebbe tutto molto più facile se ci dicesse quello che sa.»

Martin sorrise. «Se mi sbaglio su Adrienne avrò modo di scusarmi, ma non credo di volervi rendere la vita facile. I documenti sono tutti qui. Potete uscire da soli quando avete finito.»

Dal momento che il fact-checking della Waterton Press

era gestito dall'ufficio legale, l'editore aveva dichiarato che osservazioni, opinioni e resoconti erano coperti dal segreto professionale. Alla fine, Max era riuscito a convincere gli avvocati della Waterton a consegnare loro le informazioni raccolte nel corso del processo di controllo, ma Martin non avrebbe risposto alle loro domande né collaborato in alcun modo alla loro indagine.

Sapevano dell'ossessione di Adrienne per l'anonimato, ma speravano che i documenti dell'editore rivelassero la verità sul suo passato.

Se non fosse stato per quel libro, in effetti, forse non avrebbero mai sospettato che ci fosse un legame fra lei e James Grisco. Tuttavia, richiedendo ai più importanti istituti bancari informazioni sui conti intestati a George e Adrienne Langston, Ellie e Rogan ne avevano scoperto uno intestato a lei in cui era stato depositato l'anticipo della Waterton Press. Avevano visto il prelievo di 9.900 dollari effettuato la mattina stessa in cui Grisco aveva pagato in contanti l'affitto del suo appartamento nel Queens. Adesso avevano bisogno di prove più solide del legame che sospettavano.

Era stata soprattutto una voce dei tabulati telefonici dei Langston ad attirare la loro attenzione. Una chiamata in uscita a un'utenza con prefisso 716, che riconduceva all'area occidentale dello stato di New York. Risaliva al lunedì mattina precedente, ed era stata fatta cinque minuti dopo che David Bolt aveva postato la seconda minaccia sul blog di Adrienne. Il numero era quello della centrale amministrativa del Wende Correctional Facility, appena fuori Buffalo.

Martin aveva lasciato sul tavolo un plico, la cui etichetta recitava NUOVI INIZI DI ADRIENNE LANGSTON. Ellie lo aprì e ne estrasse una serie di fascicoli sottili.

Il primo conteneva le stampe degli articoli del blog. Li avevano già letti tutti. Avevano anche saputo da Janet Martin che alcuni dettagli personali del passato di Adrienne sarebbero stati alterati per proteggere il suo anonimato. Ma non sospettavano che Adrienne avesse già fatto altrettanto per tutta la sua vita adulta.

Nella sua versione dei fatti, era stata cresciuta da una madre single che si guadagnava da vivere facendo la cameriera a Chico, in California. Alla morte di sua madre aveva lasciato il liceo, si era trasferita a New York e aveva fatto la baby-sitter finché non era diventata la signora Langston. In questo modo la sua strada non avrebbe mai potuto incrociare quella di James Grisco.

Tuttavia, eliminando i dettagli geografici, emergeva una narrazione molto diversa. Nella storia che raccontava sul blog, da adolescente era stata stuprata da un uomo portato in casa dalla madre. Allora era una ragazzina che aveva affrontato l'abuso rivolgendosi, come scriveva lei stessa, a «un "altro" inaccettabile, al tempo stesso troppo vecchio e troppo immaturo».

E poi c'era la storia di James Grisco: un ventitreenne con la fedina penale sporcata da due reati minori – guida in stato d'ebbrezza e un piccolo furto –, che all'improvviso decide di tendere un agguato a un agente assicurativo fuori dal suo ufficio e accoltellarlo, sostenendo poi che avesse stuprato la sua ragazza.

La telefonata da casa di Adrienne Langston al Wende Correctional Facility metteva in relazione le due storie.

Il secondo fascicolo della Waterton Press era etichettato DOCUMENTI PUBBLICI. Una copia del certificato di matrimonio fra George Langston e Adrienne Mitchell. Un certificato di nascita, secondo cui Adrienne era figlia di Carmen Watson e Henry Mitchell, non sposati. Ellie sentì una scarica di adrenalina quando passò al documento successivo. Il certificato di matrimonio di Carmen Watson con il suo nuovo compagno nel 1988. «Ce l'abbiamo, Rogan, avevamo ragione.»

Cos'aveva detto Grisco quando la polizia di Buffalo gli

aveva chiesto della sua ragazza? Che con la morte di Cooper lei avrebbe potuto «ricominciare da zero».

Ellie prese l'ultimo fascicolo, etichettato ARTICOLI DI GIORNALE. Il titolo del primo recitava: *Uomo brutalmente assassinato fuori dagli uffici della Cheektowaga.* Descriveva nel dettaglio l'accoltellamento di Wayne Cooper. Un ventitreenne di nome James Grisco era in custodia. La polizia non aveva ancora stabilito un legame fra i due uomini né individuato un movente per l'omicidio. La vittima lasciava una moglie, Carmen, e una figlia di tredici anni, Adrienne.

Ellie passò l'articolo a Rogan. «Figliastra, in realtà» disse. «Non sembra che l'avesse adottata. Per questo sul certificato di matrimonio risulta come Adrienne Mitchell.»

«Ma pare che abbia usato il cognome di Cooper per buona parte dell'infanzia.» Rogan stava sfogliando un fascicolo di quelle che sembravano fotocopie delle pagine di annuari scolastici. Ellie guardò una delle fotografie.

Se la Adrienne adulta prediligeva uno stile naturale, con lunghe onde color caramello, la versione del 1995 sfoggiava un caschetto nero, eye-liner, cipria chiara e venti chili in più.

La ragazza nota un tempo come Adrienne Cooper era quasi irriconoscibile.

Quasi.

Janet Martin li aspettava all'ingresso. «Suppongo che abbiate trovato quello che stavate cercando.»

Ellie annuì. «Tutto sistemato.»

«Non siate tanto compiaciuti, detective. Esiste la giustizia legale e quella morale. Non è tutto bianco o nero.»

«È una cosa che mi sento ripetere spesso negli ultimi tempi» replicò Ellie.

«È questo il punto, detective. Nella maggior parte dei casi la gente lo dice per chiederle di vedere le sfumature di grigio. Ma alcune cose possono essere bianche *e* nere, giuste *e* sbagliate contemporaneamente.»

Il cellulare di Ellie iniziò a squillare. Non riconobbe il numero, ma il prefisso era 716.

«Hatcher.»

«Detective Hatcher, sono l'assistente procuratore distrettuale Jennifer Sugarman, dell'ufficio del procuratore della contea di Erie, Buffalo. Mi hanno informata che si sta occupando lei della sparatoria in cui è morto James Grisco.»

«Esatto.» Ellie ricordava di aver letto il nome di Sugarman nel fascicolo del tribunale di Grisco. Era il procuratore che aveva stretto l'accordo per il rilascio anticipato dell'uomo in cambio della testimonianza contro il suo compagno di cella.

«Mi scusi se la contatto soltanto adesso, ma ho appena incontrato l'agente di sorveglianza di Grisco a un'udienza e mi ha detto della sua morte.»

Ellie era impaziente di chiamare Max per dirgli che avevano ragione sul legame di Adrienne con Grisco. «Cosa posso fare per lei?»

«Due lunedì fa ho ricevuto una telefonata da una guardia carceraria di Wende. Pare che li avesse chiamati la figlia di Cooper, l'uomo che Grisco ha ucciso nel 1995, per sapere se Grisco aveva accesso a internet in prigione. Quando le hanno detto che era stato rilasciato non sembrava molto contenta. In ogni caso, visto che ero stata io a firmare per il rilascio di quell'uomo, l'ho convocato in ufficio per assicurarmi che avesse ben chiaro che le condizioni del suo rilascio gli proibivano ogni forma di contatto con i membri della famiglia della sua vittima.»

Quella conversazione doveva essere stata illuminante per Grisco, ma Ellie non aveva il tempo di spiegare tutta la storia all'avvocato.

«Sul momento non mi è parso che ci fosse nulla di cui preoccuparsi. Non so se sapete perché è venuto lì da voi...»

«Ci stiamo arrivando, ma la ringrazio della telefonata.»

«No, aspetti, il fatto è che... Quando la figlia di Cooper ha chiamato in prigione, hanno automaticamente scaricato i dati dell'identificatore di chiamata. E poi hanno passato il numero a me. Lo avevo annotato accanto al nome, Adrienne Cooper, su un foglio che avevo sulla scrivania quando Grisco è stato nel mio ufficio. Era un numero di Manhattan. Sono certa che sia una sciocchezza, ma ho pensato fosse meglio informarvi, per ogni evenienza.»

Ellie ascoltò l'assistente procuratore distrettuale snocciolare le cifre che Grisco aveva letto accanto al nome di Adrienne Cooper, ma non aveva bisogno di appuntarsele. Aveva studiato i tabulati telefonici dei Langston abbastanza a lungo da ricordarle a memoria.

56

Alzarono lo sguardo sul condominio dei Langston.

«Sei pronto?» Ellie controllò l'orologio. Erano quasi le tre del pomeriggio. Sperava che Ramona non tornasse subito a casa da scuola.

Avevano inventato una scusa per chiamare George in ufficio, per essere sicuri che fosse al lavoro. Adrienne era appena entrata nel palazzo da sola. La pistola registrata a nome di George Langston era al sicuro al commissariato di East Hampton.

«E va bene, vediamo come va.»

Adrienne li accolse sulla soglia dell'appartamento con un bicchiere d'acqua in mano, indossava dei leggings e si intravedeva un alone di sudore intorno al collo della maglietta rosa.

«Perdonate il mio aspetto, detective, ho appena finito di allenarmi.»

Li condusse in salotto. Dopo la prima visita, undici giorni prima, Ellie era convinta di aver capito tutto della famiglia Langston: George era l'avvocato severo e Adrienne la ventata d'aria fresca che aveva trasformato quell'appartamento in una casa.

Ma, a volte, le famiglie sono definite da più di una verità.

«Come sta?» chiese Ellie.

«Me la cavo. Questa mattina mi ha chiamata la detective Howard da Long Island. L'ufficio del procuratore ha ufficialmente chiuso l'indagine. Mi sveglio ancora nel cuore della notte dopo aver sognato il rumore di vetri infranti e il suono dei passi in casa, ma... Be', almeno dal punto di vista burocratico la questione è archiviata.»

Ellie scrutò il viso della donna in cerca di un indizio che tradisse il fatto che avesse pianificato l'evento fin nei minimi dettagli. Doveva aver rotto la finestra prima dell'arrivo di Grisco. Gli aveva dato l'indirizzo, forse addirittura spiegato come raggiungere la casa. Inscenato una lotta. E infine gli aveva piazzato un coltello in mano.

Ora invece sarebbero stati loro a incastrare lei. La telefonata della Howard era finalizzata a farla sentire al sicuro. L'espressione di Adrienne tradiva la sua certezza di averla fatta franca. Ellie sperava che l'arroganza l'avrebbe fatta continuare a parlare.

«Purtroppo non potremo dire lo stesso del caso di David Bolt per molti mesi ancora. L'ufficio del procuratore distrettuale suppone che vorrà andare a processo, quindi stiamo cercando di chiarire alcuni punti.»

«Bene, sono pronta ad aiutarvi come posso. Spero sappiate che vi avrei detto del coinvolgimento di George nella storia dell'azione legale, se avessi sospettato il collegamento con la morte di Julia. È già difficile accettare il fatto che fosse a conoscenza delle minacce sul mio blog. Era preoccupato per il nostro matrimonio, ma a me non era mai passato per la testa di lasciarlo. Al momento però, in tutta onestà, non so bene come faremo a superare la cosa.»

«A dire il vero è per questo che siamo qui, Adrienne, per le minacce sul suo blog. La prima, come sa, è stata postata dal computer di Julia, e crediamo che l'autore sia David Bolt. Poi ci sono stati diversi commenti pubblicati da computer pubblici fra l'Upper West Side e il Village. Adesso sappiamo che si tratta di luoghi nei pressi dell'ufficio e della residenza di Bolt. Ma l'ultimo messaggio, quello in cui si faceva il suo nome, è partito dal computer della lobby di un albergo a soli otto isolati da qui.»

«Con tutto il rispetto, detective, mi avete fatto la stessa domanda la settimana scorsa.»

«Ma non avevamo ancora questa.» Rogan fece scivolare sei fotografie, compresa una di Adrienne, sul tavolino. «Ieri pomeriggio le abbiamo mostrate ad alcuni impiegati dell'albergo. Vede le iniziali sotto la sua foto? Significa che il concierge l'ha identificata come la donna che ha visto nella lobby mercoledì scorso.»

Era un bluff, ma non era necessario che Adrienne lo sapesse.

«Dev'esserci un errore. Navigo sempre da casa, forse mi ha riconosciuta perché mi ha vista in giro nel quartiere.»

«Lo abbiamo pensato anche noi» disse Ellie. «Ma poi abbiamo indagato su James Grisco. Sappiamo tutto del suo passato, Adrienne. Non è cresciuta a Chico, ma a Buffalo, e James Grisco era il suo fidanzato. Ha ucciso lui il suo patrigno, Wayne Cooper, l'uomo che l'ha stuprata.»

Adrienne riuscì a mantenere la compostezza per diversi secondi, poi il suo labbro inferiore cominciò a tremare. Ellie si chiese se fosse per la paura di veder crollare il mondo che era riuscita a costruirsi con tanta pazienza o se davvero avesse un talento da attrice mancata.

«Io... all'inizio non l'avevo nemmeno riconosciuto. Sono rimasta sciocc ata quando la detective Howard mi ha rivelato il nome dell'uomo che aveva fatto irruzione in casa nostra. Forse avrei dovuto dirlo subito, non lo so, ma sono andata nel panico. Ho risposto che non lo conoscevo, l'ho fatto senza riflettere. David deve aver scoperto la verità sul mio passato, forse ha assoldato Grisco soltanto per aggiungere un livello ulteriore al folle piano che aveva messo in piedi.»

«Vede, è proprio questo il punto. Non siamo riusciti a individuare alcun legame fra David Bolt e James Grisco, e neppure un indizio sul fatto che sia stato lui a ingaggiarlo. Invece abbiamo trovato una sua telefonata alla prigione di Buffalo, subito dopo il secondo post di minacce di Bolt.» Ellie posò sul tavolo la pagina corrispondente dei tabulati telefonici dei Langston. «Ha pensato che Grisco fosse riuscito a rintracciarla. Credeva che fosse lui a molestarla, ma la verità è che è stata *lei stessa* a riportarlo nella sua vita. Se non fosse stato per quella telefonata, lui non l'avrebbe mai trovata.»

Rogan aggiunse un altro foglio alla pila sul tavolino. L'estratto conto con la transazione incriminata evidenziata in giallo. «Un prelievo di 9.900 dollari da un conto intestato a lei, poco prima che Grisco pagasse in contanti l'affitto di un appartamento nel Queens.»

«Non avevo mai avuto soldi miei. Ho prelevato un po' di contante per concedermi qualche spesa folle.»

«Quindi ha gli scontrini?»

«No, cioè... massaggi, trattamenti di bellezza. Si arriva in fretta a quella cifra.»

«Sembra decisamente troppo per dei trattamenti di bellezza...» obiettò Rogan. «Noi pensiamo che sia stato Grisco a scoprire quanto in fretta si arrivi a quella cifra. Lo hanno arrestato anni fa, quando era molto giovane. Probabilmente pensava che 10.000 dollari fossero un sacco di soldi, ma nel giro di poco era di nuovo al verde. È tornato a chiederle altro? I ricattatori di solito lo fanno.»

Quando aveva ricevuto il pacco pieno di vermi, Adrienne aveva insistito perché venissero analizzate le impronte digitali. La loro teoria era che, con i primi 10.000 dollari, Adrienne avesse ottenuto proprio quella scatola della Adidas, completa dei documenti incriminanti con cui Grisco la stava ricattando. Dopodiché aveva usato quello stesso contenitore per incastrarlo e gettare le basi per la sparatoria di East Hampton.

«Jimmy Grisco era un pazzo. Wayne disse che mi avrebbe uccisa se avessi detto a qualcuno cosa mi faceva. Ci volle tutto il mio coraggio per raccontarlo a mia madre e lei, invece di credermi, mi diede della stronza gelosa. A quel punto mi rivolsi a Jimmy soltanto perché non avevo nessun altro con cui parlare. Gli dissi che il mio patrigno mi stuprava. Non potevo sapere che se la sarebbe presa con lui. Lo ammetto, in parte ne ero felice, ma non c'entravo assolutamente niente.»

«Ma poi, dopo il rilascio, Grisco si è presentato a New York.»

«Capisco che può sembrare sospetto, perciò non ho detto niente, ma ve lo ripeto: è stato David Bolt. Con cosa avrebbe mai potuto ricattarmi Grisco? Mio marito sapeva del mio passato. Forse non era al corrente dei dettagli, ma sa tutte le cose importanti. Sono la ragazza senza diploma che è riuscita a sposare l'avvocato, e tutti i suoi amici lo sanno. A chi importa?»

«Forse Grisco pensava che importasse a lei, altrimenti perché sarebbe venuto a New York?»

«Sapete una cosa? Mi arrendo. Credete a quello che volete, ne ho abbastanza di provare a giustificarmi.»

Rogan si alzò dal divano e aspettò che Ellie facesse altrettanto. Sospettavano che Adrienne non sarebbe crollata tanto facilmente. Aveva mentito fin dall'inizio di quella vicenda, non avrebbe avuto problemi a inventare un altro paio di storie.

Ma sapevano anche che non se ne sarebbero andati a mani vuote. Lasciarono che li accompagnasse fuori dal salotto. Non appena Adrienne entrò nello stretto corridoio che conduceva alla porta d'ingresso, Ellie vide Rogan prendere le manette.

«Adrienne Langston, anche nota come Adrienne Mitchell e Adrienne Cooper, è in arresto per l'omicidio di James Grisco.» Mentre Ellie le elencava i suoi diritti, Rogan la ammanettò con le braccia dietro la schiena. Non era stato facile, ma Max era riuscito a convincere il procuratore distrettuale della contea di Suffolk che Adrienne aveva premeditato di uccidere Grisco a Manhattan, il che significava che la giurisdizione apparteneva all'ufficio del procuratore di New York. Il mandato di arresto era stato firmato quella mattina.

Ellie aveva quasi finito di elencarle i suoi diritti quando sentì le chiavi girare nella toppa.

Portò una mano alla pistola, ma si rilassò subito quando vide Ramona sulla soglia, con Casey in piedi alle sue spalle. Il viso della ragazza si illuminò per un attimo, poi capì le implicazioni della scena che aveva di fronte.

«Mamma? Che state facendo? Lasciatela andare!»

«Va tutto bene, Ramona, non preoccuparti. Va tutto bene. Chiama tuo padre.»

Ramona corse da sua madre e iniziò a strattonarle la maglietta mentre Ellie e Rogan la accompagnavano verso la porta. Ellie allungò una mano per mantenere le distanze, ma Ramona continuò a stringere l'orlo della maglia della madre. Casey fece del suo meglio per trattenerla, ma Ramona lo prese a pugni sul braccio.

Nonostante le manette, Adrienne provò a sporgersi verso la figliastra. «Per favore, vi prego, lasciate che la abbracci. Ha paura.»

Ramona continuava a gridare. «Mamma! Non portatela via!» Non riusciva a smettere.

Una volta entrata con Adrienne nell'ascensore, Ellie si girò a guardare l'ingresso dell'appartamento. Le braccia di Ramona erano tese verso la madre, ma adesso si lasciava trattenere da Casey.

Ellie non riusciva a credere di non aver notato prima la somiglianza. La ragazza nella fotografia dell'annuario di Buffalo del 1995 non assomigliava affatto a Adrienne Langston. Ormai erano passati quasi vent'anni, le persone cambiano. La donna accanto a lei nell'ascensore aveva perso tutto il tormento e l'imbarazzo dell'adolescente che era stata.

Eppure l'immagine avrebbe dovuto risultarle familiare. Non somigliava a Adrienne, ma era pressoché identica a Ramona.

Quando avevano scoperto la telefonata all'avvocato esperto di diritto di famiglia, avevano dato per scontato che George stesse pensando al divorzio. Soltanto in quel momento Ellie capì che il cliente non era George, ma Adrienne. Il rapporto con quel legale non era cominciato da poco, risaliva a sedici anni prima. E non erano in contatto per una causa di divorzio, ma per un'adozione.

Una volta assicurata Adrienne sul sedile posteriore, Ellie si allacciò la cintura e fece una telefonata che voleva che la donna sentisse.

«Mike, sono Ellie Hatcher. Hai visto i biscotti che ti ho lasciato?» Aveva mantenuto la promessa dei *nutter butter*, non voleva perdere il suo contatto più importante al laboratorio.

«Ho fatto fuori l'ultimo un'ora fa.»

«Te ne preparo un'altra infornata se mi fai un favore. Tra le prove raccolte per il caso di Julia Whitmire dovrebbe esserci un campione di DNA di una sua amica, Ramona Langston.»

Nello specchietto retrovisore, Ellie vedeva Adrienne guardare Park Avenue scorrere fuori dal finestrino, facendo finta di niente.

«Con cosa devo confrontarlo?»

«Ti faccio avere un campione nel giro di un'ora. Ho bisogno di sapere se ho trovato la madre biologica della ragazza.»

Ed Ellie la vide. Una crepa nella facciata sicura di Adrienne Langston. Una movenza impercettibile, a metà strada fra un battito di ciglia e un sussulto. Ma tanto bastava.

Sapeva perché James Grisco andava a prendere il caffè di fronte al liceo di Ramona. E sapeva perché Adrienne lo aveva ucciso.

Parte Sesta

Quattro settimane dopo

57

«Fuori uno, ci resta l'altra.»

Max fece tintinnare il calice di vino rosso contro il Johnnie Walker Black di Ellie. David Bolt si era appena dichiarato colpevole dell'omicidio di Julia Whitmire. La sentenza sarebbe arrivata la settimana successiva, ma l'accordo prevedeva non meno di trent'anni di carcere.

Alla fine, era stata la sua apparentemente geniale idea della lettera di addio a incastrarlo. Julia aveva calcato così forte con la penna sul foglio da lasciare il segno sulla pagina successiva del taccuino, e loro avevano ritrovato quella pagina, riempita di appunti di Bolt, fra i documenti sul trial clinico per l'Equivan.

Stavano festeggiando la conclusione almeno di parte dell'indagine nel locale in cui si incontravano dopo il lavoro. Erano solo le cinque e mezza di martedì, il che significava poter parlare senza essere costretti a urlare.

«E alla nostra casa» disse Ellie, aggiungendo un secondo brindisi.

«Intendi la nostra *quasi* casa.» Max aveva firmato un contratto di affitto per un bilocale a due passi da Union Square Park.

Lei non era pronta ad abbandonare del tutto il suo appartamento ad affitto bloccato, ma Jess sembrava convinto di riuscire a coprire l'affitto da solo, per il momento. Ellie avrebbe cominciato a spostare le sue cose a casa di Max la settimana successiva.

A casa *loro*. Si sarebbe dovuta abituare a chiamarla così.

In teoria la decisione sarebbe dovuta essere un momento felice della relazione, come i racconti delle proposte di matrimonio che la gente non si stanca mai di ripetere. Ma erano entrambi consapevoli delle origini sospette dell'accordo. Il quasi ultimatum di Max. La sua insistenza sul fatto che ci fosse una differenza tra il chiederle di cambiare e il proporle di provare a conoscere meglio se stessa. Il desiderio di lei di dimostrargli che stava facendo del suo meglio. La rabbia di Max di fronte al suo rifiuto di rinunciare del tutto alla sua precedente abitazione.

Il loro primo indirizzo comune era stato il risultato di notti di litigi, non una di quelle storie che si raccontano agli amici.

Bevvero entrambi un sorso per celebrare, ma Ellie cambiò subito argomento. «Possiamo fare altro per le accuse contro Adrienne Langston?»

Se mentire fosse stato un crimine grave, non avrebbero avuto problemi a incastrarla. I test del DNA avevano confermato che Ramona Langston era la figlia biologica di Adrienne Langston e del defunto James Grisco. Dagli archivi dello studio legale di Micheal Wiles risultava che nel gennaio 1996 Adrienne Mitchell aveva dato privatamente in adozione una neonata. Stando ai documenti dell'adozione, Adrienne aveva affermato di non conoscere l'identità del padre biologico.

Nel giro di due anni Adrienne si era trasferita a New York e aveva iniziato a lavorare come baby-sitter per la famiglia che viveva due piani sotto i Langston. Persino Adrienne era stata costretta ad ammettere che non era stata una coincidenza. Non era nelle condizioni di crescere una bambina, ma almeno poteva vedere la figlia con i genitori a cui l'aveva affidata. Dopo l'incidente di Gabriella, l'intero condominio non parlava d'altro che di George e della povera bambina. Era naturale che lei si fosse offerta di dare una mano. Per come la raccontava Adrienne, quello fra lei, George e Ramona era un lieto fine da film.

O almeno lo era stato finché James Grisco non era rispuntato, minacciando di rovinare tutto.

«Ancora non riesco a credere che Ramona sia venuta a casa tua.»

Era successo due giorni prima. Ellie e Jess stavano uscendo a correre, e avevano trovato Ramona seduta sui gradini di fronte alla porta.

Ellie bevve un altro sorso di whisky al ricordo dello spiacevole incontro. Per qualche motivo le fandonie di Adrienne non suonavano altrettanto assurde se raccontate da una ragazzina di sedici anni. Grisco il ricattatore. Grisco che era tornato a chiedere altri soldi quando aveva finito i 10.000 dollari. Grisco che aveva fatto irruzione nella loro casa di East Hampton per aggredire Adrienne, dopo che lei si era rifiutata di pagare ancora.

«Dico sul serio,» sbottò Max «se Adrienne ha spedito sua figlia a chiedere uno sconto di pena, dovrebbero permettermi di aumentarle la condanna di due anni.»

Ma Ellie era convinta che le preghiere di Ramona dipendessero soltanto dal suo desiderio di pensare il meglio di sua madre.

«Sei davvero convinto che una giuria crederebbe alla legittima difesa?» chiese Ellie.

«Ho imparato a non fare previsioni. Adrienne è una bugiarda patentata, mente da sempre. E la storia dei vermi dimostra fino a che punto è disposta a spingersi pur di interpretare il ruolo della vittima. Ma, in fin dei conti, lei è la donna bianca ricca e bella, e James Grisco è un ex carcerato.»

«Odio i giurati...»

«Preferiresti che fosse un giudice come Fred Knight a prendere le decisioni? Spero che il marito riesca a farla ragionare. L'avvocato della difesa mi ha detto che George ha passato tutta la giornata di ieri a esaminare il fascicolo. È suo marito, ma è anche un avvocato. Spero che riesca a convincerla ad accettare l'accordo.» Vuotò il bicchiere di vino. «Fanculo. Pur di non passare un altro giorno con lei, preferirei portarla in tribunale e perdere.»

L'offerta sul tavolo era di vent'anni. Adrienne avrebbe avuto ancora tanta vita davanti, una volta uscita. Avrebbe potuto assistere al matrimonio di Ramona. E diventare nonna, se Ramona avesse avuto figli.

Il cellulare di Max iniziò a vibrare sul bancone. Si scusò e uscì in strada per rispondere alla telefonata.

Il barista, Dennis, era ricomparso adesso che era sola. «Un uomo che preferisce una telefonata alla sua ragazza è uno sciocco.»

«Ci conosci. Quando il dovere chiama...»

«Vi conosco eccome, e in quanto contribuente ritengo di dovervi ringraziare.» Riempì di nuovo il bicchiere di Max. Ellie sollevò il suo per segnalargli che era ancora alle prese con il primo giro. «Stai attenta, è così che si perde l'equilibrio in una relazione, devi stargli dietro!»

«Direi che mezzo Johnnie Walker pareggia un bicchiere di vino rosso!»

Controllò le email sul cellulare continuando a sorseggiare il whisky. Erano quasi tutte da cancellare, ma ne aprì una da parte della detective Marci Howard del dipartimento di polizia di Suffolk.

Hatcher, se ho capito bene non vi serve altro da parte nostra sulla sparatoria di East Hampton. Visto il marito (George) uscire dall'archivio prove oggi. Controllato per evitare interferenze con l'indagine in corso.

Come molti poliziotti, Howard sembrava considerare uno spreco di tempo formulare frasi compiute nelle email.

L'addetto al deposito ha detto che Langston ha richiesto i doc dell'incidente del 2001 su Egypt Lane, vicino a Book Pond, che ha coinvolto Gabriella Langston (stesso nome sulla registrazione della pistola di Langston; prima moglie ecc.). Visto che siete pignoli sui dettagli (ahah), ho pensato di avvertirvi. Spero venga fatta giustizia. A me continua a sembrare legittima difesa.

Fantastico. Persino un poliziotto preferiva la ricca donna bianca all'ex detenuto.

Ellie cliccò sul tasto di risposta e compose in fretta una replica:

Grazie per gli aggiornamenti. Per dimostrare che sono la persona più ossessivo-compulsiva che tu abbia mai conosciuto, puoi chiedere di inviarci una copia dei fascicoli richiesti da George Langston? Non si sa mai... Non ti dimenticare. Ti dobbiamo un favore. Grazie!

Max sembrava contento quando rientrò nel bar. «Stavo per dire "un altro giro per festeggiare", ma vedo che Dennis ci ha già pensato.»

«Cosa festeggiamo?»

«Era l'avvocato difensore di Adrienne. Accetta l'accordo, così com'è.»

«Stai scherzando? Senza negoziare? Pensavo avesse detto che non avrebbe accettato niente di diverso da un omicidio di secondo grado.»

«Anche l'avvocato era sorpreso. Ha detto che è tutto merito di George. Vogliono fare in fretta. Adrienne vuole rilasciare la dichiarazione domani mattina alle nove e avere subito la sentenza. Brindiamo a George!»

Ellie aveva ancora il cellulare in mano.

«Scusa, tesoro. Detesto dovertelo dire, davvero, ma stasera devo lavorare.»

La sua delusione era evidente. «Ma dai! Per una volta che eravamo liberi entrambi abbastanza presto! Speravo di parlare del nuovo appartamento. Cosa tenere, cosa buttare via. Sarà divertente.»

Sapeva che le sarebbe dovuto sembrare divertente, ma non era così. «Devo lavorare, dico sul serio. Tu resta e divertiti con gli altri, quando arrivano. Mi farò perdonare domani, te lo prometto. Ti porto da Bed Bath & Beyond a guardare le tendine per la doccia con le altre signore.»

Lui finse di pugnalarsi allo stomaco. «E va bene, me lo sono meritato. Sono un debole.» La baciò sulle labbra, ed Ellie salutò Dennis mentre usciva.

Sulla 8th Street, cercò il numero di Marci Howard e si tappò l'altro orecchio per bloccare il frastuono di un autobus di passaggio. «Ehi, sono Ellie Hatcher. Per caso hai visto l'email che ti ho appena inviato?»

«Non mi ha sorpreso, sei decisamente pignola. Ti facciamo avere tutto questa settimana.»

«Non uccidermi, ma mi servono stasera. Anzi, adesso.»

Le sfuggiva ancora qualcosa.

58

Ellie attese nel corridoio fuori dall'ufficio del giudice John DeWitt Gregory finché non vide George Langston uscire dall'ascensore, accompagnato da Ramona e dall'avvocato di sua moglie.

Dietro di loro spuntarono Casey Heinz e Katherine Whitmire. Il divorzio dei Whitmire era sulle pagine di tutti i tabloid, ma a quanto sapeva Ellie la priorità assoluta di Katherine era stata far trasferire Casey all'ultimo piano del suo palazzo e iscriverlo ai corsi dell'Hunter College. Sembrava che avesse trovato il modo di rimediare agli errori suoi e del marito.

Ellie intercettò George prima che entrasse in aula. «Signor Langston, vorrei scambiare due parole con lei in privato prima dell'udienza di sua moglie, se è d'accordo.»

L'avvocato di Adrienne era Bernadette Connor, una bellissima donna dai tratti orientali con nome francese e cognome irlandese. Era una persona onesta, ma quattro anni prima era anche uscita tre volte con Max, fatto a cui Ellie si sforzava di non pensare tutte le volte che veniva tirato in ballo il suo nome.

«No, potrà parlare con George dopo l'udienza» disse Connor.

«Devo parlargli adesso» rispose Ellie.

«Allora può farlo in mia presenza.»

«Lei rappresenta Adrienne, non George.»

«In tal caso chiameremo l'avvocato di George.»

«Signor Langston,» ripeté Ellie «devo parlarle. Penso che preferirebbe che la conversazione restasse privata, ma se vuole chiamare il suo avvocato può farlo, naturalmente.»

«No, va bene. Grazie, Bernadette.»

Ellie gli fece strada in una stanza per la giuria lasciata vuota per lei da Benny, l'ufficiale giudiziario. (Mai sottovalutare l'utilità di chiacchierare delle partite dei Mets con lo staff del tribunale.)

Aspettò di essere sola con lui e che la porta fosse chiusa prima di parlare. «Ieri mi ha chiamato Marci Howard, della polizia della contea di Suffolk.»

Nessuna reazione.

«Mi ha detto che ha richiesto i fascicoli dell'incidente di Gabriella.»

«Non si può fare niente senza che il governo lo sappia, ormai, eh?»

«Perché ha voluto rivederli a distanza di tanti anni?»

«La nostra mente funziona in modo strano. Amavo Gabriella come... be', come forse si può amare una sola persona nella vita. L'adozione di Ramona è stata un momento di gioia pura per entrambi. E la telefonata in cui mi comunicavano che mia moglie era morta una delle esperienze peggiori che potessi immaginare. In questi anni non ho mai smesso di pensare a lei, ma alla fine sono riuscito a non pensare *sempre* a lei. E adesso scopro che Adrienne è la vera madre di Ramona e la perdo per vent'anni per aver cercato di proteggere la nostra famiglia? Non so... Mi ha fatto pensare a quando ho perso Gabriella.»

«È una storia molto toccante, sospetto che sia anche parzialmente vera.»

«Certo che è vera.»

«Ma non è tutta la verità, ho ragione? Se non vuole perdere Adrienne, allora perché l'ha convinta ad accettare l'accordo tanto in fretta?»

«Perché è meglio del massimo della pena, no? Ho visionato i documenti, conosco le prove a suo carico. Non vogliamo che Ramona assista a un processo.»

«Tutto per Ramona. È sempre stato così, vero?»

«In che senso?» chiese, fissando la porta della stanza. Ellie capì che stava pensando alla lancetta dei minuti che avanzava verso le nove.

«Non si preoccupi dell'ora, gli ufficiali giudiziari sono sempre lentissimi a trasferire i detenuti in aula. Abbiamo almeno mezz'ora prima che il giudice vi chiami. Stavo dicendo che lei e Adrienne avete sempre agito per il bene di Ramona. Ramona è la ragione per cui Adrienne ha trovato il modo di avvicinarsi a lei e alla sua famiglia. La sua devozione per la bambina è ciò che ha spinto lei a risposarsi, nonostante fosse ancora innamorato di Gabriella.»

«Io e Adrienne abbiamo imparato ad amarci. Siamo una famiglia.»

«Lo siete, in effetti, ma soltanto per via del legame con vostra figlia. E Ramona è il motivo per cui ha convinto Adrienne ad accettare l'offerta del procuratore. Non vuole che sua figlia scopra il resto della storia.»

«Non c'è niente da scoprire, detective. Ripeto, vogliamo solo risparmiarle il trauma di un processo pubblico.»

«L'avvocato di Adrienne ha detto all'assistente procuratore distrettuale che ha passato tutto il lunedì a studiare il caso contro sua moglie. La mattina dopo è andato personalmente a East Hampton per richiedere le copie dei verbali dell'incidente di Gabriella. Quella stessa sera, infine, è riuscito a convincere Adrienne ad accettare un accordo che per due settimane si era rifiutata anche solo di prendere in considerazione.»

«Questa conversazione mi mette a disagio. La prego. So

che non ha un'alta considerazione di me, e le ho dato tutte le ragioni per non averla, ma lo giuro... ho cercato di fare tutto quanto è in mio potere per rimediare, per fare la cosa giusta. E accettare l'accordo è la cosa giusta.»

«Ho seguito la sua stessa pista, signor Langston. Ieri sera la polizia della contea di Suffolk mi ha faxato gli stessi documenti che ha visto lei.»

«Per favore, non lo faccia. Non è giusto, non è necessario.»

«La polizia supponeva che fosse stato un ubriaco a investire Gabriella senza soccorrerla. Stava tornando a casa a piedi dal maneggio di East Hampton, come faceva sempre dopo essere andata a cavallo. Basandosi sui segni degli pneumatici e su una striscia di vernice ritrovata su un lampione, avevano ipotizzato che l'auto dell'investitore fosse una Pontiac rossa. Probabilmente non pensava più a questi dettagli da più di dieci anni, ma ha richiesto la documentazione dell'incidente per avere conferma di ciò che ha sospettato quando ha visto il fascicolo di Adrienne.»

George teneva le labbra serrate e scuoteva la testa, come se quel gesto potesse impedirle di continuare a parlare.

«Nel 1995 la polizia di Buffalo aveva perquisito la macchina di James Grisco, dopo la segnalazione della sua targa sulla scena dell'omicidio di Wayne Cooper. Grisco guidava una Pontiac Firebird rossa. Ha lasciato la macchina a Adrienne quando è andato in prigione. Voleva che potesse ricominciare da zero.»

«Tante persone avevano una Pontiac all'epoca.»

«Ma non così tante, signor Langston. E la pistola nella vostra casa al mare? Ha detto alla polizia di averla comprata perché Gabriella aveva notato qualcuno appostato fuori casa. È stato poco prima che morisse, giusto?»

«Perché lo sta facendo?»

«Perché risolvere i misteri è il mio lavoro. Rispondo alle domande anche quando la gente ha smesso di farsele. E questa non è poi tanto difficile. Basterebbe una telefonata alla famiglia per cui lavorava Adrienne all'epoca. Magari ricordano un danno improvviso subito dalla sua Pontiac rossa. E se così non fosse, la macchina prima o poi sarà stata venduta, rottamata o mandata in discarica, basterebbe richiedere i documenti alla motorizzazione. Ma lei, signor Langston, un avvocato cauto e meticoloso, non ha detto niente. Ha affrontato Adrienne, vero? È così che l'ha convinta ad accettare l'accordo.»

«Non è necessario rispondere a tutte le domande. Certe conclusioni sono sufficienti, e non c'è bisogno d'altro.»

«Dice davvero, George? È sufficiente per lei? Sa che è stata Adrienne. Ha pedinato Gabriella. L'ha seguita di ritorno dal maneggio. Ha investito l'amore della sua vita, l'ha lasciata a morire sul ciglio della strada e poi ha finto di prendersi cura di lei, soltanto per poter avere una seconda possibilità con la figlia che aveva abbandonato.»

«Adrienne non ha *abbandonato* Ramona. Ha mai riflettuto su quanto doveva amare quella bambina per fare quello che ha fatto? Era giovanissima. Non sapeva nemmeno chi fosse il padre: lo stupratore Wayne Cooper o l'assassino James Grisco? Avrebbe potuto interrompere la gravidanza, ma non l'ha fatto. E sia chiaro, le sue azioni» scandì lentamente «sono imperdonabili. Ma punire Adrienne non è l'unica cosa importante, detective.»

«È preoccupato per Ramona.»

George guardò di nuovo la porta. «Al momento mia figlia crede di aver avuto una madre adottiva che l'ha amata alla follia prima di morire, e una madre biologica che la ama tanto da aver trovato il modo di tornare da lei e che ha ucciso un uomo per proteggerla. Se si andasse al processo...»

«Potrebbe scoprire la verità: che l'unica madre che abbia mai conosciuto ha ucciso quella che ricorda a malapena, il tutto per colpa sua.»

«La prego, non le faccia questo. In questa storia mia figlia è l'unica innocente.»

«Non è giusto...»

«È così certa che si possa dimostrare, in ogni caso? Possiamo rintracciare i miei vecchi vicini o ripescare un documento dagli archivi della motorizzazione. Ma Adrienne non ammetterà mai ciò che lei sospetta, mai.»

«Non tutti gli imputati confessano, non è certo necessario per una condanna.»

«È una detective esperta. Vuole dirmi che, secondo lei, si può provare la sua colpevolezza al di là di ogni ragionevole dubbio? Quanti altri veicoli avrebbero potuto lasciare segni e macchie di vernice identici all'auto che *potrebbe* – questo è il termine usato nei rapporti della polizia – essere stata coinvolta nell'incidente di Gabriella? Quante macchine simili viaggiavano sulle strade di New York nel 2001? Ci sono abbastanza prove per rovinare la vita di mia figlia, ma non per ottenere una condanna.» George guardò l'orologio. «E forse non è andata così. Forse Adrienne non c'entra niente con la morte di Gabriella. Ha ucciso James Grisco, ma ci sono le circostanze attenuanti. Sa cosa c'era in quella scatola che ha mandato al nostro appartamento? Le lettere che lei gli aveva scritto quando era soltanto una ragazzina.»

«Non è una circostanza attenuante. È un caso di amore giovanile. Pensavamo che la stesse ricattando.»

«No, peggio. La voleva ancora, o almeno questa è la sua versione. Adrienne lo ha pagato per convincerlo ad andare via, ma lui non l'ha fatto. Le ha detto che aveva tenuto d'occhio la sua famiglia. Che se non poteva avere lei, forse – non riesco nemmeno a pronunciare le parole, mi vengono i brividi – avrebbe "provato la piccola Ramona". Ramona, che poteva anche essere sangue del suo sangue, anche se lui questo non lo sapeva. Adrienne non ha dormito per due settimane. Julia era morta. Quel tizio era riemerso dal nulla e parlava di Ramona in quel modo. Ha reagito d'istinto.»

Ellie ricordò Adrienne che parlava di come sua madre non l'avesse protetta. La sua voce le riecheggiava nella mente: *Penso alla mia Ramona... Credo che se un uomo provasse a toccarla in quel modo lo ucciderei.* «Non ha reagito d'istinto. Lo ha attirato a casa e ha inscenato una legittima difesa.»

«Senta, voglio essere onesto. Non conosco la donna che ho sposato. Forse è la Lady Macbeth senza cuore che dipinge lei. Ma potrebbe essere anche una donna che ha cercato in tutti i modi – per quanto sbagliati – di proteggere la vita che ha creato per noi e per nostra figlia. Lasci perdere, fra qualche minuto sarà condannata per omicidio. Resterà in prigione per vent'anni. Quando uscirà non avrà più niente. Ho intenzione di avviare la pratica di divorzio a breve.»

«Ma avrà ancora Ramona.»

«Forse. Dipenderà da loro due. Forse Ramona deciderà di approfondire i fatti quando sarà più grande e arriverà a un'altra conclusione per conto suo. Potrebbe addirittura coinvolgere un detective caparbio come lei. Gli omicidi non cadono in prescrizione, no?»

«Sa bene che non è realistico...»

«Con tutto il rispetto, detective, non le consento di parlarmi di realismo. Si fidi di me, in questo momento sono freddo e pragmatico. L'universo di mia figlia, non solo il mondo esteriore, ma anche quello interiore, verrà profondamente e irrimediabilmente alterato se non la smette. Forse lei non ha figli, non lo so, ma quello che i bambini sanno dei loro genitori influenza il modo in cui vedono loro stessi. Ramona pensa di essere una donna, ma è troppo giovane per affrontare tutto questo.»

Si sentì bussare alla porta, e un attimo dopo apparve il viso rotondo dell'ufficiale giudiziario. «Tempo scaduto. Il giudice Gregory è arrivato. Venite?»

59

Il cigolio della porta dell'aula attirò loro un'occhiataccia del giudice Gregory. George si sedette vicino a Ramona in prima fila, subito dietro la postazione della difesa. Dal tavolo dell'accusa, Max la guardò per un attimo, piacevolmente sorpreso, prima di riportare l'attenzione sull'udienza.

«Ha firmato e siglato tutte le pagine dell'accordo per confermare di averle lette?»

«Sì, vostro onore.»

«È soddisfatta del lavoro del suo avvocato?»

«Sì.»

«Signor Donovan, la prego di riassumere i termini dell'accordo per i presenti.»

Dal suo posto in fondo all'aula, Ellie notò che le spalle di Ramona tremarono quando sentì menzionare la sentenza di vent'anni. Adrienne si girò e le sorrise. «Andrà tutto bene» mimò con le labbra. Ramona prese la mano del padre. Casey le posò un braccio sulla spalla per confortarla.

«Signora... okay, vedo diversi nomi qui. Il nome legale è Adrienne Langston, nata Adrienne Mitchell. Conosciuta per un certo periodo come Adrienne Cooper. Corretto? Bene, signora Langston, sono questi i termini dell'accordo così come le è stato proposto?»

«Sì, vostro onore.»

«È consapevole che, accettando i termini dell'accordo,

rinuncia a ogni possibilità di appello sulla pena e sulla sentenza?»

«Sì, vostro onore.»

Il copione dell'udienza era fisso e ripetitivo, al contrario delle frasi che riecheggiavano nella mente di Ellie, confuse e caotiche. *Quanti altri veicoli? Adrienne non ammetterà mai... Non otterrebbe una condanna.*

«È consapevole che ha diritto a essere giudicata da una giuria e che, accettando l'accordo, rinuncia a tale diritto?»

«Sì, vostro onore.»

«In un processo conterebbe sulla presunzione di innocenza. Il governo dovrebbe provare la sua colpevolezza al di là di ogni ragionevole dubbio. Avrebbe diritto a essere rappresentata da un avvocato, eventualmente assegnatole d'ufficio dal tribunale. Avrebbe diritto a interrogare i testimoni e a convocare dei testimoni a suo favore. Avrebbe il diritto di testimoniare in proprio favore o di restare in silenzio. Comprende tutti questi diritti?»

«Sì, vostro onore.»

«Ed è consapevole che, dichiarandosi colpevole, sta rinunciando ai diritti sopra esposti?»

«Sì, vostro onore.»

Lasci perdere, fra qualche minuto sarà condannata per omicidio. Non avrà più niente.

«Signor Donovan, per favore, riassuma i fatti che lo stato sarebbe pronto a provare al processo.»

La voce di Max che ripercorreva con metodo le prove a carico dell'imputata sembrava lontana anni luce. «Invece di denunciare alla polizia il tentativo di ricatto della vittima, James Grisco, l'imputata ha deciso di farsi giustizia da sola. Approfittando della presenza di commenti minatori postati sul suo blog da un'altra persona, ha pubblicato altre minacce per dare l'impressione che la condotta del suo stalker stesse degenerando. Si è anche inviata da sola un pacco minatorio con le impronte digitali del signor Grisco per rafforzare quell'impressione. Alla fine ha dato indicazioni a Grisco per raggiungerla nella casa di East Hampton, dove gli ha sparato e poi ha inscenato una legittima difesa.»

Cosa aveva detto George Langston? Ellie aveva prove sufficienti a rovinare la vita della figlia, ma non a ottenere una condanna? Le prove relative alla morte di suo padre erano state sufficienti a suggerire che Jerry Hatcher si fosse suicidato, ma non a dare a Ellie le risposte certe di cui aveva disperatamente bisogno. Aveva passato la vita a domandarsi se suo padre avesse tenuto così poco alla sua famiglia da decidere volontariamente di lasciarli.

La prego, non le faccia questo. In questa storia mia figlia è l'unica innocente.

«Come si dichiara in relazione all'accusa di omicidio di secondo grado?»

«Colpevole.»

«Molto bene. È opinione della corte che l'imputata sia in grado di intendere e di volere, sia consapevole della natura dell'accusa e delle conseguenze di una dichiarazione di colpevolezza, e che l'accusa sia supportata da prove. L'imputata è giudicata colpevole. A quanto mi risulta, l'accordo prevede una sentenza diretta.»

Ellie pensò a Casey, a quello che aveva detto a proposito della terapia con David Bolt: *Parla tanto della necessità di distaccarsi dai propri genitori. Ti fa riflettere sulla loro personalità, sul modo in cui ti hanno trattato e poi però ti spinge ad andare oltre, lasciandoti tutto alle spalle.*

«Signora Langston, la corte la assegna alla custodia del sistema penitenziario dello stato di New York per i prossimi vent'anni.»

Quando il carceriere si avvicinò a Adrienne, Ramona allungò un braccio per sfiorarla. «Ti voglio bene, mamma. Non dimenticartelo. Nonostante tutto.»

E poi Adrienne se ne andò.

Quando Ramona scoppiò a piangere, George le posò un braccio intorno alla spalla e la baciò sulla fronte, prima di guidarla fuori dall'aula. Casey li seguì. Soltanto Katherine Whitmire riconobbe la presenza di Ellie, rivolgendole un educato cenno di saluto.

Max fu l'ultimo a percorrere il corridoio centrale. Si guardò alle spalle per assicurarsi che ci fosse campo libero prima di darle un bacio sulla guancia. «A cosa devo questa meravigliosa sorpresa?»

«Volevo assistere alla fine di questa storia.»

«Queste udienze non sono esattamente la parte più eccitante del mio lavoro. Hai tempo per un caffè? Mi sei mancata ieri sera. Sei riuscita a dormire? Fino a che ora hai lavorato?»

Non aveva dovuto lavorare tanto, ma non era riuscita a dormire.

Aveva avuto tante certezze, fin dall'inizio del caso, ma ognuna delle persone coinvolte era riuscita in qualche modo a sorprenderla. Julia non si era suicidata. Katherine Whitmire aveva preso la decisione di lasciare il marito. Casey Heinz aveva trovato una famiglia, per giunta proprio fra le persone che lo avevano messo nei guai. Il rigido e freddo George Langston si era rivelato incredibilmente complesso ed empatico.

Cosa aveva detto quella donna della casa editrice? Non tutto è bianco o nero, ma questo non significa che l'alternativa sia solo una sfumatura di grigio. Le cose possono essere bianche *e* nere, giuste *e* sbagliate contemporaneamente. Soltanto una settimana prima Ellie non sarebbe mai riuscita a restare in silenzio per tutta l'udienza.

«Sì, ottima idea.» Per la prima volta da quando si erano conosciuti, lasciò che Max le tenesse la mano nel corridoio del tribunale.

Il signor Langston aveva detto che non tutte le domande avevano bisogno di una risposta, ma probabilmente alcune non era nemmeno necessario porle.

Forse era vero, in fondo, che stava ancora imparando a conoscersi.

Ringraziamenti

Continuo a essere grata alle molte persone che stanno dietro le quinte per sostenere il mio lavoro e fare in modo che arrivi ai lettori. Conosco il mio agente, Philip Spitzer, da quando avevo dodici anni. Lui, sua moglie Mary e la figlia Anne-Lise sono la mia famiglia di New York e i miei più grandi sostenitori. I suoi colleghi Lukas Ortiz e Lucas Hunt completano il gruppo, facendo dell'agenzia letteraria Spitzer il Jerry Maguire delle agenzie letterarie.

Grazie anche alla squadra solidale e professionale di HarperCollins: Amy Baker, Erica Barmash, Jonathan Burnham, Heather Drucker, Mark Ferguson, Michael Morrison, Danielle Plafsky, Nicole Reardon, Jason Sack, Kathy Schneider, Leah Wasielewski e Lydia Weaver. Un ringraziamento speciale alla mia editor, Jennifer Barth, che è stata con me dall'inizio e continua a incitarmi e spronarmi a scrivere il miglior libro possibile. Incarna il meglio dell'editoria e sono grata di averla dalla mia parte.

Grazie anche a Ed Cohen, al sergente in pensione del NYPD Edward Devlin, a Jen Forbus, Jonathan Hayes, McKenna Jordan, Ruth e Jon Jordan, il detective della polizia di New York Lucas Miller, Erin Mitchell e Richard Rhorer. Grazie, Duffer, per aver prestato il tuo nome e la tua immagine ai Duffer Awards. (Controlla su Google. Fidati.)

E, infine, grazie a mio marito Sean Simpson. Se dovessi scrivere tutte le cose sdolcinate che provo per te, i miei lettori non mi perdonerebbero mai.

finito di stampare presso Grafica Veneta
Via Malcanton, 2 – Trebaseleghe (PD)